Die Legende der Nonne

Stefan Friebel

Copyright © <2016> <Stefan Friebel>

All rights reserved.

ISBN: 9783741280580

Herstellung und Verlag:
BoD - Books on Demand, Norderstedt

Für meine TA WingTsun Familie

KAPITEL EINS
Reise der Heilerin

Der folgende Text ist nicht als historischer Roman der chinesischen Kultur des 18. Jahrhunderts zu sehen. Fakten, Umstände und Gebräuche dieser Zeit wurden abgeändert oder gestrichen, wenn sie der Handlung nicht dienlich waren.

Die Sprache der Figuren wurde als Stilmittel bewusst modern und europäisch gestaltet. Schließlich soll man nicht jeden Satz drei Mal lesen müssen, um ihn zu verstehen.

Dies ist die Version des Autors von der Entstehung eines neuen Kampfkunstsystems. Es mag sich alles ganz anders zugetragen haben, aber das werden wir wohl nie erfahren…

Vielen Dank an Sabine Wirsching, die als Beta-Leserin viele wichtige Änderungen und Denkanstöße beigetragen hat. Das kriegst du wieder.

„Die Legende erzählt von einer jungen, schönen Frau, die schon als Kind mit ihrem späteren Ehemann verlobt wurde. Die junge Frau verlor früh ihre Mutter. Ihr Vater wurde mit einer falschen Klage bedroht und deswegen flohen Vater und Tochter an den Fuß des Tai-Leung-Berges, wo sie sich versteckten und ihren Lebensunterhalt mit dem Verkauf von Tofu verdienten", sagte der alte Mann, als er seine Enkelkinder am Abend in ihr Bett legte und sie liebevoll zudeckte.

„Die Legende erzählt weiterhin von einem südlichen Shaolinkloster in der Provinz Henan, das wegen ihrer Kampfkunst so berühmt und im Volk hoch angesehen war, dass der Kaiser beschloss, die Mönche zu töten, das Kloster niederzubrennen und die ganze Religionsgemeinschaft auszulöschen. Aber die Soldaten, die der Kaiser schickte, konnten den starken Widerstand der Mönche nicht brechen. Selbst nach drei Angriffen, einer heftiger als der Andere, war das Kloster immer noch unversehrt."

„Die haben bestimmt richtig einen auf die Mütze bekommen!", sagte der Enkel des alten Mannes mit großen Augen. „Huaaa! Kopf ab! Hajaaa! Zack, das Herz mit bloßen Händen herausgerissen und unter die Nase gehalten, damit der Soldat noch sieht, wie es zu schlagen aufhört!

Der Junge hatte ein imaginäres Herz in der Hand und hielt es seiner Zwillingsschwester unter die Nase.

„Iiihh, bäh!", beschwerte sich diese sofort und schob die Hand ihres Bruders weg. „Sag ihm, er soll aufhören, Opa!"

„Wollt ihr die Geschichte nun hören, oder nicht?", fragte der alte Mann die beiden Geschwister.

„Ja, erzähl weiter!", sagte der Junge. „Hoffentlich fließt noch viel Blut!"

„Ja, weiter!, bat auch das Mädchen. „Aber nicht so brutal, bitte."

„Nun gut. Es gab einen jungen Regierungsbeamten namens Chan Man Wai, der die Prüfungen als Bester des Jahres bestanden hatte und sich einen Namen beim Kaiser machen wollte. Er entwickelte mit einem ausgestoßenen Mönch Namens Ma Ning Yee und einigen anderen Mönchen einen Plan, das Kloster zu vernichten. Er überredete sie, ihre eigenen Kameraden zu verraten, indem sie hinter ihrem Rücken das Kloster in Brand steckten."

„Warum wurde er ausgestoßen? Und wann kommt die wunderschöne, junge Frau wieder?", fragte das Mädchen.

„Das zu erzählen würde zu lange dauern. Ihr sollt doch schlafen", antwortete der alte Mann.

„Na gut."

„Gut, wo war ich?", überlegte der Erzähler kurz. „Ach ja, der Brand. Jedenfalls schafften die Verschwörer es, das Kloster anzuzünden und es brannte bis auf die Grundmauern nieder. Nur ein paar Mönche überlebten und konnten fliehen. Dazu zählen die buddhistische Meisterin Ng Mui, der Abt und Meister Chi Shin, der taoistische Meister Pak Mei, Meister Fung To Tak und Meister Miu Hin. Diese konnten entkommen und hielten sich verborgen."

„Was heißt das?", fragte der Junge.

„Was meinst du?"

„Na, verborgen halten. Haben die sich versteckt?"

„Ja, könnte man so sagen. Das heißt, dass sie falsche Namen annahmen und keinem sagten, dass sie Mönche aus dem Kloster waren."

„Ach so. Sie haben gelogen."

„Hm", überlegte der Erzähler. „Wenn dein Leben davon abhängt, ist lügen in Ordnung, denke ich."

„Wann kommt die wunderschöne junge Prinzessin endlich?", drängelte das Mädchen.

„Sie war keine Prinzessin", erwiderte ihr Opa. „Gleich komme ich wieder zu ihr."

„Doch, ich will aber, dass sie eine ist!", beharrte das Mädchen. „Sonst ist es eine doofe Geschichte!"

„Nein, sie ist nicht doof, sie ist wahr. Es ist eine Legende, keine Geschichte. Weißt du, was der Unterschied ist?"

„Nein, was denn?"

„Geschichten handeln von Zauberwesen, Märchenwelten und sind Phantasie. Legenden dagegen sind wahr."

Der alte Mann sah in weit aufgerissene Augen und fuhr fort.

„Die buddhistische Meisterin Ng Mui nahm Zuflucht im Tempel des Weißen Kranichs am Hang des Tai-Leung-Berges. Dort lernte sie die schöne, junge Frau und ihren Vater kennen, weil Ng Mui dort immer Tofu kaufte."

„Da ist sie ja!", freute sich das Mädchen.

„Die Schönheit der jungen Frau erregte die Aufmerksamkeit eines ortsbekannten Schlägers und Trunkenbolds, der sie mit Gewalt dazu zwingen wollte, ihn zu heiraten. Die wiederholten Drohungen des Schlägers gaben der jungen Frau und ihrem Vater Grund zur Sorge. Sie konnten den Schläger aber nicht zurecht weisen, da dieser in einer Geheimgesellschaft war und auch eine Kampfkunst beherrschte. Als die buddhistische Meisterin Ng Mui davon hörte, bekam sie Mitleid mit der jungen

Frau und nahm sie als Schülerin auf."

Der alte Mann verstummte und sah durch die geöffnete Tür in den Raum, in dem seine Frau auf einem bequemen Stuhl saß. Sie hatte eine Decke um die Beine gelegt und sah in das Feuer, das im Kamin brannte. Sie bemerkte den Blick ihres Mannes, erwiderte ihn und lächelte. Der alte Mann lächelte ebenfalls und entschied sich nun für eine andere Version der Legende.

„Die Meisterin Ng Mui konnte das schlimme Ereignis im Kloster, den Verrat der Mönche und den Tod von so vielen ihrer Freunde nicht vergessen und hatte noch eine andere Sorge: Wie sollte sie sich in Zukunft gegen die Angriffe der ebenfalls in der Kampfkunst der Shaolin geschulten Verräter und Soldaten schützen? Noch war sie stärker, als alle zusammen, aber irgendwann war sie zu alt, um sich gegen die jungen Soldaten zu wehren."

Der alte Mann sah nun zufrieden in weit aufgerissene Augen. Jeder Satz von ihm wurde aufgesogen und ließ die Bilder in den kleinen Köpfen lebendiger werden. Er machte eine kleine Pause, um die Spannung noch zu erhöhen.

„Voller Sorge um ihre Zukunft ging sie zu einem kleinen Bergsee und machte dort eine Beobachtung, die sie dazu inspirierte, eine völlig neue Kampfkunst zu entwickeln! Was sah sie dort wohl?", fragte er die beiden Kinder.

„Einen Drachen!", sagte der Junge.

„Ein Einhorn!", hielt das Mädchen entgegen.

„Nein, sie sah einen Kampf!", berichtete ihr Opa. „Sie sah einen Kampf zwischen einem Fuchs und einem Kranich. Der Fuchs lief im Kreis um den Kranich herum, in der Hoffnung, einen tödlichen Biss in die ungeschützte Flanke des Kranichs machen zu können."

„In die was?", fragte der Junge.
„In die Seite."
„Ach so. Dann sag das doch."
„Der Kranich aber blieb in der Mitte und drehte dem Fuchs immer die Brust entgegen. Immer, wenn der Fuchs nun den Kranich angriff, wehrte der Kranich den Angriff mit einem der mächtigen und starken Flügel ab und stach gleichzeitig mit dem Schnabel zu. Der Kampf dauerte sehr lange und Ng Mui sah dabei zu. Er inspirierte sie zu völlig neuen Techniken und zu einem Komplett anderen und ebenfalls neuen Kampfsystem, als man es bisher kannte."

„Wer hat gewonnen?", fragte der Junge
„Der Kranich!", rief das Mädchen
„Nein, der Fuchs!", rief der Junge.
„Ng Mui ging, bevor einer von beiden den Sieg davon trug.", stellte der alte Mann fest und blickte wieder zu seiner Frau.

Sie lächelte und nickte kaum sichtbar. Sie war zufrieden mit dem, was sie hörte. Aber sie hätte etwas Anderes erzählt. Unbewusst strich sie mit der Hand über ihre Narbe am rechten Knöchel.

„Aber sie kam doch bestimmt wieder", beharrte das Mädchen. „Da müssen doch noch Spuren gewesen sein. Fuchsblut oder Kranichfedern. Daran kann man einiges kombinieren."

„Sie kam wieder, doch das war viel später. Da waren leider keine Spuren mehr da", stellte der Erzähler fest und besann sich wieder auf die Legende.

„Dieses neue System brachte Ng Mui nun der schönen, jungen Frau bei. Als die junge Frau nun alle Techniken gemeistert hatte, ging sie zurück in ihr Dorf und traf auch gleich auf den Schläger. Diesen schlug sie mit der neuen Kampfkunst so stark zu Boden, dass dieser liegen blieb. Von diesem Zeitpunkt an, ließ sie der Schläger in Ruhe."

„Und sie heiratete ihren Verlobten und wenn sie nicht gestorben sind, dann leben sie noch heute", freute sich das Mädchen und lächelte.

„Ja, so ähnlich war das wirklich", sagte ihr Opa. „Und ihr schlaft nun. Gute Nacht."

Der alte Mann ging zu seiner Frau, legte ihr eine Hand auf die Schulter und gab ihr einen Kuss auf die Wange.

„Ich wusste, dass du ihre Version nimmst", sagte sie mit einem Lächeln.

„Du musst zugeben, dass sie die Phantasie anregt", sagte er sanft.

„Du weißt, dass es etwas anders war", sagte sie und berührte unbewusst ihren Knöchel.

„Ja", sagte er nur und lächelte.

Alles begann mit einem Schrei, der durch dieses Haus hallte.

Es regnete. Ein sonnengegerbter Mann trieb die Pferde seiner Kutsche durch das kleine Dorf. Er wurde von seinem Fahrgast zur Eile getrieben.

Es ist das Jahr 1702 der nachchristlichen Zeitrechnung in dem kleinen chinesischen Dörfchen Nanchon am Berg Leung zwischen den Provinzen Sichuan und Yunnan.

Der Schrei eines Neugeborenen hallte durch das Haus. Hastig stürzte der Vater in den Raum, in dem seine Frau gerade sein Kind zur Welt gebracht hatte, und bedankte sich oft und überschwänglich bei der wandernden buddhistischen Nonne aus einem Kloster der Henan-Provinz. Er gab ihr Essen, Trinken, und sagte, sie können sich aus dem Haushalt alles nehmen, was ihr gefiel. Die Nonne winkte ab, nahm sich ein paar Nahrungsmittel und ging still und heimlich aus dem Haus, während sich drinnen alle um den Neuankömmling im Leben sorgten.

Die Mutter lächelte erschöpft und überglücklich. Sie hielt das frische Leben im Arm und zeigte es dem stolzen Vater.

„Was ist es?", fragte er mit Tränen in den Augen.

„Ein Mädchen", antwortete die Mutter und übergab ihm das Bündel.

„Wie soll sie heißen?" fragte der Vater und schaukelte seine Tochter sanft auf dem Arm.

„Mui finde ich schön", bestimmte die Mutter schläfrig.

„Ja. Willkommen im Leben Mui", hauchte der Vater und streichelte Muis kleine Wangen.

Die Kutsche bog an einem großen Kirschbaum in eine Seitengasse, und fuhr zu einem unscheinbaren Haus.

„Wir sind da", *rief der Fahrer und schlug zwei Mal gegen die Seite der Kutsche, um die Ankunft am Ziel zu unterstreichen.*

Mui´s Vater hieß Ng Lee und war ein ehemaliger Mönch aus dem Shaolinkloster der Provinz Henan. Er war ein Meister der Faust der Shaolin[1] und übte jeden Tag im Garten hinter seinem Haus. Bei einer Zeremonie, zu der auch Besucher des Klosters erlaubt waren, hatte er sich auf den ersten Blick in die Tochter eines Handelsreisenden verliebt. Das Mädchen hieß Kaiwen und wurde später seine Frau. Sie zogen in den kleinen Ort Nanchon und verdienten ihren Lebensunterhalt mit dem Fertigen von Holzmöbeln und dem Nähen von Kleidung. Ihr erstes Kind war ihr ganzer Stolz.

Noch zu klein zum Laufen, krabbelte Mui zur Tür zum Garten und sah ihrem Vater fasziniert dabei zu, wie er die erste Form der Kampfkunst der Shaolin, die Xiao Hung Kwan, vollführte. Er lächelte dabei seine Tochter an. Sie lächelte zurück. Die mystische Form, die Tong Zi Gong, folgte und verband spirituelles mit Kampfkunst. Gleichzeitig musste man beweglich und die Bänder weit gedehnt sein, um diese Form zu vollenden. Auf einem Bein stehend, das andere gerade über den Kopf in die Höhe gestreckt, fiel er in einen Spagat, schloss die Beine, drückte sich ohne Hilfe der Arme wieder hoch und stand wieder. Nach einem Sprung mit Tritt fiel er in den Lotussitz, in dem auch meditiert wurde. Zwischen den Zierblumen und dem angebauten Kohl praktizierte Lee jeden Tag seine Formen.

Die dritte und letzte Form, die Lee praktizierte, war die Arhat-Form. Tiefer Stand, weit ausholende Bewegungen, Schläge und Tritte. Es gab noch mehr Formen, aber Lee beließ es bei den drei für ihn wichtigsten.

Mui freute sich schon, denn nach der Arhat-Form folgte das Spiel der fünf Tiere, dass Lee von nun an nur noch für Mui übte. Das Spiel, dass von Bodhidharma, einem indischen Mönch, der den Buddhismus nach China gebracht hatte, erfunden worden war, um seinen damaligen Schülern Kraft, Ausdauer und Stärke zu lehren. Dabei ging es darum, die Bewegungsmuster bei Angriff und Abwehr von den fünf Tieren so gut es ging, zu imitieren.

Lee machte dabei auch die Geräusche der Tiere und das ließ Mui vor Lachen so manches Mal unter sich machen. Zuerst verwandelte sich Lee in einen großen Bären, zerfetzte imaginäre Baumstämme mit den riesigen Pranken und machte „Rrrrrrooooooaaaarrr!"

„Ooooooaaaaarrrr!", antwortete Mui und schlug mit der Hand gegen den Türrahmen.

Als nächstes wurde Lee zu einem großen, anmutigen Vogel, der mit seine Flügeln schlug und er machte „Kakaaah! Kakaaah!"

„Kaka!", rief die kleine Mui zurück und wedelte mit den Armen.

Selbst Kaiwen lachte manchmal, denn sie glaubte nicht, dass sich Kraniche so anhören.

Dann verwandelte sich Lee in einen Affen, rollte über den Boden und machte: „Iiiehhk! Ieeehhk!"

Mui fiel vor lachen um.

Plötzlich wurde Lee zu einem Raubtier, schlich auf allen vieren durch den Garten, sprang und landete geschmeidig, wie ein Tiger.

„Iiiaaaaaaauuuuurrrrrr!", fauchte er.

„Miau!", machte Mui und formte die Hände zu Krallen.

Als letztes stolzierte Lee durch den Garten und röhrte wie ein Hirsch aus voller Brust.

Mui wusste, dass das Schauspiel nun zu Ende ging und krabbelte zu Kaiwen, denn danach war es Zeit für das Abendessen.

Abends, vor dem schlafen gehen beobachtete die kleine Mui ihre Mutter, wie sie ihre Choreographie übte. Kaiwen hatte ein Talent für den Tanz und schloss sich einer kleinen Amateurtanzgruppe an. Sie hatten einen klassischen chinesischen Ausdruckstanz eingeübt und hofften, ihn auf der großen Bühne beim jährlichen Dorffest aufführen zu können. Selbst Lee stand mit offenem Mund da, wenn er seine wunderschöne Frau beim tanzen sah. Sie bewegte sich so grazil und anmutig, dass es so aussah, als hätte Kaiwen nie etwas anderes gemacht.

Der Fahrgast zog die nassen Vorhänge zur Seite und schaute auf das Haus.
„Ja", zögerte er. „Ja, danke. Ich brauche meine Sachen. Wie viel Schulde ich Ihnen?"
„Kennen Sie die Einwohner?", fragte der Kutscher, als er sich das Haus ansah.
„Hier wohnt meine Tochter", antwortete der Fahrgast.

Mit vier Jahren trainierte Mui jeden Tag mit ihrem Vater. Der Ma Bu, der Reiterstand, den jeder Shaolin beherrschen musste, verlangte ihr viel ab. Auch die Fingerspitzen immer wieder in getrocknete Bohnen stoßen, um sie abzuhärten, mochte sie gar nicht, aber Lee blieb hart. Man konnte sich nicht nur die schönen Sachen heraussuchen und das Unangenehme weg lassen. Dann brachte ihr Lee die erste Form, Xiao Hung Kwan bei. Für Mui begann der Tanz des Kampfes. Sie lernte schnell und konnte die Form nach einem halben Jahr bereits so gut, wie Lee.

Mit dem mystischen Tong Zi Gong hatte Mui noch weniger Probleme, denn als Kind waren ihre Sehnen noch sehr flexibel.

Nur das Kämpfen an sich, das mochte Mui nicht so. Für die vierjährige Mui war die Faust der Shaolin ein großer, anmutiger Tanz. Nach den ersten drei Kampfeinheiten hörte Lee auf, Mui zum kämpfen zu zwingen. Er freute sich, dass seine Tochter so gut in der Kampfkunst war, ihr Können aber nicht anwenden wollte. Das war die wahre Kunst für ihn. Mui tanzte mit ihrer Mutter in der Hobbytanzgruppe, die inzwischen sehr bekannt in der Gegend um den Berg Leung war. Mui brach aus der traditionellen Choreografie immer wieder aus und mischte Kampfkunstelemente aus den Formen dazu. Das tat sie jedoch unbewusst, wenn sie einmal den Ablauf vergaß. Trotzdem applaudierte das Publikum, denn eine Vierjährige, die gut tanzte und zwischendurch immer mal wieder Schläge und Tritte verteilte, war ganz nach dem Geschmack der hiesigen Bevölkerung.

Der Fahrgast bezahlte den Kutscher und nahm seine zwei Koffer von der Regennassen Straße. Er sah zum steingrauen Haus, stellte sich unter das Vordach der Tür und atmete einmal tief ein und aus. Dann ging er zur Tür, stellte seine Koffer ab und klopfte…

Als Mui sieben Jahre alt war, wurde Kaiwen krank. Sie bekam Fieber, musste unentwegt husten und wurde blass. Sie wollte nicht mehr essen, schwitzte sehr und erkannte ihre Tochter nicht mehr wieder. Lee war verzweifelt und holte alle Hilfe, die er in dem kleinen Dorf finden konnte, doch niemand vermochte, Kaiwen zu helfen. Sie wurde immer schwächer, konnte nicht mehr reden und lag nur noch da und hustete. Und dann schlief sie ein. Für immer.

Lee und Mui waren nun allein. Lee trauerte sehr um die Liebe seines Lebens. Mui hörte ihn nachts immer weinen. Auch ihr fehlte sie sehr, sie fragte Lee wann ihre Mutter wieder kommen würde. Erst auf der Trauerfeier von Kaiwen begriff Mui langsam, dass ihre Mutter nie mehr wieder kommen würde.

„Warum hat ihr niemand geholfen?", fragte sie Lee am Abend nach der Beerdigung.

„Es haben viele Leute versucht zu helfen", antwortete Lee. „Aber niemand hatte die Fähigkeiten dazu. Du hast gesehen, wie viele Menschen sie besucht haben in den letzten Tagen. Alle wollten helfen, aber niemand hatte es geschafft."

Das war nicht gerecht, fand Mui.

„Hat irgendjemand die Macht zu helfen?", fragte sie.

Es klopfte an der Tür. Lee öffnete und sah in das traurige Gesicht von Kaiwens Vater. Er stand mit zwei Koffern vor der Tür und war vom Regen nass bis auf die Knochen.

Die Tür öffnete sich und der nasse Fahrgast sah in das traurige Gesicht seines Schwiegersohnes.

„Bin ich zu spät?", fragte er mit zitternder Stimme.

Lee sah auf den Boden. Sie gingen ins Haus. Mui wurde ins Bett geschickt. Beide Männer saßen am Esstisch und redeten die ganze Nacht.

Am nächsten Morgen gingen alle drei zu Kaiwens Grab.

„Ich habe die Nachricht von deiner Krankheit auf dem Hochplateau im Himalaya bekommen", sagte der Vater zum Grabstein. „Ich brach sofort auf, ließ alles liegen. Ich kam, so schnell ich konnte. Aber zu spät." So sehr er versuchte, das Gesicht zu wahren, rollten nun doch Tränen über sein Gesicht. Lee und Mui ließen ihn deshalb allein und gingen ein paar Schritte.

„Was macht ihr jetzt?", fragte Mui´s Großvater, der sie in ein gutes Lokal zum Essen einlud.

„Das Haus ist ohne Kaiwen leer und grau", antwortete Lee. „Ich kann uns mit dem Möbelverkauf kaum ernähren, uns wird das Geld vom Verkauf von Kaiwens Näharbeiten fehlen."

„Ich kann euch eine Weile unterstützen", sagte der reisende Händler. „Aber irgendwann muss ich wieder los. Mein Wagen mit den Gewürzen und Kräutern steht noch in Tibet. Mönche passen darauf auf, aber dort sind meine ganzen Waren. Ohne sie verdiene ich auch kein Geld."

„Vielen Dank für das Angebot. Ich weiß noch nicht, wie es weiter gehen soll."

Der Händler sah auf das kleine Mädchen, dass lustlos mit den Stäbchen in ihrem Essen herumstocherte.

„Mui, wie geht es dir?"

„Mir fehlt meine Mutter", sagte Mui leise.

„Sie fehlt uns allen", sagte ihr Großvater.

„Ich weiß nicht, warum ihr keiner helfen konnte", platzte es aus Mui hinaus. „Es waren bestimmt hundert Leute da, aber keiner konnte ihr helfen! Warum?"

„Als ich oben in Tibet war, da lebten Mönche, die waren in der Heilkunst geschult. Sie hätten vielleicht helfen können", sagte der Großvater. „Aber selbst wenn mich einer dieser Mönche begleitet hätte, wir wären zu spät gekommen."

Mui sah traurig auf den Tisch.

„Ich möchte auch die Heilkunst lernen", sagte sie leise, aber entschlossen. „Dann kann ich allen Menschen helfen und niemand muss mehr sterben."

Der Großvater sah Lee an. „Mir scheint es, als wäre dir deine Entscheidung gerade abgenommen worden."

Lee überlegte einen Moment lang. Dann nickte er.

„Mui, wenn du die Heilkunst studieren möchtest, gibt es nur eine Möglichkeit. Wir beide verkaufen unser Haus und gehen nach Henan. Dorthin, wo ich deine Mutter zum ersten Mal gesehen habe."

„Und da kann ich Heilerin werden?"

„Ich hoffe es. Dort in der Nähe gibt es ein Kloster für Nonnen der Shaolin. Wenn sie dich aufnehmen, wirst du in der Faust der Shaolin und in der Heilkunst[2] geschult."

„Und du?", fragte sie ihren Vater. „Dich nehmen sie auch?"

Lee lächelte.

„Nein, dort leben nur Frauen. Ich werde zurück zum Shaolintempel gehen. Nicht weit weg von dir. Wir werden uns oft sehen."

Mui sah wieder auf den Tisch und wurde still.

„Ja", sagte sie schließlich. „Dann muss niemand mehr sterben, den ich lieb habe."

„Nun, dann helfe ich euch noch bei dem Haus. Und dann setze ich meine Arbeit in Tibet fort. Wir werden uns wieder sehen, denn ob ich von meinen Reisen hier nach Nanchon oder nach Henan komme, ist einerlei."

Das Haus wurde schnell und für gutes Geld verkauft.

Mitsamt Einrichtung, denn je weniger Gepäck, desto schneller reise es sich. Und das Geld war genug. Lee verbrauchte das gesamte Geld für die Reise, denn als Mönch brauchte er keines mehr. Sie packten die letzten persönliche Sachen auf einen Wagen und gingen zum Großvater, um sich zu verabschieden.

„Mui, warte hier!", sagte dieser und verschwand kurz im inneren seiner Kutsche, die ihn zurück ins Gebirge bringen sollte. Er kam mit einem Tuch wieder, das er entfaltete.

„In Tibet verkaufte ich seltene Gewürze und Kräuter an das Bergvolk. Da kam ein Mönch auf mich zu und sagte, sein Meister wäre erkrankt und ob fragte, ob ich mit ein paar Kräutern oder Ölen aushelfen könnte. Da es sich um Mönche handelte, wusste ich, dass er mich nicht bezahlen konnte. Ich nahm etwas Chiliöl, Eukalyptus und Jasmin und was ich sonst noch entbehren konnte, schnürte ein Bündel und gab es dem Mönch. Ich glaubte nicht, dass ich ihn oder das Geld dafür je wieder sehen würde. Doch vier Tage später erschien der Mönch mit seinem Meister an meinem Wagen. Sie bedankten sich überschwänglich und der Meister schenkte mir zum Dank dies hier."

Er holte eine lange, grüne Perlenkette hervor.

„Das ist eine Mala, eine buddhistische Gebetskette aus Jade. Einhundertacht grüne Jadeperlen und hier, am Schlussstein etwas ganz besonderes", erklärte er Mui und zeigte ihr die Guru-Perle.

In der großen Perle waren ein Drache, eine Schlange, ein Tiger, ein Leopard und ein Kranich kunstvoll eingraviert. Die Gebetskette schimmerte wunderschön im Sonnenlicht, fand Mui.

„So etwas Schönes habe ich noch nie gesehen", sagte sie voller entzücken.

„Diese Kette ist sehr selten und etwas ganz Besonderes", erklärte der Großvater weiter. „Solche Ketten werden eigentlich aus Holz oder Knochen gefertigt. Dies ist eine der sehr Seltenen und sehr Wertvollen aus Jade."

Er gab die Kette Mui, die sie vorsichtig entgegennahm.

„Ich dachte, diese Kette würde mein Erbe für Kaiwen werden", sagte er betrübt. „Ich habe nie gedacht, dass ich mein Kind überleben würde. Nun sollst du sie haben, Mui."

Mui war sprachlos. So etwas Schönes sollte ganz allein ihr gehören?

„Danke! Vielen Dank!" Mehr brachte sie nicht heraus.

Sie verabschiedeten sich und starteten ihre Reisen. Der Großvater wieder in die Berge und Lee und Mui in die religiöse Enthaltsamkeit.

Drei Jahre war Ng Mui nun schon im Nonnenkloster in Henan und aus dem kleinen Mädchen mit den schulterlangen, schwarzen Haaren wurde eine Bikkhuni, eine buddhistische Nonne im rot-gelben Gewand und geschorenem Kopf, den sie mit einer weißen Kopfbedeckung schützte. Sie war eine gute und fleißige Schülerin, die sich besonders für die Kräuterheilkunde, Tinkturen, Mixturen oder Akupunktur interessierte.

Sie war talentiert in der Kampfkunst, was ihr beim täglichen Training sehr gelegen kam. Mui verband die Techniken immer mit einer Bewegungsabfolge beim tanzen. Spielerisch lernte sie die Grundform Xiao Hung Kwan in Perfektion, war weit fortgeschritten im mystischen Tong Zi Gong und beherrschte die Arhat-Form. Mit der Lang-Form, die Mui seit einigen Monaten lernte, hatte sie etwas mehr Schwierigkeiten, da in diese Form von einfachen, geraden Schlägen und Tritten beherrscht wurde und man sich so wenig, wie möglich bewegen sollte. Die Kunst in dieser Form war es, die Angriffe des Gegners vorausahnen zu können. Mui dachte beim Üben der Kampfkunst aber nicht an Konfrontation, sondern an Gleichmut, Sinnlichkeit und Grazilität.

„Lerne die Form!", riet ihr die Äbtissin und Großmeisterin des kleinen Klosters immer wieder. „Lerne die Form! Und dann suche das Formlose. Aber zuerst: Lerne die verdammte Form!"

Beim Wu Zin Chi dagegen, dem Spiel der fünf Tiere, hatte Mui keinerlei Schwierigkeiten. Sie kannte es noch von früher. Außerdem traf sie sich manchmal heimlich mit ihrem Vater auf einer abgelegenen Lichtung und sie übten Bewegungsmuster der Tiere, die ihr Vater perfekt konnte.

Sie mussten beim Training große Vorsicht walten lassen, denn wenn die Äbtissin mitbekäme, dass Mui noch von ihm trainiert wurde, wäre das eine große Respektlosigkeit, was auch eventuell den Ausschluss aus dem Kloster zur Folge haben könnte.

Mui, die vor ihrem Eintritt ins Klosterleben nicht viel mit Spiritualität oder Religion zu tun hatte, wurde von ihrer Meisterin nun in eine relativ neue Form des Buddhismus eingewiesen. Der Zen-Buddhismus bestand für Mui hauptsächlich aus meditieren. Eins mit der Natur werden, Buddha werden und den Menschen das Herz öffnen. Die Zeit im Kloster war anstrengend, entbehrungsreich und oft vermisste sie ihre Mutter, gleichzeitig fühlte sie sich noch nie so glücklich und erfüllt. Und sie konnte jeden Tag zwei Dinge tun, die sie liebte. Den Tanz des Kampfes und Menschen helfen.

So, wie dem kleinen Chau, der von einem reisenden Händler mit schlimmen Bauchschmerzen ins Kloster gebracht wurde. Der Händler bat die Nonnen, seinem Sohn zu helfen. Mui war gerade neunzehn Jahre alt geworden und war nun so weit fortgeschritten, dass sie dem Kleinen ganz allein helfen durfte.

„Was hast du gegessen?", fragte sie Chau ernst, nachdem sie seinen Bauch abgetastet hatte.

„Nichts!", sagte Chau und wurde rot.

„Na, das soll ich dir glauben? Dein Mund ist doch noch ganz verschmiert."

Erschrocken wischte der kleine Chau seinen Mund mit der Hand ab.

„Ha, erwischt!", freute sich Mui. „Also, was hast du gegessen?"

„Die roten Beeren, die am Straßenrand wachsen", gab Chau dann doch zu.

„Haben sie geschmeckt?", fragte Mui

„Nein, ganz bitter waren die", sagte Chau und verzog sein Gesicht.

„Wie viele hast du gegessen?"

„Alle."

„Alle? Ich denke, sie schmeckten bitter?"

„Ja, trotzdem. Ich hatte Hunger und die sahen so lecker aus."

Mui seufzte. Alle Vogelbeeren vom Busch vernascht. Kein Wunder, dass es dem Kleinen so schlecht ging. Sie stellte einen trank aus Salzen und Ölen zusammen und gab noch etwas Minze dazu, damit es nicht ganz so übel roch.

„Das musst du jetzt austrinken. Dann geht es dir bald besser." Mui sah sich um. „Und du musst draußen langsam bis zur hinteren Mauer des Klosters gehen. Draußen, das ist wichtig."

Chau trank den Becher in einem Zug aus und verzog sein Gesicht.

„Das schmeckt furchtbar!", sagte er.

„Das soll nicht schmecken, es soll dich gesund machen", konterte Mui. „Und jetzt raus, hopp hop!"

Mui schob ihn vor die Tür, als sich Chau das erste Mal krümmte und ein roter Schwall aus seinem Mund schoss.

„Das kriegst du wieder!", schwor Chau.

„Hör mal, du Vielfraß, das waren Vogelbeeren. Die sind giftig und müssen raus aus deinem Körper. Und so geht das am schnellsten.", sagte Mui, als der zweite Schwall aus Chau´s Mund schoss.

Chau erbrach sich noch drei Mal, bis sich sein Magen

wieder beruhigte. Danach durfte er sich wieder hinlegen und bekam Tee und gedämpfte Brötchen.

„Was hast du da?", fragte er mit vollem Mund und deutete auf Mui´s Kette.

„Das ist eine Gebetskette" sagte Mui, nahm sie ab und gab sie Chau.

„Die ist ja schön!" sagte er und bewunderte die Mala aus grüner Jade.

„Wenn du auch eine haben möchtest, hole ich dir eine", sagte Mui.

„Ja, das wäre sehr nett", sagte Chau.

„Dann pass bitte solang auf meine Mala auf, ich gehe schnell und schaue, ob wir noch eine für so tapfere kleine Männer, wie dich, haben."

„Das mache ich", sagte Chau stolz.

Mui lächelte und hoffte, dass Schwester Meiling noch eine Gebetskette irgendwo hatte. Sie ging zum Tempel. Meiling war um diese Zeit immer dort.

Die Tür des Krankenzimmers flog auf und ein gehetzter Mann schaute ins Zimmer.

„Chau, da bist du ja!", freute sich sein Vater. „Und dir geht es gut! Ausgezeichnet!"

„Ja, Schwester Mui musst du danken."

„Wo ist sie denn?", fragte er und sah sich um. „Egal, mache ich später. Wir müssen weiter, komm, mein Junge."

„Aber Schwester Mui holt ..."

„Wir danken ihr später, wenn wir wieder herkommen!"

„Aber sie holt ...!"

„Chau! Komm jetzt. Wir müssen noch vor Einbruch der Dunkelheit im Ort sein. Ich habe einen engen Zeitplan. Wir sind schon spät dran. Und den musst du auch in- und auswendig können, wenn du das Geschäft eines Tages übernimmst!"

Chau sah auf die Kette in seine Hand.

„Wir kommen wieder, ja?", fragte er seinen Vater.

„Ganz sicher."

„Dann passe ich solange auf diese auf, bis ich meine Eigene bekomme", sagte Chau und verließ mit seinem Vater das Kloster. „Das habe ich versprochen."

„Ja, mach das. Hauptsache, du kommst jetzt mit.", sagte der Vater und zog seinen Sohn am Arm aus dem Zimmer.

Als Mui mit einer anderen Gebetskette zurück kam, waren Chau und ihre Mala aus Jade aus dem Kloster verschwunden. Sie eilte zum Klostertor, doch der Wagen des Gewürzhändlers war schon fort.

Ein Jahr später, als Mui zwanzig Jahre als war, kam der Abt des Shaolinklosters den Weg hinauf und bat um ein Treffen mit der Äbtissin. Nach einer Weile schickte die Äbtissin nach Ng Mui.

„Mui, wie heilt man Fieber?", fragte die Nonne.

„Bettruhe, wärme und schmerzstillende Kräuter. Außerdem kann man …"

„Danke", unterbrach sie die Äbtissin. „Wie dämmt man eine Krankheit ein?"

„Isolation der Kranken, Sauberkeit, Reinlichkeit, …"

„Danke!"

Die beiden Oberhäupter wechselten einen Blick.

„In unserem Kloster unten in Fujian herrscht zur Zeit eine Gelbfieberepidemie. Wir werden der Lage dort unten einfach nicht Herr", begann der Abt. „Ich bin gekommen, um heilkundige Hilfe für unsere Brüder im Süden zu erbitten."

„Gelbfieber", überlegte Mui. „Moskitos. Ihr braucht

Räucherstäbchen und feine Netze, durch die keine Moskitos kommen. Ich stelle einige Kräuter und Öle zusammen die ihr mitnehmen könnt. Und ich frage …"

„Mui!", rief die Äbtissin ihr nach, als diese hinauseilte.

„… Schwester Meiling …"

„Mui!"

„… nach Netzen …"

„Mui!!!"

„Ja?"

„Stelle alles, was du brauchst in Ruhe zusammen."

„Was ich brauche?"

„Du wirst nach Fujian ins Kloster reisen. Deine Hilfe wird dort dringend gebraucht."

„Aber es ist ein … Mönchskloster! Ich meine, da leben Männer! Ich bin eine Frau!"

„Dir wird ein Haus zum behandeln der Erkrankten und als Schlafplatz für dich auf dem Klostergelände zur Verfügung gestellt. Ich habe mit dem Abt Lobsang gesprochen. Er erwartet dich bereits und wird das Haus nach deinen Wünschen ausrüsten" sagte der Abt.

„Gut", überlegte Mui und sprach dann konzentriert und wohlüberlegt. „Er soll alle Fenster und Türen mit einem engmaschigen Netz bespannen. Das Netz muss so eng sein, dass kein Insekt ins Haus kann. Dann soll er vier Tage lang Räucherstäbchen abbrennen. In jedem Raum soll eine Chrysantheme stehen. Er soll genügend Betten und frisch gewaschene Laken bereitstellen. Kräuter und Öle bringe ich mit."

„Ausgezeichnet!", freute sich der Abt. „Ich werde einen Botschafter voraus schicken, der deine Wünsche entsprechend übermittelt."

„Ich möchte mich noch vom meinem Vater

verabschieden. Ich denke, ich werde in zwei Tagen aufbrechen."

Und so brach Mui nach Fujian auf, zum südlichen Kloster der Shaolin.

Falle

Im Jahre 1729 lag Chow in der Seitengasse hinter der Markthalle. Er atmete nicht mehr. Chows Gesicht war von Blutergüssen übersät, seine Nase und sein Jochbein waren gebrochen. Aus tiefen Löchern in dem Drachentattoo auf seiner Brust rann immer noch etwas Blut in Rinnsalen auf die regennasse Straße. Seine Augen waren geschwollen und blutunterlaufen. In seinem Hinterkopf steckte noch die Klinge eines Fleischermessers.

Völlig außer Atem stand Yim Lee vor Chows Leiche und starrte auf das Fleischermesser. Es war seins. Das erkannte er am kunstvoll gefertigten Griffstück aus dunklem Mahagoni.

Und Lee kannte Chow.

Chow war einer dieser kleinen Opiumschmuggler, die den rechtschaffenen Bürgern von Longmen das Leben schwer machten. Opiumfelder wurden im Landesinneren im großen Stil angebaut, von den Triaden finanziert und organisiert. Kleine Schmuggler brachten sie dann über die Schleichwege durch die Guangdong-Provinz, in der Longmen lag, in Richtung Hongkong. Und von Hongkong aus in die ganze Welt.

Chow schmuggelte es nicht nur für die Triaden, er nahm es auch selbst. Und immer, wenn er es nahm, gab es Ärger. Und immer, wenn es Ärger in Longmen gab, schickte man nach Yim Lee. Polizei gab es hier nicht, sie brauchte viel zu lang, um nach Longmen zu kommen. Lee wohnte hier. Ihn holte man, um Ärger zu schlichten.

Lee hatte einige Kampftechniken gelernt, war aber noch

weit davon entfernt, ein Meister zu sein. Er konnte sich recht gut behaupten. Lee hatte von Inspektor Hung, der die Polizeistation im Nachbarort leitete, die Erlaubnis, als Hilfspolizist tätig zu werden, wenn es nötig war. In den monatlichen Besprechungen, an denen Lee mit großer Begeisterung teilnahm, ging es in letzter Zeit darum, den Opiumschmuggel durch die Guangdong-Provinz einzudämmen. Lee kannte zwei kleine Schmuggler in Longmen und schlug vor, mit einigen Kollegen der Polizei, den beiden einen Besuch abzustatten.

Sie umstellten unentdeckt das Wohnhaus, in dem die Schmuggler wohnten und wollten gerade zur Haustür gehen, als ein Wagen voller Fässer vor dem Gebäude hielt. Der Kutscher stieg ab, lud vier Fässer in der Seitengasse ab und sah sich immer wieder misstrauisch dabei um. Dann klopfte er an die Tür. Als einer der beiden Schmuggler die Tür öffnete, schlug Inspektor Hung zu. Er verhaftete einen der beiden Schmuggler und den Kutscher des Wagens. Lee verfolgte den anderen Schmuggler noch, aber er verlor ihn in den verwinkelten Seitengassen und Hinterhöfen.

Der Erfolg der Polizei wurde auch von den Triaden vernommen. Schließlich hatten sie gerade zwölf Fässer reines Opium verloren. Jemand musste dafür bezahlen. Chow wurde einbestellt. Er war der andere Schmuggler, der Lee entkam.

„Also Chow, woher wusste die Polizei von der Lieferung?", fragte ein Mann. Chow kniete auf dem Boden des dunklen Hinterzimmers eines Gebäudes, das nach Blut und Tod stank. Chow vermutete, in einem Schlachthaus zu sein, aber sicher war er sich nicht. Chows Augen waren nicht verbunden, eine Lampe erhellte den Raum, aber trotzdem wagte er es nicht, aufzusehen. Wenn man Gesichter sah, konnte man jemanden wiedererkennen und war dem Tode näher, als dem Leben.

„Ich weiß nicht, woher die das wussten.", sagte er mit zitternder Stimme.

„Woher wussten die, wo die Lieferung übergeben werden sollte?"

„Das weiß ich auch nicht."

„So kommen wir hier nicht weiter", sagte der Mann ungeduldig. „Unser Mann bei der Polizei sagte, es sei die Idee eines kleinen Wichtigtuers gewesen, der gerne Polizist spielt. Kennst du ihn?"

„Das ist Yim Lee. Ich hatte schon oft Ärger mit ihm."

„Weiß er, wo du wohnst?"

„Ja."

„Weiß er von deinen … Betätigungen für unser Geschäft?"

„Ich glaube, ja.", wimmerte Chow. Das Gespräch nahm eine ungute Wendung, befürchtete er.

„Nun gut", sagte der Mann schließlich. „Geh nach Hause. Wir melden uns bei dir und entscheiden, was zu tun ist."

Chow achtete darauf, nur den Boden zu sehen, als er vor die Tür geführt wurde. Er wagte es erst wieder hochzusehen, als er die Tür zufallen hörte. Er ging nach Hause. Chow war froh, dass er noch am Leben war. Jetzt würde es diesem Lee an den Kragen gehen und er konnte seine Geschäfte dann nahezu unbehelligt von der Polizei fortsetzen.

„May, hast du das Fenster offen gelassen?", fragte Lee seine Frau, als er morgens aufstand. In seinem Arbeitszimmer wehte der Wind einige Dokumente durcheinander.

„Nein, ich war gestern nicht in dem Zimmer", antwortete May. „Chun, hast du wieder in Vaters Arbeitszimmer gespielt?"

„Nein!", antwortete die kleine Chun. „Ich darf da nicht ohne Papa rein, das weiß ich doch."

Lee beließ es dabei. Dass das Fenster am Abend noch geschlossen war, kratzte zwar an Lees Bewusstsein, doch konnte sich dieser Gedanke kein Gehör verschaffen. Er schloss das Fenster und ordnete seine Berichte. Es war alles noch da. Bis auf eine Sache. Aber danach suchte auch niemand.

Zwei Tage später klopfte es am späten Abend an Chows Tür. Drei kräftig gebaute, gut gekleidete Männer standen davor. Chow vollführte mit einem von ihnen den geheimen Handschlag und ließ sie in seine Wohnung.

„Kommen Sie schnell, Mr. Yim! Chow ist auf dem Markt und macht Ärger am Fischstand von Sang!" Ein schwer atmender Junge stand am Vormittag des nächsten Tages vor der Tür von Lee.

„Was ist denn los?", fragte seine Frau aus dem Hinterzimmer.

„Chow mach wieder Ärger. Ich kümmere mich darum!", rief Lee ins Haus und zog die Tür zu, um dem Jungen zu folgen.

Der Junge lief schnell. Am Markt angekommen, sah Lee Chow, der wieder davon rannte. Fest entschlossen, ihn dieses Mal zu erwischen, beschleunigte Lee weiter und folgte Chow durch die engen Gassen des Marktes. Er lief zum hinteren Ausgang, der für die Händler bestimmt war und bog um eine Hausecke. Lee blieb an der Ecke außer Atem stehen. Da lag Chow mit seinem Fleischermesser im Kopf. Wie konnte das sein? Vor drei Sekunden lebte er noch!

„Lee, was hast du getan?", rief eine entsetzte Stimme hinter Lee. Eine Frau vom Markt war ihm neugierig gefolgt.
„Ich … ich, nichts!", stammelte Lee. Immer mehr Schaulustige versammelten sich hinter ihm.
„Er hat ihm das Messer in den Kopf gerammt!"
„Holt die Polizei!"
„Er war es, ich hab es genau gesehen!", rief der kleine Junge.
Lee drehte sich um und sah ihn an. Der Junge lächelte Lee an und machte eine spezielle Handbewegung mit dem Zeigefinger an seinem Hals. Lee hatte diese Bewegung schon einmal gesehen. Er rannte los.

Seine Haustür war aufgebrochen.
„May! Chun!", rief Lee ins Haus. Er stürmte in die Küche und sah seine Frau May in einer Lache aus Blut auf dem Boden liegen. Ihre Kehle war aufgeschnitten, ihre Augen weit aufgerissen. Es war kein Leben mehr in ihr.
„Chun!", schrie Lee und rannte ins Kinderzimmer. Es war leer. Er hörte seine Tochter schreien. Chow hatte sie fest auf dem Arm und trug sie zu seinem Pferd. Lee erreichte den Mann, der fast wie Chow aussah und dieselbe Kleidung trug, als er sich gerade auf das Pferd schwingen wollte. Seine Tochter lag bereits gefesselt mit dem Bauch auf dem Rücken des Pferdes. Lee zog den Mann herunter und schlug wie wild auf ihn ein. Der

Mann war zwar größer und kräftiger als Lee, hatte aber keine Chance. Lee erschlug ihn mit bloßen Händen. Er wurde eines Mordes beschuldigt, den er nicht begangen hatte. Seine über alles geliebte Frau lag mit aufgeschlitzter Kehle in seinem Haus. Er hatte aus Notwehr einen Mann getötet, der seine Tochter entführen wollte. Lee musste weg von hier. Chow hatte ein Drachentattoo auf der Brust. Chows Zwilling hatte einen Drachen auf der Hand. Die Polizei würde ihn wegen Mordes suchen. Die Triaden würden ebenfalls Jagd auf ihn machen, wenn sie ihn nicht in einer Gefängniszelle finden würden. Lee nahm Chun die Fesseln ab und drückte sie fest an sich. Dann ging noch einmal ins Haus, verabschiedete sich von seiner Frau und gab ihr einen Kuss auf die Stirn.

Dann setzte sich auf das Pferd und ritt mit seiner Tochter los.

Egal, wohin. Nur weg von hier.

Mui wohnte in einem zum Krankenhaus umfunktioniertem, gedrungenen Gebäude zwischen dem Steingarten und dem Trainingsplatz. Die Epidemie wurde langsam eingedämmt und das Krankenhaus des Klosters leerte sich. Wenn sie sich nicht gerade um die Krankenpflege bemühte, trainierte Mui allein den Tanz des Kampfes. Als einzige Frau in einem Mönchskloster behandelte man sie entweder als Aussätzige oder begegnete ihr mit Geringschätzung. Eine Frau, die die Kampfkunst beherrschen soll? Niemals!

Einzig der alte Abt mit dem langen, grauen Bart, der aus dem Hochgebirge kam, behandelte sie gleichwertig mit seinen Schülern. Er sah ihr zu, wenn sie praktizierte und gab ihr Lehrstunden. So beherrschte Mui bald auch die weiteren fünf Tierstile, die sie zusammen mit ihrem Vater trainiert hatte, perfekt. Beeindruckt von ihrer Strebsamkeit und ihrem Fleiß rief Lobsang seine ältesten Schüler, einige davon bereits Großmeister in der Kampfkunst, und bat sie, ein waches Auge auf Mg Mui zu haben. Sie sollten nicht eingreifen, jedoch gut beobachten, wie es um die Kampfkunst der Nonne stehen würde. Miu Hin,[3] ein junger Meister, war strickt dagegen, dass eine Frau eine Kampfkunst erlernen sollte, egal, wie gut sie sei. Sie war schließlich als Krankenschwester gekommen und nicht, um kämpfen zu lernen.

„Sie ist eine Nonne der Shaolin und praktiziert Zen", erwiderte Lobsang. „Ja, es mag dir nicht gefallen, aber Bodhidharma und auch Buddha selbst sahen keinen Unterschied zwischen Mann und Frau. Sie ist eine Buddhistin. Gehört die Kampfkunst nicht zum Buddhismus, wie die Luft zum Leben?"

„Ja, schon", gab Hin zu. „Aber trotzdem. Eine Frau in einem Mönchskloster, das ist falsch."

„Als sie dich vom Fieber geheilt hat, war dir ihre Anwesenheit ganz recht"

„Hmpf", machte Hin.

Einige Zeit später kam der älteste Schüler, Chi Shin, zu Lobsang.

„Warum praktiziert sie allein?", fragte er.

„Sie ist hier niemandes Schüler. Sie hat keine Gruppe mit der sie üben kann. Ich zeigte ihr hier und dort etwas oder verbesserte sie ein wenig. Aber meine Schülerin ist sie nicht."

„Ihre Kampfkunst ist nahezu Meisterhaft", staunte Shin. „Sie sollte niemandes Schüler sein, sondern selbst unterrichten."

„Was meinst du mit nahezu?", fragte Ng Mui, als sie die kleine Meditationshalle betrat.

„Ich habe sie zu mir gebeten", sagte Lobsang.

„Ich meine, dass die Kampfkunst hier im Süden einige kleine Unterschiede zu der im Norden hat. Ich würde es dir gerne zeigen. Die nördliche Faust der Shaolin ist sehr hart, von Kraft geprägt und … ich sag mal, starr."

Chi Shin macht eine gerade Fauststoß in die Luft und danach einen Block.

„Unsere südliche Faust der Shaolin ist weicher, mehr Technik, weniger Krafteinsatz. Wir sind flexibler geworden. Dank unseres Meisters. Wir lernen von den Elementen. Wie zum Beispiel Wasser. Trifft Wasser auf ein Hindernis …"

Er stieß eine Faust in Richtung von Mui´s Kopf. Reflexartig blockte sie ihn ab.

„Fließt es drum herum", sagte er, bewegte seinen Arm um Mui´s Block und tippte sie an die Stirn.

„Beeindruckend!", staunte Mui.

Chi Shin lächelte. Dann wandte er sich an Lobsang.

„Wenn du es erlaubst, und wenn Ng Mui es möchte, würde ich ihr gerne die Techniken des Südens zeigen."

„Von mir aus spricht nichts dagegen, Shin", sagte Lobsang.

„Jetzt bin ich neugierig", sagte Mui.

„Gut, dann ist ja alles geklärt. Ihr habt zwei Monate Zeit", sagte Lobsang.

„Zwei Monate?", fragte Mui. „Ist meine Zeit hier dann vorüber?"

„Nun, wenn du gehen möchtest, darfst du natürlich jederzeit zurückkehren", lächelte Lobsang. „Aber wenn du bleiben möchtest, ernenne ich dich in zwei Monaten, wenn wir das jährliche Fest zu Ehren Buddhas feiern, zur Meisterin der Faust der Shaolin."

„Zwei Monate!", rief Shin. „Da müssen wir uns aber ranhalten. Morgen früh beginnt dein Training, Nonne."

„Hey, auch wenn du jetzt für zwei Monate mein Shifu[4] bist, Mönch, vergiss nicht, dass ich mich noch um die Kranken kümmern muss."

Sie gingen diskutierend hinaus und ließen einen lächelnden Lobsang zurück.

Zwei Monate später kamen alle Mönche auf Wunsch des Abtes Lobsang zusammen und er verkündete, dass einem Mitglied des Klosters die Ehre zuteil würde, sich von nun an Meister der Faust der Shaolin nennen zu dürfen.

„Warum sie?", rief ein Mönch aus der Menge, als

Lobsang Ng Mui zu sich bat.

„Der, der Einwände hat, soll sich zeigen!", befahl er in die Menge.

Ein junger Mönch mit kurzen, schneeweißen Haaren, weißen Wimpern und ebenso weißen Augenbrauen erhob sich mit entschlossenem Blick.

„Sie ist eine Nonne und als Krankenschwester hier!"

„Sagt das etwas über ihre Kampfkunst aus?", fragte Lobsang.

„Die kann sie mir gleich mal zeigen!", provozierte der junge Mönch. „Und wenn ich gewinne, dann will ich zum Meister ernannt werden!"

„Kampfkunstmeister wird, wer die Kunst des Kämpfens gemeistert hat. Nicht, wer einen Kampf gewinnt."

„Lasst ihn, wenn er eine Frau schlagen will.", sagte Ng Mui mit zuckersüßer Stimme und gab sich betont klein. „Nun gut, ich opfere mich dem rüden Schläger in weißer Haarpracht."

Ng Mui ging zu einem freien Platz unterhalb der großen Meditationshalle, den ein Mönch namens Ma Ning Yee sauber und ordentlich hielt, und stellte sich zum Kampf. Der junge Mönch tat es ihr gleich und griff sie an. Mui schlug ihn mit großer Kraft auf die Brust. Der junge Mönch flog zurück und landete auf seinem Gesäß.

„Genug!", entschloss Lobsang, als der junge Mönch gerade wieder angreifen wollte. „Chu Long Tuyen, du wirst deinen Weg gehen! Aber solange du noch so impulsiv und unbeherrscht bist, wirst du es niemals zu Meisterschaft bringen!"

„Das ist noch nicht vorbei, Nonne!", zischte Pak Mei[5], wie er hinter vorgehaltener Hand von den anderen Mönchen genannt wurde.

„Ein guter Kampf", lächelte Mui legte die Faust in die flache Hand und grüßte ihren Kontrahenten. Der schnaufte nur wütend und starrte sie an. Mui sah in sein Gesicht und wusste:

Sie hatte gerade einen neuen Freund gewonnen.

Einige Zeit später trafen sich die Meister mit dem Abt Lobsang, um die Aufteilung neuer Novizen und das Fortkommen ihrer älteren Schüler zu besprechen. Ng Mui, die sich dazu entschieden hatte, dauerhaft im Kloster zu leben, lehnte es ab, selbst zu unterrichten, denn sie wollte sich hauptsächlich um die Kranken und Pflegebedürftigen kümmern. Dies forderte einen Großteil ihrer Zeit. Sie bot an, die anderen Meister ab und an beim Unterricht zu unterstützen, was größtenteils auf Anklang stieß.

Nur Miu Hin lehnte dankend ab. Für ihn war es schon kaum tolerierbar, dass eine Frau im Kloster wohnte. Die war nun noch Meisterin der Kampfkunst geworden, was für ihn unvorstellbar war. Jetzt auch noch seine Schüler von ihr unterrichten lassen? Niemals!

„Man meistert die Kampfkunst nicht einfach so", gab Lobsang zu bedenken, als Chi Shin ihn auf den Vorfall bei der Ernennung der Nonne zur Meisterin ansprach. „Tuyen ist ein guter und talentierter Schüler, aber seine Fähigkeiten sind noch nicht meisterlich. Er ist zu ungeduldig und zu impulsiv."

„Er ist fünfzehn Jahre alt. Er hat noch Zeit", sagte Fung To Tak, der ebenfalls mit Ng Mui zum Meister der Kampfkunst ernannt worden war.

„Kampfkunst kann man nur durch Ausdauer, Fleiß und harte Arbeit erlernen. Und das sein Leben lang. Kampfkunst ist nicht einfach irgendwann ausgelernt. Und manche brauchen mehrere Leben, um die Meisterschaft zu erlangen."

„Tuyen möchte es in einem Leben schaffen.", bemerkte sein Meister Chi Shin.

„Dann braucht er ein möglichst Langes", scherzte Ng Mui.

Lobsang sah sie an, starrte jedoch durch sie hindurch und strich durch seinen langen Bart. Vielleicht, ja vielleicht war der Buddhismus nicht ganz das Richtige für den hitzköpfigen Tuyen. Dieser war zwar sehr fleißig und talentiert, doch auch das größte Talent muss üben und kann nicht alles auf anhieb. Wenn etwas nicht gelang, wurde Tuyen immer sehr schnell wütend. Er suchte die Herausforderung mit Anderen und will in allen Dingen der Erste und der Beste sein. Vielleicht sollte man in seinen Tagesablauf mehr Langsamkeit einfließen lassen?

„Tak, was weißt du über Qi Gong?", fragte er und sah dabei immer noch die Nonne an.

„Daoismus?", fragte der Angesprochene. „Ich praktiziere es seit meine Kindheit. Meine Eltern brachten es mir bei und schickten mich zu einem Meister, von dem ich alles lernte. Bevor ich hier her kam."

„Lehre Tuyen Qi Gong und die ein oder andere Atemmeditation. Erkläre ihm nach und nach die Ansichten und Ziele des Daoismus[6]."

„Schwebt dir etwas bestimmtes vor, Meister?"

„Nun, ich denke, du solltest nebenbei das Ziel des ewigen Lebens nicht unerwähnt lassen."

„Kann ein Schüler zwei Meister haben?", fragte Tak.

„Ich denke, Shin, du wirst sehen, dass dieser Weg besser für deinen Schüler sein wird. Und Tuyen wird es selbst auch später merken."

„Nun Meister, ich bin bereit, es zu versuchen", sagte Shin, nachdem er hin und her überlegt hatte. „Ich spreche mit Tuyen. Er wird unsere Entscheidung akzeptieren."

* * *

Während die Jahre vergingen wurde so aus dem hitzköpfigen, weißhaarigen Temperamentsbündel Chu Long Tuyen ein ausgeglichener, ruhiger Daoist. Vielleicht war es für ihn auch nur wieder ein weiterer Wettkampf. Wer wird zuerst ein daoistischer Meister und erlangt ewiges Leben? Auf die Plätze, fertig, los!

In den vier Jahren, nachdem Mui durch Lobsang zur Meisterin ernannt wurde, sprach Miu Hin kaum ein Wort mit der Nonne. Er akzeptierte ihre Anwesenheit, doch versuchte er, sie so gut es ging zu ignorieren. Mui ihrerseits nahm es gelassen. War Hin doch einer von sehr wenigen Mönchen, die noch immer der Ansicht waren, dass eine Frau in diesem Shaolinkloster nichts verloren hatte. Um so überraschender war es für Mui, an diesem Frühlingsabend seine Stimme zu hören.

„Hey, Mui!", rief Meister Miu Hin, als Ng Mui gerade zum Brunnen ging, um Wasser für einen Patienten zu holen.

„Willst du mir doch noch gratulieren?", fragte Mui spöttisch. „Nach vier Jahren etwas spät, oder?" Sie wusste, dass Hin ihre Anwesenheit nicht mochte und dass sie als Meisterin mit ihm auf eine Stufe gestellt wurde, gefiel ihm so gar nicht.

„Nein", begann er, als er zu ihr aufgeschlossen hatte. „Ich habe mich an deine Anwesenheit langsam gewöhnt. Aber darum geht es gerade nicht. Ich wollte dich um einen Gefallen bitten."

„Oh, ganz neue Töne!", spottete Mui weiter.

„Ja, jetzt hör auf", winkte Hin ab.

„Was soll ich denn für dich tun?" fragte sie. „Und viel wichtiger: Was tust du dann für mich?"

„Ähm", machte Hin. Diese Situation war ihm unangenehm.

„Raus mit der Sprache, was plagt dich?"

„Es gibt unten im Dorf eine Frau, die ... Naja, sie ... liebte ... Jedenfalls war sie schwanger und nicht verheiratet."

„Ja, das passiert", sagte Mui ohne eine Regung im Gesicht.

„Nun ja, eine Tradition ist es, dass Kinder, die unehelich geboren werden, ein Heim und eine Ausbildung im Kloster finden, wenn die Eltern es ausdrücklich wünschen."

„Ja, auch das passiert hin und wieder. Worauf willst du hinaus?"

„Ich möchte dieser Mutter gerne helfen. Ich kenne sie schon viele Jahre und auch ihre Eltern kenne ich schon lange."

„Dann hol das Kind her und stell es Abt Lobsang vor."

„Da kommen wir zu meinem Problem. Das Kind ist ein Mädchen. Und du kennst meinen Standpunkt bei Frauen in einem Mönchskloster."

„Ja, allerdings.", sagte die Nonne abfällig. „Und was schlägst du vor? Soll ich jetzt mit Lobsang reden?"

„Kann das Mädchen bei dir wohnen?"

„Und du wirst ihr Meister?", grinste Mui. „Der Mann, der bis gestern hier keine Frau haben wollte, nimmt ein Mädchen zur Schülerin?" Mui´s Grinsen wuchs in die Breite.

„Ich? Nein!", sagte Hin entschlossen. „Ich könnte ... Nein! Auf keinen Fall!"

Mui prustete los und lachte laut auf.

„Wenn ich das Mädchen im Krankenhaus wohnen

lasse", begann Mui und wischte Tränen aus den Augen. „Was ist da für mich drin?"

Hin sah zum Trainingsplatz. Dort waren neben den Holztrainingsgeräten mit Armen und Beinen, Holzpuppen, Hölzerne Männer oder Mu Ren Zhuang genannt, Pfähle in den Boden eingelassen. Es waren drei Gruppen von Pfählen in unterschiedlicher Höhe, etwa einen halben Meter mit weichem Sanduntergrund für die Anfänger, einen Meter mit normalem Granitpflaster als Untergrund für die Fortgeschrittenen und die letzte Gruppe war etwa zwei Meter hoch und um die Pfähle auf dem Boden waren Vorrichtungen für Messerklingen und Speerspitzen. Dort kämpften nur die Erfahrensten und Besten.

„Wie gut bist du auf den Pflaumenblütenpflöcken?", fragte er.

„Könnte besser sein", sagte Mui bescheiden.

„Dann lass uns daran arbeiten."

„Ich wusste gar nicht, dass du so gut darin bist."

„Ich zeige es nicht gern, dann wollen alle meine Schüler es lernen. Leider überschätzen sie sich schnell, landen auf dem Boden und schon gibt es wieder mehr für dich zu tun."

„Gut, wir treffen eine Vereinbarung. Ich lasse das Mädchen bei mir wohnen und du zeigst mir den Kampf auf den Pflöcken."

„Abgemacht."

„Aber ich werde sie nicht trainieren!", stellte Mui noch einmal mit fester Stimme fest.

„Wir werden einen Lehrer für sie finden."

„Frauen sind hier nicht erlaubt!", wies ein Mönch eine Frau zurecht, die mit ihrem Kind vor dem Tor des Klosters stand. Er hinderte sie daran, es zu betreten, indem er mit dem Besen in seiner Hand den Weg versperrte und sie grimmig ansah.

„Was ist hier los?", fragte Meister Miu Hin, der hinzu kam.

„Gut, dass du kommst, Meister", sagte der Mönch. „Die beiden wollten gerade das Kloster betreten und …"

„Nimm den Besen herunter!", unterbrach Miu den Mönch. „Ich habe die Beiden gebeten, heute hier her zu kommen."

„Aber Meister, Frauen …"

„Bitte nimm jetzt den Besen herunter und lass meine Gäste nicht vor dem Tor stehen, Yee!", befahl Miu dem Mönch.

„Meister Miu, ich respektiere die Regeln und werde hier warten", sagte die Mutter verständnisvoll. Sie blickte vom Mönch zum Meister hin und her und hoffte, etwas von der Spannung damit herauszunehmen.

„Nun gut", gab Hin nach. „Aber geh nicht weg. Gleich nach der Entscheidung kommen wir wieder und informieren dich."

„Danke, Hin", sagte die Mutter und erschrak. „Ich meine, Meister Miu."

Der Mönch ließ langsam und widerwillig den Besen sinken und sah das Kind voller Verachtung an, als es von Miu an ihm vorbeigeführt wurde. Es hielt dem Blick des Mönches stand und sah ihm direkt in die Augen.

Die Hände des Mönches verkrampften sich im Besenstil, der nun bewusst langsam und gründlich über die

Granitplatten des Hofes zwischen Tor und großer Meditationshalle geführt wurde. Dabei ließ er das Mädchen keine Sekunde aus den Augen, bis es mit Hin in der Halle verschwand.

Erst die Nonne und nun noch ein Mädchen? Wenn es erst so weit kommt, dass die Meister ihre eigenen Regeln brechen, dachte sich der Mönch, warum sollen wir uns noch daran halten? Yee bedachte die Mutter mit dem misstrauischsten Blick, den er aufsetzen konnte und stapfte davon. Als er aus dem Blickfeld der Mutter heraus war, fegte der zornige und vor den Kopf geschlagene Mönch den Hof weiter.

Meister Miu Hin führte das Kind in die große Meditationshalle. Direkt gegenüber dem Eingang stand eine haushohe, goldene Buddhastatue, die ihrem Blick nun auf die beiden Ankömmlinge richtete. Miu und das Kind knieten sich vor die Statue und verneigten sich drei Mal. Räucherstäbchen erfüllten die Luft mit spirituellen Gerüchen und eine Klangschale wurde geschlagen. Dann standen die beiden auf und wendeten sich nach rechts.

Auf einer Stufe saßen die Meister Fung To Tak, Chi Shin und Ng Mui auf Meditationskissen. Der Abt des Klosters, Lobsang, saß zwischen ihnen.

„Das ist Su", sagte Meister Miu Hin.

Das kleine Mädchen blickte schüchtern auf den Boden und hielt sich selbst an der Hand. Sie verbeugte sich nervös.

„Das ist ein Mädchen!", stellte Shin erstaunt fest.

„Ja", bestätigte Miu Hin.

„Wir sind ein Mönchskloster!", stellte Shin weiter fest.

„Ja", bestätigte Miu Hin wieder.

„Wir nehmen keine Mädchen!", sagte Shin.

„Ich lebe hier auch", gab die Nonne Ng Mui zu bedenken.

„Du bist eine Ausnahme", hielt Shin dagegen.

„Es gibt also Ausnahmen von der Regel", stellte die Nonne nun fest.

„Du bist eine Meisterin", sagte Fung To Tak.

„Erst seit vier Jahren", erwiderte die Nonne. „Ich war auch eine Novizin, als ich hier ankam."

„Du möchtest ein Mädchen als Schülerin aufnehmen?", fragte Lobsang, der erst erstaunt war, sich aber über die anschießende Diskussion amüsierte.

„Nein", sagte Miu Hin.

„Nun machst du mich neugierig", sagte Lobsang. „Du hast es geschafft, mich auf meine alten Tage noch zu überraschen."

„Ich möchte Meister Fung To Tak bitten, sie als Schülerin zu akzeptieren."

„Ich?", fragte Tak mit großen Augen. „Warum ich?"

„Deine Ausbildung von Chu Long Tuyen schreitet gut voran. Su hat ebenfalls begonnen, die daoistischen Lehren zu studieren. Aber sie braucht einen Meister, der ihr die notwendigen Schritte beibringt."

„Oh", gab sich Tak plötzlich stolz. „Daoismus, ja? Sag mir Su, warum nicht Zen-Buddhismus, wie es hier im Shaolin-Kloster üblich ist?"

„Weil Buddhismus nur eine verzerrte und falsche Interpretation des ursprünglichen Daoismus ist", sagte die schüchtern wirkende Su plötzlich mit fester Stimme.

„Unerhört!", entrüsteten sich Shin und die Nonne fast gleichzeitig. „Wie kommst du dazu so etwas von dir zu geben? Das ist respektlos!"

Tak und Lobsang waren die einzigen beiden, die lächelten.

„Was führt dich zu der Aussage?", fragte Tak lächelnd weiter.

„Es ist doch allgemein bekannt, dass der große Laozi nach Indien ging, um dort den indischen Barbaren unter dem Namen Buddha den Daoismus zu lehren", begann Su ihre Ausführung. „Die dummen Barbaren haben seine Lehren aber nicht ganz verstanden und so ist der Buddhismus entstanden. Dann kam Bodhidharma nach China und verbreitete die unvollständigen und verzerrten Lehren hier und alle denken, es ist was völlig Neues."

„So eine Frechheit!", rief die rot angelaufene Ng Mui

„Unverschämtheit!", regte sich Shin auf.

„Diese Respektlosigkeit gehört bestraft!" Ng Mui sprang auf und ballte ihre Fäuste.

„Du wagst es, uns so etwas hier ins Gesicht zu sagen?", schrie Shin.

Miu Hin lief rot an und drehte sein Gesicht weg.

„Akzeptiert!", strahlte Fung To Tak. „Su, ab heute bist du meine Schülerin!"

Lobsang lachte laut auf. Er sah Miu Hin an und nickte ihm respektvoll zu.

„Gut gespielt", bemerkte er leise.

Die Meister atmeten tief durch und zwangen sich zu Ruhe.

„Moment!", sagte Shin. „Wo soll sie schlafen? Wo soll sie essen? Wo soll sie trainieren? Es gibt hier nicht genügend Möglichkeiten."

„Sie trainiert und isst mit den anderen Novizen", sagte Ng Mui. „Wir dürfen nicht anfangen, aus ihr etwas Besonderes zu machen, sonst schürt es nur unnötig Neid und Missgunst unter den Novizen."

„Und schlafen? Sich waschen? Umziehen?", entgegnete Shin. „Ich meine, noch ist sie ein Kind, aber das wird nicht immer so bleiben. Sie ... wird sich entwickeln."

„Sie schläft bei mir in der Krankenhaus. Dort sind Zimmer frei und ich hab später auch eine Auge auf ihren ... Besuch."

„So soll es sein", beschloss Lobsang. „Fung To Tak, du akzeptierst Su als deine Schülerin?"

„Ja", bestätigte dieser noch einmal sichtlich stolz.

„Gut", sagte Lobsang. „Die Einführung wird morgen mittag stattfinden. Su wird die Teezeremonie durchführen."

Lobsang sah Su an.

„Ab morgen wirst du eine Nonne sein. Geh jetzt nach Hause und verabschiede dich von deinen Eltern. Verbringe eine letzte Nacht in deinem Elternhaus. Ab morgen wird dein Heim hier sein. Wir werden heute alles für deine Ankunft vorbereiten."

„Ich lebe nur bei meiner Mutter. Mein Vater ist vor meiner Geburt gegangen", sagte Su und verbeugte sich. „Sie wartet draußen vor dem Tor."

„Ich bringe dich zu ihr", sagte Miu Hin und führte Su nach draußen.

„Sie ist frech", stellte Ng Mui fest. „Ich mag sie jetzt schon."

„Sie wird ihren Weg mit etwas Hilfe finden", beschwichtigte Tak. „Und ihren Respekt anderen Religionen gegenüber hoffentlich auch."

„Das wird noch eine große Aufgabe für dich", sagte Shin.

Es pochte im Juni 1691 an ein Tor im Südosten Chinas. Ein Mönch öffnete. Es war niemand dort. Ein Korb stand davor. Darin lag ein Säugling und auf dem Säugling lag ein Zettel. Darauf standen drei Worte:

Ma Ning Yee.

Das war nun eine Ewigkeit her. 44 Jahre, um genau zu sein. Ma Ning Yee fegte die Granitplatten des Hofes vor der dem großen Tempel. Er gab sich keine große Mühe dabei, der Hof war bis auf ein paar heruntergefallene Pinienblätter sauber. Er fegte trotzdem. Langsam und bedächtig, gründlich und ohne jegliche Eile. Aber er betätigte sich und sah beschäftigt aus. Das bedeutete, dass man ihn nicht zu unangenehmeren Aufgaben verdonnerte, wie die Sickergrube zu reinigen oder Gartenarbeiten.

Der Hof wurde von den schwarz-roten Gebäuden mit den geschwungenen Dächern eingerahmt, die mit grünen Ziegeln gedeckt waren. Dem Schlafsaal links, der großen Tempel, der Meditationshalle, und dem Speisesaal rechts. Vorn war das große Haupttor, dass in eine fünf Meter hohe, aus massiven Granit errichtete Mauer eingebettet war. Die roten, massiven Holztore die mit Eisenverschlägen verstärkt wurden, standen am Tage meist offen. Die Überdachung des Tors war den Dächern der Gebäude sehr ähnlich. Oben an der Mauer lief ein breiter, hölzerner Rundgang, auf dem man einmal um das ganze Kloster gehen konnte. In der großen Meditationshalle, auf die man direkt vom Tor aus zusteuerte, stand eine große Buddhafigur. Davor stand ein Steintrog, der mit Sand gefüllt war. In dem Sand steckten noch die Reste abgebrannter Räucherstäbchen. Direkt vor dem Buddha waren zahlreiche, eine Handbreit hohe Steine, die Vertiefungen für die Knie der betenden Mönche. Den Trog musste Yee noch säubern. Das machte ihm nichts aus. Besser, als Gartenarbeit.

Er mochte das anstrengende Unkraut jäten nicht, aber in der Sickergrube zu arbeiten, hasste er. Dort stank es fürchterlich nach Ausscheidungen aller Art, Fäulnis und Moder. Allein der Gedanke, dort zu arbeiten, ließ ihn würgen. Er erinnerte sich noch gut an das erste Mal in der Grube, so einen infernalischen Gestank hatte er noch nie erlebt. Es roch so streng, dass er den Gestank selbst auf der Zunge schmecken konnte. Tagelang schmeckte alles, was er aß, nach Scheiße.

Seitdem hatte er immer seinen Besen in der Nähe. Sobald er nichts zu tun hatte, nahm er ihn und fing an, den Hof zu fegen. Für die Anderen sah er beschäftigt aus, und sie ließen ihn in Ruhe. Und vor allem: sie suchten sich andere Novizen für die Sickergrube. Er hasste die Sickergrube. Bis er ein zweites Mal hinein musste.

Yee aß gerade seine Nudelsuppe, als Ng Mui plötzlich vor ihm Stand. Natürlich war sie eine Meisterin der Faust der Shaolin, ihre Kampfkraft war denen der Mönche ebenbürtig. Mui war einige Jahre jünger als Yee, aber sie zählte aufgrund ihres Könnens und des hohen Ansehens zu den Älteren im Kloster. Sie hatte einige Novizen, die sie im Zen Buddhismus unterwies. Die Kampfkunst aber lehrte sie nicht. Yee war anfangs verärgert, dass eine junge Frau ihn in der Hierarchie des Klosters anscheinend mühelos überholte.

„Wenn du meinen Platz willst", sagte sie ruhig zu ihm,

als er sich einmal laut darüber ausließ, „besiege mich und er gehört dir."

Yee trat nicht an. Er hatte die Nonne jeden Tag üben sehen. Er selbst hielt es mit der Disziplin nicht so genau. Yee war nicht gut in der Kampfkunst. Er hatte viel gelernt, aber zu einem Meister würde es nie reichen. Mui hingegen erlangte ihre Meisterschaft schon vor einigen Jahren. Und sie wurde seitdem immer besser.

Als dann auch der junge Weißbraue die Meisterschaft erlangte, gab Yee jeglichen Ehrgeiz in der Kampfkunst auf, und schnappte sich den Besen.

„Yee, würdest du nach dem Essen nach der Grube sehen?", frage Ng Mui.

„Äh, ich muss den Hof …", begann Yee und sah zum Hof. Dort fegte eine junge Novizin mit seinem Besen voller Eifer den Hof und wirbelte dabei mehr staub auf, als die weg fegte. Sein Gesicht lief vor Zorn rot an.

„Wie du siehst, wird er schon gefegt", stellte Mui fest. „Kümmere du dich um die Grube, ja?"

„Wie kommst du verfluchtes Göhr dazu, mir Anweisungen zu geben?", dachte Yee.

„Ich esse noch auf, dann sehe ich nach der Grube", sagte er stattdessen.

Mit jedem Bissen und mit jedem Schluck der Suppe unterdrückte er seinen Zorn. Als er fertig war, ging er über den Hof auf den Haufen aus Sand und Blättern zu, den die junge Novizin gerade zusammengefegt hatte, und zertrat ihn wieder. Dann stapfte er wütend durch die große Meditationshalle, hinten hinaus, um die kleine Meditationshalle herum und über den Platz der unvorstellbaren Schmerzen - so nannte er den überdachten

Platz, an dem die Faust der Shaolin geübt wurde -, zur hinteren Mauer des Klosters. Dort ging er in den Abort und schaute hinein. Da war noch nichts zu sehen. So weit, so gut. Aber Regenwasser, dass von den Rinnen in eine andere Grube geleitet wurde, um von dort durch ein Rohr in der Klostermauer nach draußen zu fließen, staute sich. Obwohl es seit Tagen nicht geregnet hatte. Yee suchte sich einen langen, stabilen Stock und stocherte dort, wo er das Rohr vermutete. Erfolglos. Er ging nach draußen und hielt sich dicht an der Mauer, um zur Rückseite des Klosters zu kommen. Es war nur ein etwa zwei Fuß breiter Vorsprung, danach würde er etwa fünf Meter in die Tiefe stürzen und dann weiter den steilen Abhang hinunter rollen. Er fand das Rohr, zugewuchtert von Kletterpflanzen und zudem völlig verstopft. Yee legte sich auf das Rohr und versuchte, die Verstopfung aus Ästen, Schlamm und - was war das? Er fasste in etwas Weiches, Haariges und erschrak. Mutig packte er fester zu und zog mit aller Kraft. Die halb verweste Katze gab schließlich nach und mit ihr löste sich der Pfropfen, der das Rohr verstopft hielt. Schlamm, Steine, Äste und vor allem schlammiges, stinkendes Abwasser schossen nun mit solcher Kraft durch das Rohr, dass Yee mit den Armen ruderte, um das Gleichgewicht zu halten. Das Rohr gab nach und brach ab.

Yee fiel.

Aber nicht weit. Er schaffte es, sich an einem Ast eines Strauches, der am Rande der Mauer wuchs, festzuhalten. Yee´s Körper schlug gegen den Felsen und pumpte ihm die Luft aus den Lungen. Yee atmete schwer und öffnete die Augen. Er lebte. Er konnte es kaum glauben, aber er lebte. Lee sah nach oben, um Buddha zu danken und er sah etwas Interessantes. Unglaublich, kaum zu entdecken, wenn man nicht genau hinsah.

Yee kletterte wieder hinauf und wollte es sich von Innen genauer ansehen. Vielleicht später. Nach dem Meditieren.

„Der Regenabfluss ist wieder frei", sagte er zitternd, als er durchnässt in die Gebetshalle kam.

„Hast du ihn ausgetrunken? Oder warum bist du so nass?", fragte Mui leise, um die Meditation der anderen nicht zu stören. Der Klang einer Klangschale hallte durch den Raum. Räucherstäbchen brannten und verströmten den Duft von kohlendem Zedernholz.

„Das Rohr war verstopft. Ich bin hineingefallen, als ich es richten wollte."

„Gut, gut", sagte Mui und deutete ihm, die Halle zu verlassen. „Geh dich abtrocknen und umziehen. Dann komm wieder her."

Am nächsten Tag überprüfte Yee freiwillig die Sickergruben. Die Grube für das Regenwasser sah normal aus, also stieg Yee hinab. Sah man von oben in die Grube, spiegelte sich Wasser in der Grube. Stieg man durch die Öffnung, konnte man im Schatten einen schmalen Vorsprung ertasten, auf dem man in gebückter Haltung stehen konnte, ohne nass zu werden. Ging man ein paar Schritte auf diesem Vorsprung, konnte man durch ein Loch in der Mauer kriechen, in der das vorn abgebrochene Abwasserrohr verlief. Auf der Außenseite der Mauer konnte man in die breiten Fugen treten und fand so halt, um weiter hinunter zu klettern. Yee sah sich um und entdeckte den Ast, der ihm vermutlich sein Leben rettete. Er ergriff ihn und kletterte weiter hinab, bis er festen Boden unter den Füßen hatte. Nun war er am Fuß des

Fundaments der Klostermauer und musste nur noch einen Weg finden, den steilen Abhang hinunter und vor allem, wieder herauf zu kommen. Er sah sich um und entdeckte einen schmalen Pfad, den vermutlich Ziegen oder andere Tiere eingetreten hatten. Er führte kaum sichtbar quer bis zu einem Felsen. An dem Felsen kletterte Yee hinunter zu einem schmalen Waldweg, der sich durch dichtes Unterholz schlang. Dieser führte zu einem breiteren Weg, der schließlich zur Straße ins Dorf führte. Yee versah jede Abzweigung und Kurve mit kleinen, unauffälligen Zeichen. Auf der Straße wusste er, wo er war. Er stand etwa auf halben Wege zwischen Kloster und dem Dorf. Nun ging er den ganzen Weg zurück ins Kloster, um sich den Weg auch ohne Zeichen einzuprägen.

Als Yee schweißgebadet wieder aus der Grube stieg, lächelte er. Er hatte einen Weg gefunden, unerkannt aus dem Kloster zu verschwinden und zurückzukehren. Aber es gab doch noch einiges zu tun.

„Schließt das Tor!", rief Shin aufgeregt, als er mit seinen Schülern auf den Hof gerannt kam. Hinter ihnen, auf dem verschlungenen Weg den Berg hinunter hörte man Schreie und Pferde, die angetrieben wurden. Die Mönche auf dem Vorplatz eilten zum Tor und verschlossen es.

„Ich glaube, wir wurden erkannt!", sagte Hung Hai Kwun, ein Schüler von Chi Shin, verschwitzt und völlig außer Atem.

„Nein, die haben einen Mönch gesehen", sagte Chi Shin, der sich mit seinen Gefährten zum Brunnen begab. „Hier sind nur Mönche, sie werden uns nicht identifizieren."

Er übergoss seinen Kopf mit Wasser und deutete seinen Begleitern, es ihm gleichzutun. Anschließend brachte er sich mit einer Atemübung zur Ruhe und nach wenigen Augenblicken deutete nichts mehr darauf hin, dass er vor einigen Minuten noch um sein Leben gelaufen war. Er übergab seine Tasche mit den schwarzpurvergefüllten Rohren und begab sich wieder zum Tor. Dort pochte es schon aufgeregt. Einige Polizeibeamte und Soldaten aus der Provinz Fujian standen dort und forderten lautstark Einlass.

„Meine Herren", sagte Chi Shin leise und freundlich, als er das Tor öffnete. „Bitte etwas leiser, unsere Novizen meditieren. Wie kann ich Ihnen helfen?"

„Ein paar Ihrer Mönche haben das Quartier des Schatzmeisters der Provinz Fujian in die Luft gejagt! Ich verlange die sofortige Auslieferung der Schuldigen oder wir stürmen das Kloster!"

„Unsere Mönche?", gab sich Shin irritiert. „Warum sollten unsere Mönche etwas sprengen? Das kann nicht sein. Wie kommen Sie darauf?"

„Wir haben etwa fünf Männer gesehen! Sie alle trugen eure orangenen Mönchsroben!"

„So ein Zufall!", sagte Shin. „Vor vier Tagen sind fünf orangene Roben verschwunden, als sie gewaschen zum trocknen aufgehängt wurden."

„Ja, ein schöner Zufall", bestätigte der Polizist vor dem Tor. „Warum haben Sie das nicht gemeldet?"

„Es ist nur Kleidung", sagte Shin. „Wenn ich gewusst hätte, dass sich Schurken als Mönche verkleiden, um schreckliche Attentate zu begehen, hätten wir den Verlust natürlich sofort gemeldet. Es ist für die fünf bestohlenen schon unangenehm genug, fremde Kleidung zu tragen, bis ihre neuen Roben fertig genäht sind. Außerdem dachten wir, dass die Sachen bestimmt bald wieder auftauchen."

„Nun gut", sagte der Polizist. „Trotzdem müssen wir das Kloster durchsuchen."

„Moment, ich hole den Abt. Der wird Ihnen sicherlich behilflich sein."

Lobsang stützte sich auf einen Stock, als er zum Polizisten am Tor ging. Er wirkte blass und schwach.

„Geht es Ihnen gut?", fragte der Polizist, als er Lobsang in diesem Zustand erblickte.

„Ja, alles bestens", winkte Lobsang ab. „Ich werde im Herbst 98 Jahre. Da braucht man manchmal etwas länger. Mein Schüler hat mir gesagt, worum es geht. Falls Sie auf der Suche nach Mönchen sind, finden Sie hier bestimmt welche."

„Nun, ich gebe zu, eine Identifizierung wird schwierig. Wir müssen trotzdem nachsehen. Das Kloster hat die Erlaubnis der Provinz Henan, Feuerwerkskörper herzustellen. Diese haben über die Grenzen unserer Provinz einen ausgezeichneten Ruf. Besonders Ihre Kettenkracher sind sehr beliebt im ganzen Land. Haben Sie die Explosivstoffe zur Herstellung hier im Kloster gelagert?"

„Danke, aber wir stellen sie nur her, um den Menschen zum Neujahrsfest etwas zum verjagen der alten Geister zu geben. Nicht, um etwas schlimmes damit anzustellen. Ja, selbstverständlich ist das Schwarzpulver im Kloster.. Ich zeige Ihnen gern unser streng gesichertes Lager."

Lobsang führte die Polizisten zu einem gedrungenem Gebäude, dessen graublaue, granitene Mauern doppelt so dick waren, wie die der restlichen Gebäude. Im Gebäude ging eine Treppe hinab in den Keller. Nur, dass es keine Zwischendecken gab und man direkt auf das leicht gebaute, aber dichte Dach blicken konnte.

Auf dem Boden waren weitere, hüfthohe Mauern gezogen, um die Pulverfässer voneinander zu trennen.

„Wie Sie sehen können, alles da", sagte Lobsang und deutete auf die Fässer.

„Und es fehlt nichts?", fragte der leitende Beamte.

„Nein", sagte Lobsang ohne auf die Fässer zu sehen.

„Sie sind sich da sehr sicher", stellte der Polizist misstrauisch fest.

„Ja", bestätigte Lobsang selbstsicher. „Soll ich die Mönche zusammen rufen? Wollen Sie eine Identifikation der Übeltäter vornehmen?"

„Nein", grollte der Polizist. „Außer der Kleidung hat niemand etwas Genaues gesehen. Es könnte jeder hier im Kloster gewesen sein."

„Oder niemand" erwiderte Lobsang.

Der Polizist brummte nur.

Als die Durchsuchung vorüber war, begleitete Lobsang die Polizisten zum Tor.

„Ich entschuldige mich für das Eindringen und die Störung", sagte der Polizist, als sie sich am Tor verabschiedeten. „Aber es ist ein Verbrechen begangen worden und ich muss der Sache nachgehen. Alle Spuren führen hier zum Kloster. Fünf Mönche wurden dabei gesehen, wie sie das Büro eines Regierungsangestellten in die Luft sprengten. Der Schatzmeister wurde dabei schwer verletzt. Sie flohen in Richtung des Klosters."

„Die Kleidung eines Mönchs macht den Menschen noch nicht zu einem Mönch.", gab Lobsang zu bedenken.

„Natürlich nicht. Aber oftmals ist das offensichtliche auch die Wahrheit. Ich werde einen Bericht schrieben und nach Peking senden müssen. Allein schon, weil es ein Angriff auf eine Regierungseinrichtung war."

„Das verstehe ich voll und ganz", sagte Lobsang beschwichtigend. „Auf Wiedersehen und hoffentlich finden Sie die Schurken bald."

„Ach noch etwas", sagte der leitende Beamte und sah Lobsang an. „Falls bei den Ermittlungen herauskommt, dass ein Mönch aus Ihrem Kloster für die Tat verantwortlich ist, oder dass der Sprengstoff doch aus ihrem Lager kam, habe ich keine andere Wahl, als dem Kloster die Erlaubnis zur Herstellung von Feuerwerkskörpern zu entziehen und den gesamten Sprengstoff zu beschlagnahmen."

„Auch das verstehe ich gut", sagte Lobsang, legte seine Handflächen aufeinander und verbeugte sich. „Leben Sie und ihre Kameraden wohl."

***

„Chi Shin! Komm doch bitte mal zu mir" befahl Lobsang in einem Tonfall, der keine Widerrede zuließ.

„Ja, Meister?", sagte Chi Shin, als er Lobsang in die kleine Meditaionshalle folgte.

„Deine Aktionen gegen die Qing[7] waren bisher intelligente, durchdachte und humorvolle Taten. Sie genossen hohes Ansehen beim Volk, das dich vor der Regierung in Schutz genommen hat."

„Ja, Meister. Das Volk ist ebenso gegen diese nordischen Barbaren, die uns den Drachenthron geraubt haben, wie wir es sind."

„Die Qing Dynastie regiert China nun schon in der vierten Generation. Kangxi war unserem Orden sehr angetan und hat viel Gutes für die Shaolin ermöglicht."

„Das mag sein. Dennoch haben sie die Ming vom Thron gestoßen! Sie sind hinterhältig, grausem und unterdrücken uns Han[8]! Ihr Lebensstil ist einfach nicht richtig. Und der jetzige Thronbesetzer Yongzhen verlangt hohe Steuern von unserem Kloster!"

„Ja, er möchte den Staatshaushalt sanieren und dazu muss jeder seinen Beitrag leisten. Geht es hier nicht um das gesamte Kaiserreich? Gehören die Mandschus im Norden nicht ebenso dazu, wie die Han in der Mitte und im Süden? Oder die Uiguren im Westen?"

„Die Qing verarmen das Volk! Sie verlangen von allen immer mehr Steuern und Abgaben! Sie begehen unvorstellbare Gräueltaten, die Verliese sind voll! Sie unterdrücken uns Han und lassen jeden töten, der etwas Opposition zeigt!"

„Und unter der Herrschaft der Ming war es anders? Was weißt du über die Ming? Du warst noch ein kleines

Kind, als Kangxi den Thron bestieg."

„Wenigstens waren die Ming vom Stamm der Han, wie die große Masse der Bevölkerung."

„Macht es Folter weniger schmerzhaft, wenn sie von einem Herrscher deines Stammes ausgeht? Oder ist die Abstammung nicht unwichtig, wenn der Mensch auf dem Thron ein gerechter, guter Herrscher ist?"

Lobsang und Shin sahen sich lange an. Sie wussten, dass es hier und jetzt zu keiner Einigung zwischen ihnen kommen würde und einigten sich stumm, die Diskussion auf unbestimmte Zeit zu verschieben.

„Nun gut", begann Lobsang. „Wenn Menschen verletzt und Gebäude gesprengt werden, lass den Orden aus dem Spiel. Keine Mönchskleidung mehr."

„Ja, Meister.

Eine Explosion dröhnte durch die Berge. An diesem frühen Morgen schob sich die Sonne gerade über den Tempelberg und ließ mit ihren Strahlen die Pflanzen dampfen. Ohne, dass es regnete erschien ein halber Regenbogen, der seinen Ursprung über dem Kloster zu haben schien und an seinem höchsten Punkte endete. Man achtete an diesen frühen Morgenstunden leider noch nicht darauf.

Ng Mui trainierte gerade mit Miu Hin auf den Pflöcken das Leichtgewicht-Kämpfen. Sie standen auf den höchsten Pflöcken, hatten aber alle Spitzen und Schneiden entfernt. So war der Sturz zwar schmerzhaft, aber nicht gleich tödlich. Sie hielten inne und blickten zur aufsteigenden Rauchwolke, die aus dem Dorf im Tal aufstieg. Tuyen kam auf dem geschwungenen Weg zu ihnen und blickte in dieselbe Richtung. Alle Drei seufzten gleichzeitig.

„Wo ist Shin?", fragte er, eher rhetorisch.

„Ich vermute mal, er ist sehr schnell hier her unterwegs", sagte die Nonne und stieg von den Pflöcken herab. „Lasst uns schon einmal Lobsang informieren, falls er es nicht schon selbst mitbekommen hat."

Hin folgte ihr.

„Ich gehe zu Lobsang. Lasst ihr die Tore besetzen und die Waffenkammer zur Durchsuchung herrichten", sagte er.

Alle drei nickten sich zu und sie gingen.

Shin kam mit vier seiner Schüler den verschlungen Pfad zum Kloster hinauf gelaufen. Er hatte gerade den Landsitz des Fürsten Konxi Huang in die Luft gesprengt, der als sehr Regierungstreu galt und jede Anordnung aus Peking sofort und ohne Gnade durchsetzte. Er trug, wie er

Lobsang versprochen hatte, keine Mönchskleidung. Diese hatte er in einem Busch nahe des Klosters versteckt. Sie erreichten dien Busch uns zogen sich hastig ihre Mönchskleidung an. Als alle fünf sich umgezogen hatten, sahen sie sich an und nickten sich zu. Sie kamen aus dem Unterholz, wandten sich dem Kloster zu, und blieben geschockt stehen. Sie sahen den halben Regenbogen über dem Kloster.

„Da seid ihr ja endlich!", rief Ng Mui den fünf Mönchen zu, die kreidebleich auf das Tor zuliefen. „Was schaut ihr so entsetzt? Habt ihr dieses Mal jemanden umgebracht?"
„Der Tod ist hier", schnaufte Shin und deutete nach oben. „Holt alle Mönche und Novizen. Schlagt die Glocke!"
Mui sah nach oben. Aber wenn man direkt unter einem Regenbogen steht, sieht man ihn nicht.
„Was meinst du?", fragte Tuyen und hob seine weißen Augenbrauen fragend.

In der buddhistischen Religion stellt der Regenbogen eine Brücke vom Leben in den Tod dar. Wenn Buddhisten, die in den Praktiken weit fortgeschritten sind, sterben und ins Nirvana eintreten, sieht man vom Ort des Übergangs auch bei schönem Wetter einen Regenbogen.

„Lobsang ist von uns gegangen", sagte Hin, der kreidebleich zu den anderen am Tor stieß. „Sein Körper ist in seiner Kammer im Lotussitz. Er ist kalt.
„Lasst mich ihn sehen", sagte Shin, der in der buddhistischen Praktik am weitesten fortgeschritten war

und durch genaue Untersuchung feststellen konnte, ob Lobsang womöglich tief meditierte oder sein Geist ins Nirwana übergegangen war.

In der Kammer von Lobsang roch es nach kaltem Rauch eines Räucherstäbchens. Vor einer kleinen Statue des Buddha saß Lobsang im Lotussitz. Seine Augen waren halb geöffnet und sahen vor sich auf den Boden, den Blick auf unendlich eingestellt. Shin ging leise zu ihm und sah ihn intensiv an. Dann setzte er sich neben seinen Meister in den Lotussitz und begann zu meditieren. Shin spürte keine Präsenz seines Meisters mehr. Der Raum war leer. Trauer erfasste Shin, doch nur kurz. Es schien, als wenn eine Kraft die Trauer von ihm nahm und durch ein Glücksgefühl ersetzte. Diese Kraft richtete ihre volle Aufmerksamkeit auf Shin, der elektrisiert von dem Gefühl, eine kleine Erleuchtung hatte. Dann verschwand diese Kraft und der Raum war so leer, wie nie zuvor. Nur noch Shin war nun hier. Im Körper von Lobsang war kein Leben mehr.

Shin rollten Tränen über das Gesicht, als er aus der Kammer des Abtes kam.

„Lobsang ist von uns gegangen", sagte er. „Bereitet alles für die Beerdigung seiner irdischen Hülle vor."

Shin sah, dass ihn Ng Mui mitfühlend ansah und fühlte sich verpflichtet, seine Tränen zu erklären.

„Ich spürte Lobsang. Er hat es geschafft, den Kreis von Geburt und Wiedergeburt zu durchbrechen und kehrt ins Nirwana ein. Ich fühlte gerade etwas, dass ich noch nie gespürt habe. Freuen wir uns für ihn."

Während Shin sich wieder neben die sterblichen Überreste Lobsangs setzte, im stillen Abschied nahm und ihm all seine positiven Energien und Gedanken widmete, erklang leise und dumpf die Glocke des Klosters. Sie wurde langsam und schwer geläutet.

Der Klang der Glocke hallte durch das Gebirge und wurde weit getragen. Überall in der Umgebung hielten die Bewohner dieser Provinz ihrer Tätigkeiten inne und blickten in Richtung des Klosters. Etwas Tragisches musste sich zugetragen haben. Bauern auf den Feldern eilten augenblicklich nach Haus um sich mit ihren Familien zu treffen. Da niemand von ihnen wusste, warum die Glocke geschlagen wurde, begaben sie sich zum Kloster. Der Marktplatz im Dorf leerte sich zusehends, die Taverne wurde vom Wirt geschlossen. Die Leute sahen sich fragend an und schließlich gingen sie den schmalen Pfad hinauf zum Kloster.

Chi Shin, Chu Long Tuyen, Fung To Tak, Miu Hin und Ng Mui standen vor dem Tor des Klosters und empfingen die Menschen, die herbeigeeilt kamen. Als sich der Platz vor dem Tor langsam füllte, bat Shin um Ruhe indem er die Arme hob. Schweigen breitete sich aus.

„Vielen Dank, dass ihr uns in dieser schweren Stunde beistehen wollt. Unser verehrter und geschätzter Abt, Meister Lobsang, ist heute morgen ins Nirwana eingekehrt. Für eine letzte Ehrerweisung wird in drei Tagen die Trauerzeremonie beginnen. Nun geht wieder nach Hause und verbreitet die Kunde."

Die fünf Meister verneigten sich und gingen langsam wieder in das Kloster. Die Menge schwieg noch einen Moment geschockt. Dann folgte leises flüstern, das sich zu gut hörbaren Getuschel aufschaukelte. Die Menge tat, wie ihr geheißen und ging langsam die verschlungenen Pfad wieder hinunter ins Dorf.

Die nächsten Tage vergingen wie in Trance. Jeder funktionierte und erfüllte seine Aufgaben. Ein Schleier aus Schock, Trauer und etwas Unsicherheit legte sich auf alle Mönche und Novizen im Kloster. Sicher, jeder Buddhist wusste um seine Sterblichkeit und bereitete sich jahrelang auf seinen eigenen Tod vor. Doch eine von allen so hoch geschätzte und geliebte Person, wie Lobsang, zu verlieren, ging an niemandem spurlos vorüber. Als die mehrtägige Begräbniszeremonie vorüber war und langsam wieder der Alltag im Kloster begann schienen die Mönche und Novizen allmähliche wieder zu erwachen. Das Kloster war nun ohne Abt, aber jeder im Kloster wusste, wer Lobsangs Nachfolger werden würde. Es gab nur Einen, der dazu bereit und auch in der Lage war. Aber Chi Shin musste erst durch eine Zeremonie vom Abt des nördlichen Klosters ernannt werden und die Ernennung auch annehmen. Dieser Akt wurde noch aufgeschoben, bis die letzten Trauernden von Lobsang Abschied genommen hatten. Acht Tage nach Beendigung der Trauerfeierlichkeiten traf der Abt des Shaolinklosters aus Henan ein. Chi Shin wurde in einer Versammlung zum Abt des Shaolinlosters in der Provinz Fujian ernannt.

„Na, bist du verletzt?", fragte Ng Mui höhnisch.

„Geht schon, geht schon", ächzte Miu Hin, als er sich zwischen den Pfählen wieder aufrappelte.

„Da kannst du ja von Glück sagen, dass wir ohne Klingen und Spitzen kämpfen", grinste Mui.

„Ich glaube, ich habe dir zu viel beigebracht", brummte Hin. „Los, noch eine Runde und jetzt zeig ich dir mal, wie man richtig kämpft!"

„Ach, das war bis jetzt kein Kämpfen?", spottete die Nonne. „Dann muss ich jetzt Angst haben, was?"

„Warte es nur ab!"

Geräusche von Schlägen, Tritten und Blöcken hallten durch das nächtliche Kloster. Sechs Fackeln rund um die höchsten Pflaumenblütenpflöcke erhellten den Schauplatz, an dem Mui und Hin ihre Fertigkeiten austauschten. Drei Fackeln erhellten den Boden und drei waren so hoch, dass die Kämpfer auf den Pflöcken erhellt wurden.

Muis anfängliche Unsicherheit auf den Pflöcken wich der Entschlossenheit einer Schülerin, die zum ersten Mal Chancen sah, ihren Meister zu besiegen. Und Mui wollte die Chance nutzen. Sie dürfte nur nicht zu übermütig sein oder sich ihrer Sache zu sicher. Hin kämpfte immer stärker und gehetzter, kam sogar manchmal ins Taumeln, weil er einen Pflock nicht richtig traf. Die Nonne sah diese Zeichen und wurde immer ruhiger und sicherer. Hin begann zu schwitzen.

Und dann geschah es. Hin gab seine Deckung auf, um einen kraftvollen Halbkreisfußtritt zu Muis Kopf auszuführen. Mui sah die für einen Sekundenbruchteil ungedeckte Mitte ging in die Hocke und stieß mit einem Fuß kraftvoll auf Hins Magengrube. Dieser taumelte zurück und wollte den eben noch tretenden Fuß auf einen Pflock abstellen. Er verfehlte diesen jedoch und stieß mit dem Hacken dagegen, anstatt den Fuß darauf zu stellen. Hin fing sich mit beiden Armen ab, doch Mui fegte sein Standbein mit einem Fußtritt vom Pflock. Hin wollte nach hinten durchschwingen, doch bekam er einen Pflock ins Kreuz und verlor komplett den Halt. Er fiel hart auf den Boden und keuchte schwer.

„Alles in Ordnung bei dir?", fragte Mui besorgt.

„Ja, alles gut!", keuchte Hin. „Auf zu Runde Autsch!"

Hin wollte sich aufrappeln, blieb auf auf halber Strecke und kniff die Augen zusammen. Langsam griff er auf seinen Rücken. Mui war inzwischen von den Pflöcken hinabgeklettert und sah in das schmerzerfüllte Gesicht ihres Lehrers.

„Mein Rücken!", stöhnte dieser und hielt sich an einem Pfahl fest.

„Lass mich mal sehen", sagte Mui und tastete an seiner Wirbelsäule entlang. Sie fand eine Stelle, nickte sich selbst zu und legte beide Hände auf Hins Schultern.

„Das haben wir gleich", sagte die, stemmte ein Knie auf die bestimmte Stelle und zog. Es knackte und für einen Moment lang wurde es noch stiller als Still. Einen Wimpernschlag lang war kein Geräusch zu hören.

Dann hallte ein Schrei durch die Nacht und weckte einige Mönche und Novizen. Er verscheuchte Mäuse und Insekten und ließ das Wild im Umkreis des Klosters die Flucht ergreifen.

Hin stellte sich vorsichtig aufrecht hin und humpelte von Mui gestützt in den dunklen Steingarten. Dort beobachteten sie, wie die aufgeschreckten Bewohner des Klosters zu den erleuchteten Pflöcken kamen und die

Umgebung nach Verletzten absuchten.

„Von einer Frau besiegt", grummelte Hin und hielt sich seinen Rücken.

„Zwei Mal", bestätigte Mui voller Genugtuung.

„Ja, ist ja gut!", maulte Hin. „Ich gebe jetzt und hier ganz offen zu: Frauen können genauso gut kämpfen, wie Männer."

Mui grinste. Sie wollte Hin entgegen kommen

„Vereinbaren wir Stillschweigen über die heutige Nacht. Wir beide wissen, was geschah. Das reicht."

Hin sah die Nonne an, die ihn selbstbewusst angrinste. Wenn seine Schüler herausbekommen würden, dass ihn die Nonne gleich zweimal besiegt hatte, würde er sein Gesicht vor seinen Schülern und gleichzeitig auch viele Schüler verlieren. Hin wusste, dass er sich nun zu etwas zwingen musste, dass all seinen Instinkten und tiefsten Überzeugungen widersprach. Aber es musste sein. Er holte tief Luft und sah Mui an.

„Danke", presste er zwischen seinen Zähnen hervor. Sie wollten dieses Wort nicht aus seinem Mund lassen.

Mui überlegte kurz, ob sie ihn dazu bringen sollte, es lauter zu wiederholen, entschied sich aber dagegen. Ihr Grinsen wuchs lediglich in die Breite. Sie legte eine Hand auf seine Schulter und nickte ihm wortlos zu. Dann schlichen sie sich an den in der Dunkelheit nach einem eventuell Verletzten suchenden Mönchen und Novizen vorbei. Mui stützte Hin noch bis zur Tür seiner Unterkunft, verabschiedete sich und schlich selbst zum Krankenhaus. Leise öffnete sie die Tür und sah in das Gesicht von Su.

„Wo kommst du denn jetzt her, Meisterin?", fragte die Novizin neugierig.

„Draußen hat jemand geschrien und ich wollte nachsehen, ob jemand verletzt ist"

„Den Schrei habe ich gehört. Aber du warst schon weg, bevor geschrien wurde", konterte Su.

„Ähm, ja", begann die Nonne. „Ich war ... nun ..."

Ach, was solls, dachte sich Mui und spielte die Meisterinnen-Karte.

„Hör mal, junge Novizin, so respektlos spricht man nicht zu seinen Meistern! Wenn du jetzt nicht augenblicklich wieder ins Bett gehst, werde ich gleich morgen früh deinen Meister Tak über dein Verhalten informieren!"

„Aber ich ...", begann Su.

„Ab ins Bett junges Fräulein!", sagte Mui streng und zeigte in Sus Zimmer.

„Ja, Meisterin", resignierte Su. „Entschuldigung Meisterin."

Su verbeugte sich und eilte wieder in ihr Zimmer.

Mui legte sich in ihr Bett, starrte an die Decke und lächelte in sich hinein. Sie hatte Hin auf den Pflöcken besiegt. Zum ersten Mal seit ihrer Ankunft im Kloster fühlte sie sich endlich zugehörig. Auf Augenhöhe mit den anderen vier Ausbildern und Meistern, Mui Hin, Fung To Tak, Chi Shin und die „Weißbraue", Chu Long Tyuen. Sie schloss die Augen und ging ihre Choreografie auf den Pflöcken in Gedanken noch einmal durch.

Der Tanz des Kampfes.

Als die Sonne aufging und die Novizen zu ihrem morgendlichen Berglauf[9] das Kloster verließen erscholl ein dumpfes Donnern. Die Meister, die auf ihre Schüler warteten, um mit dem Training zu beginnen, sahen sich verwundert an.

„Haha!", lachte Chi Shin stolz, als er aus der kleinen Meditationshalle kam und mit einem Stück Papier wedelte. „Seht euch das an!"

Er überreichte jedem Meister ein Stück Papier. Dort stand in großen Zeichen „KLOSTER DER SHAOLIN IN FUJIAN"

„Aha", sagte Tak.

„Und?", fragte Hin

„?", erwiderte die Nonne

„Gut, dass du das aufgeschrieben hast", sagte Tuyen. „Falls wir mal vergessen, wo wir sind, können wir jetzt nachlesen."

„Ha!", machte Shin und warf Tuyen einen bösen Blick zu. Der grinste zurück. „Das sind natürlich nur Probedrucke!"

„Hast du sie drucken lassen?"

„Nein, selbst gedruckt!", strahlte Shin. „Wir haben eine Druckerpresse … gespendet bekommen und ich habe sie mit ein paar Schülern gerade ausprobiert."

„Gespendet, ja?", fragte Mui

„Wissen die edlen Spender von ihrer Spende?", fragte Tuyen.

Shin sah zur aufgehenden Sonne.

„Spätestens in ein paar Minuten", brummte er.

„Wozu brauchen wir eine Druckerpresse?", fragte Tak.

„Nun wir *brauchen* sie natürlich nicht", begann Shin und gestikulierte ausladend mit den Armen. „Aber es ist doch unhöflich, eine Spende zurückzuweisen. Und da sie nun schon mal da ist, was schadet es, herauszufinden, wie man sie benutzt?"

„Haben die *edlen Spender* zufällig auch Druckerschwärze

mitgespendet?", fragte Tuyen.

Mui lachte laut los.

„Zufällig ja!", zischte Shin und versuchte Tuyen mit Blicken zu töten.

„Was willst du denn so drucken?", fragte Tak.

„Ankündigungen oder so etwas. Für unser Kloster. Oder für Veranstaltungen", überlegte Shin, als die ersten seiner Schüler auf allen vieren den Pfad vom Gipfel hinunter kamen. Shin begab sich zu einer freien Stelle und ließ seine Schüler Aufstellung beziehen.

Die anderen Vier standen noch einen Augenblick zusammen.

„Ich respektiere Shin, aber ich frage mich, was er wirklich mit der Presse vorhat", sagte Mui.

„Lasst uns die Zeit abwarten", sagte Tak.

„Vielleicht hört er ja dann damit auf, Regierungsgebäude in die Luft zu sprengen.", überlegte Tuyen.

„Oder es wird noch übler", überlegte Hin. „Wenige Worte können zerstörerischer sein, als viele Bomben."

Nun kehrten die anderen Schüler auch zurück und das morgendliche Training begann.

KAPITEL ZWEI
Feuer des Südens

1734, Verbotene Stadt in Peking. Halle der Höchsten Harmonie.

Der Fremde wagte es kaum, zu atmen, während der Kaiser las. In Yongzhens Gesicht war keine Regung zu erkennen, als er endlich von der Schriftrolle aufsah.

„Ist diese Information überprüft worden?", fragte er in einem ruhigen Ton.

„Zweimal, Eure Majestät", antwortete der Fremde. „Ich habe es selbst auch geprüft und sah, wie seine Schüler sie verteilten. Ich war auch bei einer Explosion im Ort und habe in der Leichenhalle die getöteten Beamten identifiziert. Es gab inzwischen so viele Anschläge auf Regierungsämter und Staatsdiener, dass in dieser Provinz niemand mehr sicher ist. Dazu verteilen sie immer wieder Schriften, wie diese, Eine schlimmer als die Andere."

Yongzhen blickte erst auf den Boden der Halle der Höchsten Harmonie, dann an seine Decke.

„Du darfst nun gehen", sagte er schließlich.

Ein erleichtertes Lächeln breitete sich auf den Lippen des Fremden aus, als er sich rückwärts vom Kaiser entfernte und sich dabei immer wieder verbeugte. Als er sich weit genug entfernt wähnte, drehte er sich um und eilte zum Ausgang. Als er den Himmel über sich sah und feststellte, dass er immer noch lebte, atmete der Fremde tief durch und verlangsamte erleichtert seinen Schritt. Der Kaiser war nicht dafür bekannt, wahllos seine Untergebenen zu töten, aber man konnte da nie ganz sicher sein. Schließlich war er der Kaiser und konnte tun und lassen, wonach ihm der Sinn stand.

„Chang!", rief der Kaiser in die leere Halle.

„Ja, Eure Majestät?", sagte Chang, der in der riesigen Halle plötzlich neben dem Kaiser stand.

„Ruf den Staatsrat zusammen. Es gibt einiges zu klären."

„Wieder die Mönche, Eure Majestät?"

„Es wird Zeit für ein deutliches Zeichen."

„Sehr wohl, mein Kaiser. Ich veranlasse ein Treffen von höchster Dringlichkeit", sagte Chang und verschwand so leise, wie er gekommen war.

Der Kaiser las das Memorandum noch einmal. Eine Schmähschrift, die ihn, seine Familie und sein Volk als Barbaren des Nordens bezeichnete, die den Drachenthron mit Lug, Betrug und hinterhältigen Machenschaften dem Chinesischen Volk geraubt hätten. Es wird zum Kampf gegen die Qing-Dynastie der Mandschus aufgerufen, um den Drachenthron endlich wieder in die Hand des chinesischen Volkes zurück zu führen. Der Kaiser machte sich einige Notizen auf den Bericht. Es war nicht das erste Mal, dass der Mönch öffentlich seine Abneigung gegen die Qing-Dynastie zu Ausdruck brachte. Etwas Opposition war dem Kaiser ganz recht, spiegelte dieser doch eine gesunde Abwechslung zu den höfischen Speichelleckern wider und gewährte einen anderen Blickwinkel auf seine Entscheidungen. Als gelehrter Mann zog es Yongzhen vor mehrere Meinungen zu hören und dann zu urteilen. Natürlich nur insgeheim. Öffentlich musste jede Denunzierung der Qing-Dynastie mit unnachgiebiger Härte bestraft werden. Waren die Attentäter anfangs noch unerkannt geblieben, wähnten sie sich mit jedem Mal und jedem Opfer immer mehr in Sicherheit. Inzwischen war es überall bekannt, dass ein Mönch und einige seiner Schüler hinter all dem Terror gegen die Regierung steckten. Nach der Veröffentlichung dieser Schmähschrift hatte ihm der Mönch keine Wahl mehr gelassen. Dieses Mal waren der Mönch und seine Schüler zu weit gegangen.

„Es freut mich, dass ihr euch alle so schnell hier eingefunden habt", begrüßte Yongzhen die Mitglieder des Staatsrates. „Ich habe Informationen erhalten, die mich veranlassen, an dem Tempel im Wald am Berg Shaoshi ein Exempel zu statuieren."

Ein Raunen ging durch den Staatsrat.

„Die Shaolin?", fragte Cheung King Chow ungläubig.

„Die Mönche der Shaolin wenden sich mit zunehmender Intensität gegen meine Herrschaft und die gesamte Qing-Dynastie", fuhr Yongzhen fort. „Insbesondere der Abt Namens Chi Shin und seine Schüler stacheln andere Mönche und die Bevölkerung auf."

„Aber", sagte Cheung King Chow, Verantwortlich für militärische Ausbildung, vorsichtig. „Aber die Shaolin sind im Volk sehr hoch angesehen. Selbst unsere Soldaten bedienen sich ihrer Meister, um die Faust der Shaolin zu erlernen."

„Wenn wir die Shaolin zu Staatsfeinden erklären, dann wird es im Volk einen Aufstand geben", sagte Wong Chun May, ein Taktiker und hoher Staatsbeamter.

„Ja, das ist wahrscheinlich", bestätigte Yongzhen. „Dennoch kann ich derartige Provokation nicht ungestraft lassen. Die Shaolin sind Meister der Kampfkunst, werden vom Volk verehrt und ihre Ratschlage werden gewissenhafter befolgt, als die Anordnungen aus dem Palast. Wenn die Shaolin den Rat geben, ein Gesetz zu brechen, riskiert das Volk lieber hohe Strafen, als gegen den Rat der Shaolin zu handeln."

„Was schlagt ihr vor, mein Kaiser?", fragte Wu Ding Mai, ranghöchster Waffenmeister der Kaiserlichen Armee.

„Ich sage, vernichten wir die Shaolin. Brennt ihre Klöster nieder und tötet alle Anhänger der Mönche!"

„Aber Eure Majestät, es sind nicht alle Mönche der Shaolin gegen euch. Und bedenkt, die Qing-Dynastie, insbesondere euer eigener Vater, Kaiser Kangxi, war ein großer Unterstützer der Shaolin. Ihr selbst habt ihn als Kind bei einem Besuch des Klosters begleitet. Die Kaiserliche Armee lernt die Kampfkunst der Shaolin."

„Die Zeiten haben sich geändert."

„Ja, Majestät, ohne Zweifel. Dennoch bleibt, dass ohne die Kampfkunst der Shaolin die Kaiserliche Armee einen großen Teil ihrer Kampfkraft verliert."

„Können wir sie inzwischen nicht selbst ausbilden? Haben wie keine Meister in unseren Reihen?"

„Unsere Soldaten sind keine Mönche. Die Shaolin praktizieren jeden Tag, den ganzen Tag. Sie leben ihre Religion und die Faust der Shaolin. Unsere Soldaten sind gute Kämpfer, sie werden jedoch nie so gut sein, wie ein Meister der Shaolin."

Der Kaiser schwieg. Er starrte eine Zeit lang auf den Tisch und blickte dann wieder auf das Memorandum.

„Ich war mit meinem Vater damals in Henan, am Berg Shaoshi", sagte er schließlich. „Dieses Memorandum stammt von einem Informanten aus der Provinz um Fujian. Ich nehme an, dass der Staatsfeind Chi Shin dort lebt."

„In Fujian ist ein Shaolin Kloster", sagte Chan Man Wai, der jüngste Beamte im Staatsrat. Er hatte gerade erst die Prüfung zum Beamten bestanden und war Aufgrund seiner Leistungen - und, weil sein Vorgesetzter mit Fieber im Bett lag - dazu auserkoren worden, an der Staatsratssitzung teilzunehmen.

„Wie bitte?", fragte der Kaiser erstaunt.

„Ich stamme aus Fujian, mein Kaiser. Dort existiert seit langer Zeit ein Kloster, dass von einem Shaolin aus Henan gegründet wurde. Einige meiner Freunde aus Kindheitstagen sind dort Novizen."

„Zwei Shaolin Klöster", sagte Yongzhen nachdenklich. Er blickte abermals auf das Memorandum.

„Es ergeht folgender Beschluss", verkündete er nach kurzem Innehalten. „Es ergehen Haftbefehle gegen Chi Shin und seine Schüler Hung Hay Kwun, Tse Ah Fock und Tun Ching Hun wegen Staatsverrat und Beleidigung des Kaisers. Lasst Steckbriefe anfertigen und verteilt sie im ganzen Land. Zuerst in der Region Henan und Fujian. Die Mönche sollen wissen, dass sie gesucht werden."

„Ja, mein Kaiser!", bestätigte ein Sekretär, verbeugte sich und eilte nach draußen.

„Wong Chun May und Cheung King Chow! Ihr nehmt eintausend Soldaten und rückt in fünf Tagen nach Fujian aus. Tötet alle Shaolin und zerstört das Kloster." Der Kaiser sah in die Runde. „Und nehmt Chan Man Wai mit. Seine Ortskenntnis kann euch von Nutzen sein."

„Ja, mein Kaiser!" bestätigten die drei, verbeugten sich und eilten aus der Halle der Höchsten Harmonie.

„Die heutige Sitzung ist beendet."

„Ja, mein Kaiser!"

Der Kaiser saß allein auf dem Drachenthron.

„Chang?", fragte er in die leere Halle.

„Hier, Eurer Majestät."

„Du wirst dir zweihundert Soldaten nehmen und mit den Steckbriefen zum Kloster in Henan reiten. Sende dem obersten Abt meine Grüße und bitte ihn, dich bei der Suche der Staatsverräter zu unterstützen. Durchsuche das Kloster. Behandle die Mönche gut, zerstöre nichts und bring ihm für seine Unannehmlichkeiten und zum Zeichen unserer Verbundenheit mit den Shaolin irgendein Geschenk mit."

„Ja, mein Kaiser. Schwebt euch etwas bestimmtes vor?"

„Die Shaolin sind Buddhisten. Nimm eine goldene Statue von Buddha mit."

„Ja, mein Kaiser."

„Habe ich etwas nicht bedacht, Chang?", fragte Yongzhen nachdenklich.

„Die Anzahl der Shaolin und ihre Macht im Volk wird um die Hälfte reduziert", überlegte Chang, der hinter dem Thron aus einem Schatten hervortrat. „Die Dornen im kaiserlichen Auge werden herausgezogen, in dem Chi Shin und seine Schüler vermutlich ebenfalls Opfer des Feuers werden. Gleichzeitig wird die Verbindung zu den Shaolin im Norden gepflegt und sie werden vom kaiserlichen Hof weiterhin unterstützt. Mal wieder eine wahrhaft kaiserliche Leistung."

„Aber?"

„Nun, ich bin mir bei der Zahl der eintausend Soldaten nicht sicher, mein Kaiser."

„Meinst du, es sind zu viele?"

„Es könnten zu wenig sein."

Die nächsten Wochen verbrachte Yee damit, seine neu gefundene Freiheit auszubauen. Er suchte die Steine, die aus der Mauer gebröckelt waren und so den neuen Ausgang frei gelegt hatten, und schleppte sie unauffällig zurück in das Kloster. Yee musste alle Hinweise auf eine mögliche Schwachstelle oder Beschädigung der Mauer beseitigen. Andere Mönche würden sonst früher oder später darauf aufmerksam werden und seinen persönlichen Ausgang wieder schließen. Yee reparierte das Abwasserrohr, entfernte vorsichtig einige Mauersteine und pflegte die Schling- und Kletterpflanzen, die das Loch in der Mauer verdeckten. Dabei stieg er immer wieder hinab zum Abhang und blickte hoch. War das Loch zu sehen? Waren verräterische Spuren irgendwo? Einige Steine, die er zuvor entfernt hatte, musste Yee wieder einsetzen, weil ein Schatten dort einen verräterischen Hinweis hätte geben können. Wenn man wusste, worauf man achten sollte.

Yee vertiefte sich einige Male so tief in seine Arbeiten, dass er fast zu spät zur Mittagsmeditation oder zum Kampfkunsttraining kam.

Der Trampelpfad hinunter zum Waldweg war eine besondere Herausforderung. Yee musste ihn so befestigen, dass der Weg er nicht ausgetreten aussah. Seine Fußspuren durften auch nach dem Regen nicht zu sehen sein. Am Besten so, dass der Pfad überhaupt nicht zu finden war. Seine Lösung kam aus der Natur: die Nadeln der Tannen unweit des Pfades waren ideal, um seine Spuren unsichtbar zu machen. Er musste sie nur so verteilen, als wären sie auf natürlichem Wege dort hingelangt. Als er den Schatten des Klosters sah, erschrak Yee. Es musste schon sehr spät sein. Yee eilte den Pfad hinauf, drückte sich hinter das Dickicht aus wilden Pfingstrosen und kletterte den Strauch hinauf zum Fundament der Mauer. Dann fühlte er die hohlen Fugen in der grauen Mauer und kletterte hinter den Efeu, dem Loch entgegen. Danach den schmalen Vorsprung entlang zum Ausgang der Abwassergrube. Yee überlegte, ob er einen Deckel hierfür anfertigen lassen sollte. Der Schreiner des Klosters würde sicherlich etwas passendes zusammenschreinern, wenn Yee ihn darum bat. Egal, jetzt nicht, vorsichtig hinaus und …

Die Abendmeditation war vorüber. Die Mönche gingen ihrer Beschäftigung nach und kümmerten sich nicht um ihn. Bei den vielen orangenen Mönchsroben schien eine mehr oder weniger nicht mehr groß aufzufallen. Yee ging einmal durch das Kloster. Niemand beachtete ihn. Niemand hatte ihn bei der Meditation vermisst. Es war keinem aufgefallen, dass Yee nicht im Kloster war. Yee wusste nicht, ob er das nun gut oder schlecht finden sollte.

Yee war nun regelmäßiger Gast in der Taverne im Dorf. Auch gefiel ihm der Baijiu, den der Wirt dort ausschenkte. Es war aufregend. Während die anderen Mönche ihrer abendlichen Monotonie aus meditieren, arbeiten oder kämpfen nachgingen, hatte Yee eine verbotene, geheime neue Leidenschaft entdeckt. Alkohol. Von dem hatte er heute zu viel getrunken. Er kaufte noch eine Flasche für Chang Lee, dem Koch des Klosters und seinem Bruder Chang Wu. Er brachte ihnen eine Flasche Schnaps mit, dafür gab es für Yee immer eine Extraportion oder auch mal außer der Reihe eine Zwischenmahlzeit. So ließ es sich einigermaßen in einer starren Welt voller Regeln und Vorschriften aushalten.

***

Yee stöhnte und war außer Atem, als er spät am Abend aus der Grube kletterte. Er hatte den Halt an der Mauer verloren und fiel etwa zwei Meter auf das Fundament. Der Busch verhinderte ein weiteres hinabrollen, aber die Flasche verschwand ins Dunkle. Yee tat alles weh, er hatte Schürfwunden am Ellenbogen und bestimmt hatte er sich irgendetwas gestaucht. Das wusste er noch nicht so sicher. Das Alkohol betäubte ihn. Yee stand auf und schwankte. Auch das brachte der Schnaps so mit sich. Ebenso, wie die Sehschwierigkeiten oder die angeschwollene Zunge. Nein, die kam vom Sturz. Er hatte sich beim Aufprall auf die Zunge gebissen. Zwei Arme, zwei Beine, ein Kopf, alles noch dran. Yee rülpste und orientierte sich, um zu seinem Schlafplatz zu schwanken.

„Wo kommst du denn her?", erklang die Stimme einer jungen Novizin.

„Pssst!", was alles, was aus Yees Mund kam.

„Ich kenne dich! Du hast den Dreck wieder auf dem Hof verstreut. Ich musste alles noch einmal fegen, hat Meister Shin gesagt! Du warst heute nicht beim Kampftraining!"

„Du bissoch die Mistgöhre, wegen der ich innie Scheißegrube musste!"

„Ih, du stinkst!", sagte die junge Novizin und trat einen Schritt zurück. „Du bist ja stinkbesoffen!"

„Pssssst!", machte der Mund von Yee mit einem Zeigefinger an den Lippen. „Mussa nicht jeder wissen!"

„Doch!", sagte sie entschlossen und stemmte die Hände in die Hüfte. „Ich gehe jetzt und sag das Meister Shin!" Die Novizin drehte sich um und stapfte los.

„Hey, warte!", lallte Yee und taumelte hinterher. An der Ecke der Meditationshalle bekam er ihre Schulter zu fassen. Die junge Novizin drehte sich um, befreite sich aus dem Griff und gab Yee einen Fauststoß auf den Solar Plexus. Yees Hände bewegten sich von allein. Er wehrte den Schlag ab und schlug der jungen Frau mit voller Wucht ins Gesicht. Sie fiel zu Boden und schlug mit dem Kopf gegen die steinerne Mauer der Meditationshalle. Die schwarzen Steine unten an der Mauer färbten sich langsam rot. Die Novizin bewegte sich nicht mehr. Yee schwankte bleich und blickte abwechselnd auf die reglose junge Nonne und seine Hände.

Die Sonne ging auf und brachte Frühnebel vom Meer her, der sich ins Land ausbreitete.

Ng Mui saß auf dem Übungsplatz im Lotussitz und atmete tief und langsam. Ihre linke Hand lag locker in ihrer Rechten, die Daumen berührten sich leicht. Sie blickte vor sich auf den Boden und sah vor ihrem geistigen Auge eine Buddhafigur. Sie sah ihre Gedanken dahinter wie Wolken am Himmel vorbeiziehen. Sie hielt nicht an ihnen fest. Sie kamen und zogen vorüber. Anstatt auf die Wolken ihrer Gedanken, konzentrierte sich Mui nun auf die Lücken zwischen ihren Gedanken. Diese Momente, wenn ein Gedanke vorüber ist, der nächste aber noch nicht begonnen hat. Diese winzig kleinen Lücken. Durch beständiges und diszipliniertes praktizieren konnten sie immer größer werden, bis man den Blickwinkel änderte und die Gedanken als Lücken wahrnahm. Nichts denken. Im Moment verweilen. Mui meditierte etwa zwanzig Minuten.

Nach der Meditation stand Mui langsam auf und steckte sich. Dann stellte sie sich in die Grundstellung und begann mit der ersten Form der Faust der Shaolin. Beine zusammen, die Fäuste eingedreht an den Gürtel. Dann Fauststoß mit langem Ausfallschritt. Tritt, Stoß mit der anderen Faust, tiefer, breiter Stand mit Faustschlag, Drehung mit Aufwärtsschlag. Auf die Hacke setzen, Fauststoß, Aufstehen, ein Bein anziehen, Fingerstich, Drehung, Handkantenschlag auf den Boden, Halbkreisschlag mit beiden Händen, noch eine rotierende Hand, zwei Blöcke und zurück in die Grundstellung.

Die zweite Form ähnelte der ersten in weiten Teilen. Ng

Mui machte alle Formen so flüssig und anmutig, dass immer wieder Mönche und Novizen stehen blieben und ihr mit offenem Mund zusahen. Fließend gingen die einzelnen Bewegungen ineinander über. Mui verbrachte seit ihrer frühesten Kindheit jeden Tag damit, mindestens drei Stunden die Formen der Kampfkunst zu praktizieren. Als kleines Mädchen hatte sie ihrem Vater fasziniert dabei zugesehen. Sie ahmte ihn nach, jede Bewegung, so gut sie konnte. Mui mochte die Formen. Der gefährlichste Tanz der Welt. Und sie tanzte ihn mit einer solchen Perfektion, dass es den umstehenden Mönchen immer wieder die Sprache verschlug.

Die nächste Form wurde von Mui gänzlich anders durchgeführt. Alles Weiche und Fließende wich einer stakkatoartigen Dynamik. Fauststöße und Tritte wurden mit einer Geschwindigkeit ausgeführt, die zu schnell für das Auge war. Muis Ärmel und Hosenbeine pfiffen durch die Luft. Nach jedem Satz, den sie trotz der unglaublichen Geschwindigkeit präzise ausführte, verharrte sie kurz zu einem Standbild. Ein Standbild reihte sich fast übergangslos an das Nächste.

So variierte Mui jede Form. Mal so langsam, dass man genau hinsehen musste, ob sie sich überhaupt bewegt, dann unglaublich dynamisch und kraftvoll, dann wiederum tänzerisch weich und fließend.

Als sie die Formen beendet hatte, ging Mui zum Brunnen und schöpfte sich zwei Eimer Wasser. Diese hing sie links und rechts an einen Holzstab. Diesen legte sie sich mittig in den Nacken und begann ihre Runden um die Platz zu drehen. Dabei machte sie immer acht Schritte und danach acht Kniebeugen. Nach den nächsten Schritten stemmte sie die Stange acht Mal über ihren Kopf in die Luft. Und da die Zahl Acht die chinesische Glückszahl ist, vollzog sie in dieser Weise acht Runden um den Trainingsplatz.

Mui begab sich zu den hölzernen Männern, stellte sich in die Grundstellung vor einen und schlug zwischen den Armen gegen den dicken Stamm.

„Meisterin!", ertönte eine hektische Stimme. „Kommt schnell, sie ist schwer verletzt!"

Als es der Novizin besser ging, trafen sich die Meister mit ihr. Diese Sache war ungeheuerlich und verlangte nach Aufklärung.

Su saß neben ihrem Meister Fung To Tak und fasst sich vorsichtig an den Verband, der um ihre Stirn gewickelt war. Ihr war schwindelig, und die Übelkeit ließ auch noch nicht nach. Sie hatte eine Platzwunde vom Sturz an die Mauer an der Stirn. Ihre Nase war gebrochen und ein Auge blau und zugeschwollen.

„Nun sprich", sagte Tak zornig. „Wer hat das getan?"

Die junge Novizin Su sah sich nervös in der großen Meditationshalle um. Vier der fünf älteren Meister saßen auf Meditationskissen in einem Kreis und blickten sie ernst an. Ein Kissen in der Runde war leer. Drei Tage war es her, dass man Su geschlagen und mit blutendem Kopf an der Mauer liegen gelassen hatte. Im Morgengrauen wurde sie gefunden, immer noch bewusstlos. Ng Mui selbst hatte ihre Wunden versorgt. Am Mittag kam sie wieder zu sich. Man gab ihr noch zwei Tage Zeit, zu Kräften zu kommen, aber nun wollten die fünf Älteren Meister wissen, was ihr geschah. Und wer es ihr angetan hatte.

„Du brauchst keine Angst haben, wir werden dich beschützen, falls es nötig sein sollte", sprach Ng Mui ihr Mut zu.

„Es tut mir leid, verehrte Meister", sagte Su traurig. „Ich habe keine Erinnerung mehr an diesen Abend. Ich verspürte ein dringendes Bedürfnis, weil ich an dem Tag zu viel Wasser getrunken habe. Dann ging ich zum Abort und … und … dann bin ich mit Kopfschmerzen in meinem Bett wieder zu mir gekommen."

„Du kannst dich nicht an den Sturz gegen die Mauer

erinnern?", fragte Chu Long Tyuen, der hinter seinem Rücken wegen seiner Schneeweißen Haare und Augenbrauen, die Aufgrund seines dunklen Teints besonders auffielen, Weißbraue genannt wurde.

„Nein. Tut mir leid."

„Nun, Ng Mui sagte als sie deine Stirn nähte und verband, derart schlimme Verletzungen können nicht von einem Sturz allein kommen. Du kannst nicht mit deiner oberen Stirn gegen die Maurer gefallen sein und dir gleichzeitig die Nasen- und Augenverletzungen zugezogen haben."

Die Nonne nickte zustimmend.

„Entschuldigt meine Verspätung", erklang die Stimme von Chi Shin, der sich verbeugte und auf dem leeren Kissen Platz nahm. „Ich war in eine Sache vertieft und vergaß unser Treffen für einen Augenblick."

„Hast du und deine Schüler wieder Flugzettel gefertigt?", fragte Miu Hin argwöhnisch. „Wir müssen uns hiernach zu dem Thema noch unterhalten. Ich habe beunruhigende Neuigkeiten."

„Der Kampf gegen die Qing kann gar nicht intensiv genug betrieben werden. Diese Barbaren des Nordens sind schon viel zu lange auf dem Drachenthron!"

„Nachher!", beharrte Hin.

„Gut gut", beruhigte sich Shin wieder. „Wie sind die Erkenntnisse zu der jungen Su?"

„Sie kann sich an nichts erinnern", sagte Ng Mui.

„Tut mir leid", bestätigte Su.

„Das ist nicht gut." sagte Shin. „Lasst uns einen moralischen Aufruf an die Mönche und Novizen verfassen."

„Einverstanden", bestätigte Ng Mui. „Deine Schüler

sind geübt im Schreiben."

Shin grinste.

„Ja, der Schreibarm ist gerade warm. Ich hole Hung Hay Kwun, er hat die schönste Schrift. Oder wir setzen es und drucken für jeden Mönch ein Flugblatt."

Shin blickte nach draußen und winkte einen vorbei kommenden Mönch in die Halle

„Sei bitte so gut und hole Hung Hay Kwun her. Er soll etwas für uns aufschrieben."

Das unverletzte Auge von Su wurde größer. Ihr Mund stand offen.

„Du!" rief sie und zeigte auf den von Chi Shin angesprochenen Mönch. „Du hast mich geschlagen!"

Alle Augen waren nun auf Yee gerichtet. Er widerstand dem Impuls, die Flucht zu ergreifen.

„Sie hat mich zuerst geschlagen", war das erste, was aus seinem Mund kam. „Ich habe mich nur verteidigt!"

„Ma Ning Yee!", unterbrach ihn Meister Tak. „Du gibst zu, einer acht Jahre alten Novizin ins Gesicht geschlagen zu haben?"

Yee zeigte mit dem Finger auf Su.

„Aber sie hat…"

„Yee!", sagte die Nonne Ng Mui zornig. „Hast du Su geschlagen?"

„Ja, aber …"

„Und danach?", unterbrach ihn Meister Tak erneut. „Hast du ihren Kopf gegen die Wand geschlagen?"

„Nein!", versuchte Yee sich zu verteidigen. „Sie ist gefallen!"

Tak brauchte erhebliche Mühe, um ruhig zu bleiben, ging es doch um seine Schülerin. Sein Schützling.

„Nun gut", sagte er betont ruhig. „Als du sie mit dem

Kopf gegen die Mauer fallen sahst, was hast du dann getan?"

„Ich weiß nicht mehr. Ich war über mich und meine Tat selbst erschrocken", sagte der Mönch kleinlaut und sah zu Boden.

„Ja, weil du voll warst!", schrie Su ihn an und bereute es sofort. Sie hielt sich den Kopf. „Jetzt fällt mir alles wieder ein. Du kamst aus der Abwassergrube, hast gestöhnt und konntest kaum stehen." Su´s Stimme war nun leiser, aber fest und voller Wut.

„Ich wollte gerade Meister Shin holen, aber du hast mich festgehalten!"

„Und dann hast du mich geschlagen!", griff Yee nach dem letzten Strohhalm, um sich zu rechtfertigen.

„Ich wollte, dass du mich loslässt!", rief Su und fasste sich wieder an die Stirn.

Yee und Su sahen sich wütend in die Augen und versuchten, Blitze daraus zu schleudern um den Anderen in Asche zu verwandeln.

Die Meister schwiegen.

Das war kein gutes Zeichen.

Meister Tak hatte einen hochroten Kopf und holte Luft. Ng Mui hob die Hand und Tak ließ daraufhin die Luft wieder entweichen.

„Ma Ning Yee", begann sie ruhig. „Du hast eine junge Novizin geschlagen. Sie zog sich bei dem Sturz durch deinen Schlag eine gefährliche Kopfverletzung zu. Du hast ihr nicht geholfen, du hast keine Hilfe geholt. Sie wurde erst am Morgen bewusstlos gefunden. Stimmt es, dass du Alkohol getrunken hast?"

„Ja."

Schweigen.

Meister Tak holte abermals Luft, aber Ng Mui bremste ihn erneut aus.

„Wir werden einige Tage brauchen, um uns zu beraten. Bis dahin wirst du hier nicht mehr geduldet und dir wird der Zutritt zu dem Kloster verwehrt."

„Das muss ich mir von euch jungen Möchtegerns nicht sagen lassen!" Yee´s Gesicht war rot vor Zorn. „Ich war schon hier, da wart ihr noch gar nicht geboren! Schon mal was von Respekt vor dem Alter gehört? Mein ganzes Leben verbringe ich schon hier und versuche, zwischen all den Regeln, den Gesetzen und verdammten Vorschriften ein erträgliches Leben zu führen!"

Yee schnaufte. Seine Augen waren weit aufgerissen.

„Ja, ich habe Alkohol getrunken! Er schmeckt und macht die Hölle hier für ein paar Stunden erträglich! Ja, ich habe diese Rotzgöhre geschlagen! Und wisst ihr was? Mit ihrem vorlauten Mundwerk hat sie es verdient!"

Yee pumpte jetzt, wie ein Maikäfer vor dem Start.

„Dass sie mit dem Kopf gegen die Wand geschlagen ist, wollte ich nicht. Aber mit ein bisschen mehr Respekt wäre ihr das gar nicht passiert! Ich habe viele Freunde im Kloster! Ihr werdet es noch bereuen, wenn ihr mich ausschließt!"

Yee drehte sich um und stapfte aus der Halle.

„Ich gehe!"

„Yee!", rief Tak ihm nach.

Yee blieb im Ausgang stehen, blickte aber nicht zurück.

„Auch wenn die Gemüter erhitzt sind, ist noch keine Entscheidung getroffen. Wir lassen es dich wissen!"

Yee sagte nichts. Er ging hinaus, packte die wenigen Dinge, die ihm wichtig waren, band sie in ein Stofftuch an seinen Besen, und verließ das Kloster durch das Haupttor.

Sein Weg führte ihn ins Dorf.

„Su, geh und ruh dich aus", sagte Tak und schickte sie hinaus. „Wir haben noch einiges zu bereden."

„Ich habe beunruhigende Neuigkeiten", sagte Meister Miu Hin und holte ein paar Schriftrollen hervor. „Ein Bewohner des Nachbardorfes hat mir dies hier gegeben. Er sagte, Soldaten sind unterwegs und sollen vor zwei Tagen schon im Kloster in Henan gewesen sein."

Die fünf älteren Meister sahen auf vier Steckbriefe.

„Nun, wie es scheint, hat der Barbar auf dem Thron Notiz von uns genommen", sagte Meister Chi Shin mit einer Mischung aus Verunsicherung und Stolz. „Zwanzig Silberstücke Belohnung für mich, nicht, dass ihr jetzt schwach werdet, wie der alte Yee."

Sie lächelten sich an.

„Wir sind in der Bevölkerung sehr beliebt, von denen wird uns niemand verraten", sagte Hin. „Dennoch sollten wir vorsichtig sein. Wenn die Soldaten hier ans Tor klopfen, sollten Du und deine Schüler nicht anwesend sein."

„Wir sollen uns verstecken?", fragte Shin.

„Ihr könnt es mit denen aufnehmen, daran zweifelt hier niemand", warf Meister Chu Long Tuyen ein. „Aber denk bitte an unsere jungen Novizen, wie die kleine Su. Sie sind noch nicht stark genug, um gegen Soldaten zu kämpfen."

„Ja, ihr habt wie immer recht", gab Shin schweren Herzens zu. „Lasst es mich wissen, wenn Soldaten in der Nähe sind. Dann werden wir unsichtbar."

„Gut", beendete Tuyen das Treffen. „Entschuldigt mich, aber eine Sache hat meine Neugier geweckt, und der gehe ich jetzt nach."

„Wo willst du hin, Weißbraue?", fragte Ng Mui.

„Du sollst mich nicht so nennen, Nonne!" Tuyen sah sich um, aber außer den fünf älteren waren keine Ohren zugegen, die es hätten hören können. „Ich habe einen Namen. Ich gehe zum Abort. Und danach zur Abwassergrube."

In der verbotenen Stadt in Peking, in der Halle der höchsten Harmonie, kamen wieder die höchsten Männer des Kaiserreichs zusammen.

„Nun, meine Herren Räte, ich warte immer noch auf eine Nachricht aus Fujian", sagte Yongzhen, als er die Staatsratssitzung im Palast der himmlischen Klarheit eröffnete. Er setzte sich auf den Drachenthron, der mitten in der großen Halle stand. Rote Säulen mit Schriftzügen standen in einer Phalanx vom Eingang mit den goldenen Toren bis zum Thron. Über dem Thron war die Wand mit goldenen Drachenornamenten auf rotem Grund verziert. Unter der Decke hing ein Schild, das so gekippt war, dass man vor dem Thron die goldene Schrift auf schwarzen Grund lesen konnte. „Gerecht und Ehrenvoll" stand in großen Schriftzeichen darauf.

Der Drachenthron selbst war aus Gold, reichlich mit Drachenornamenten verziert und wurde von einem hinter dem Thron stehenden goldenen, ebenfalls reichlich verzierten Sichtschutz eingerahmt. Er stand auf einem Podest, dass eine kleine Terrasse vor dem Thron mit einschloss. Eine schmale Treppe führte drei Stufen hinauf auf die Ebene des Kaisers.

Der Staatsrat schwieg demütig. Sie blickten auf den Boden und hofften, dass sich gleich die Tür öffnete und ein Bote mit einer erlösenden Nachricht eintrat. Der Kaiser sah auf ein Memorandum und las es vor.

„Der dritte Versuch, das Kloster einzunehmen, wurde von den Mönchen zurückgeschlagen. Die Kampfkraft der Mönche ist enorm. Sie erlitten kaum Verluste. 250 Soldaten der Kaiserlichen Armee belagern das Kloster und hoffen auf die angeforderte Verstärkung aus Peking. Etwa

150 Soldaten desertierten im Angesicht der überlegenen Stärke der Shaolin oder wurden so schwer verletzt, dass eine Fortsetzung des Kampfes nicht möglich ist. Etwa 600 Soldaten sind bei den Kämpfen getötet worden." Der Kaiser sah auf. Und blickte in die Runde. Alle blickten auf ihre Füße, niemand wagte es, zu atmen.

„Was schlagen sie vor, meine Herren?"

„Mehr Soldaten!", sagte Wu Ding Mai. „Schwerere Waffen! Explosionsgeschosse! Das ganze vermaledeite Kloster wegbomben!"

Der Kaiser lächelte.

„Die Aktion war von mir als feinfühliges Herausschneiden eines Dornes gedacht. Wir wollen Steckbrieflich gesuchte Verbrecher zur Rechenschaft ziehen und dabei den Einfluss der Shaolin schwächen. Wir führen hier keinen Krieg, wie gegen die Japaner damals." Der Kaiser schritt die Treppe hinunter und durch die Reihen des Staatsrates.

„Nun, wie es scheint, habe ich die Kampfkraft der Shaolin unterschätzt. Schickt weitere zweitausend Soldaten mit besseren Waffen. Aber keine Kriegswaffen! Im Kloster leben etwa 600 Mönche und Novizen…" Der Kaiser stockte und sah noch einmal auf den Geheimbericht. „Und eine Nonne. 2250 gut ausgebildete und bewaffnete Soldaten! Das sollte doch wohl reichen!"

„Ja, mein Kaiser!", hallte einstimmig durch die Halle.

„Chang?", fragte Yongzhen.

„Womit kann ich dienen, eure Hoheit?", fragte Chang, dir hinter dem Thron hervor kam.

Wu Ding Mai staunte und sah immer wieder von Chang zu der schattigen Ecke, in der Chang gestanden haben musste.

„Sei so gut und lass weitere zweitausend Soldaten einsatzbereit machen und rüste sie mit speziellen Waffen aus."

„Ja, mein Kaiser."

„Haben wir schon eine Antwort aus Henan?"

„Der Abt des Shaolinklosters entsendet euch seine Grüße. Er bedankt sich für das Geschenk und versichert, Euch weiterhin treu zu dienen. Er bedauert zutiefst, dass es im südlichen Kloster zu derart unschönen Ereignissen kam und hofft, dass die Abtrünnigen bald ihre gerechte Strafe bekommen und wieder Frieden herrscht."

„Oh, das freut mich zu hören. Danke, Chang."

Chang verbeugte sich und verschwand auf leisen Sohlen wieder hinter dem Drachenthron.

Während der Staatsrat noch diskutierte, wie man die Soldaten besser gegen die Shaolin ausrüstete, sah Mai immer wieder zu der Stelle, an der Chang verschwand. Schritt für Schritt schlich er sich zum Thron und spähte schließlich dahinter. Dort war nichts. Nur dunkler Raum.

„Also mal ehrlich", begann Mai, als die Mitglieder des Rates am Ausgang der Halle waren. „Was ist dieser Chang für einer?"

„Wie meinst du das?"

„Ist der der persönliche Diener vom Kaiser? Woher kommt er? Der war einfach plötzlich da! Oder ist er sein Sekretär? Sein Leibwächter? Sein Liebhaber?"

Plötzlich wurde es um Mai Winter. Die gefühlte Temperatur sank um mindestens fünfzig Grad.

„Gut gut, sein Liebhaber schließen wir aus!", ruderte Mai zurück, um wieder in wärmere Gefilde zu kommen. „Trotzdem jagt mir dieser Kerl eine Heidenangst ein."

Geschäfte

„Guten Tag, junger Herr", begrüßte Lee den Kunden an seinem Verkaufsstand für Tofu. „Wie viel darf es sein?"

„Du schuldest uns noch Geld", sagte Wong mit einem Lächeln.

Lee war verwirrt. Wir sind doch erst kurze Zeit hier, dachte er.

„Das kann nicht sein, ich habe mir noch nie Geld geliehen."

„Sehen wir es eher als Gebühr", sagte Wong.

„Eine Gebühr? Wofür denn? Kostet es etwas, hier Tofu zu verkaufen?"

Lee blickte über den gut gefüllten Markt.

„Hey Sung!", rief Lee zum Gewürzhändler neben seinem Stand. „Zahlst du Gebühren für den Stand?"

Dieser antwortete nicht, da er mit einem Kunden sprach.

„Ich glaube nicht, dass er Gebühren zahlt."

„Alle zahlen!", beharrte Wong. „Und du wirst auch zahlen!"

„Wofür soll ich das tun?"

„Dafür, dass dir und deinem Stand hier nichts passiert!", sagte Wong und schubste eine Schüssel mit Tofu auf die Straße, wo sie zerbrach.

„Ah, so läuft das hier." Lee schob seine Ärmel hoch und baute sich vor Wong auf. Er war nicht über ein Jahr mit seiner Tochter auf der Flucht gewesen, um sich nun von so einem halbstarken Bengel von nicht mal zwanzig Jahren einschüchtern zu lassen. Dafür hatte Lee zu viel erlebt.

„Hey!", schrie Chun, als Wong gerade noch zwei Schüsseln mit Tofu auf die Straße schleuderte. „Das musst du bezahlen!" Die kleine Chun war sechs Jahre als, hatte aber schon den Mut und den Gerechtigkeitssinn von ihrem Vater. Und die Schönheit von ihrer Mutter. Sie stand hinter dem Stand auf einem Stuhl und stemmte die Hände in die Hüfte. „Das macht zehn für den Tofu und die Schüsseln wollen wir ersetzt haben!"

„So klein und schon so frech", kommentierte Wong und lächelte Chun an.

„Hier, ich lege erstmal aus für dich", drängelte sich der Gewürzhändler plötzlich zwischen Lee und Wong, drückte Wong etwas in die Hand und schob Lee vorsichtig beiseite.

Wong sah kurz in seine Hand, lächelte und drehte sich zu Chun.

„Hier, für die Schüsseln", sagte er und gab ihr ein kleines Geldstück.

„Und was ist mit dem Tofu?", fragte sie. „Den musst du auch bezahlen!"

Wong sah sie lange an. Diesem Gesicht konnte er eigentlich nichts abschlagen. Aber er musste seinen Ruf wahren.

„Der ist total dreckig!", sagte er und spuckte auf den am Boden liegenden Tofu. „Sowas kaufe ich nicht."

Er zertrat ein Stück.

„Erzähl dem Neuen mal, wie das hier läuft!", rief er dem Gewürzhändler zu und verschwand in der Menge.

„Was meint der Vollidiot?", fragte Lee, als der Markt vorbei war und sie die Stände für den nächsten Tag säuberten. „Hätte der Bengel noch eine Schüssel angefasst, hätte er eine Tracht Prügel bezogen!"

„Das solltest du lassen", sagte Sung. „Das war Wong. Wong ist zwar jung, aber schon ein hervorragender Kämpfer. Er war sehr ehrgeizig als Kind und sein Vater hat ihm viel beibringen lassen."

„Wie alt ist der überhaupt?"

„Ich glaube, sechzehn oder siebzehn. Hat bei zwei Meistern die Kampfkunst gelernt. Der Erste verweigerte ihm nach einigen Monaten den Unterricht, weil er sich nicht an die Regeln gehalten hat. Den Zweiten hat sein Vater so gut bezahlt, dass er Wong bis zu seinem Tod vor einem halben Jahr unterrichtete."

„Bei dem Bengel und seinem Verhalten muss der Vater in Geld schwimmen."

„Ja, könnte man so sagen."

„Wie meinst du das?"

„Das hast du doch heute gesehen. Sie sind reich, trotzdem holen sie sich noch das Geld von uns."

„Warum unternimmt denn niemand etwas gegen solche Leute?", fragte Lee entsetzt. Jetzt kam der Hilfspolizist in ihm wieder durch. „Kampfkunst hin oder her, solche Leute gehören eingesperrt."

„Polizei? Hier in den Bergen? Wenn du sie hier wegen einem Mord rufst, ist die Leiche verwest, ehe sie da sind. Und wenn sie sich auf den Weg hier her machen, ist ungewiss, ob die überhaupt ankommen. Der Tai-Leung Berg ist groß und unser kleines Nest schwer zu finden."

„Ja, Chun und ich sind auch eher zufällig hier her gekommen."

„Ihr wolltet bestimmt woanders hin und habt euch verlaufen."

Beide Männer lachten.

„Warum unternimmt das Volk hier nichts gegen ihn?",

fragte Lee. „Du sagst es ja selbst, Polizei kommt hier nicht her."

Sung sah sich um und sprach dann leiser zu Lee.

„Nun ja, wie soll ich sagen?", fragte er. „Vater und Sohn tragen das Drachentattoo."

Lee lief ein Schauer über den Rücken.

„Die Traiden? Hier?"

„Überall, Lee", bestätigte Sung. „Und mit den Triaden ist das etwas anders, als mit der Polizei. Wenn die pfeifen, sind hier binnen Stunden duzende Schläger und Mörder."

„Da ist das bisschen Schutzgeld von Wong also das kleinere Übel?"

„Jetzt hast du es verstanden. Die Polizei braucht man nicht zu rufen. Und wer soll uns sonst gegen die Geheimgesellschaft der Drachentatoos helfen?"

Lee sah zu Chun hinüber, die den Abwasch der leeren Schüsseln erledigte. Chun sah zurück und lächelte das süßeste Lächeln, dass Lee und Sung je gesehen haben.

„An deiner Stelle würde ich schon ihr zuliebe einfach die paar Münzen zahlen. Dann lässt er euch in Ruhe und ihr könnt hier ein schönes Leben haben. Habt ihr euch schon eingelebt in dem kleinen Häuschen?"

„Ja, Chun und ich finden es großartig. Man muss noch viel daran machen, aber wir richten es uns schon gemütlich ein."

Lee sah zu Chun, die mit Chau, dem Sohn des Gewürzhändlers die übrig gebliebenen Waren einpackte.

„Stimmt es, dass in dem Häuschen eine ganze Familie gestorben ist?", fragte er mit gesenkter Stimme, damit die Kinder ihn nicht hörten.

Sung lachte auf.

„Nein, nein, keine Angst", sagte er. „Das Haus gehörte

mal dem Vater einer Freundin aus Kindestagen. Er wurde wie ich ein reisender Händler und zog mit seiner Tochter durch das ganze Land. Seine Frau überlebte die Geburt leider nicht. Auf den Reisen lernte die Tochter einen Mönch kennen und beide verliebten sich unsterblich ineinander. Er verließ den Orden für die Liebe. Der Vater vermachte das Haus meiner Freundin und ihrem Mann, die bald darauf ein Kind bekamen. Ein paar Jahre später wurde meine Freundin schwer krank und starb. Niemand hier in der Provinz vermochte ihr zu helfen. Ihr Mann zog vor Trauer und Schmerz mit seiner Tochter wieder ins Kloster zurück. Vorher verkaufte der Vater meiner Freundin das Haus an eine junge Familie und teilte das Geld mit dem Mann und seiner Enkelin. Der Familie wurde das Haus aber zu klein und sie verließ es vor drei Jahren einfach. Seitdem steht es leer."

„Also nur eine Tote im Haus?", fragte Lee.

„Wenn du Geister im Haus hast, dann nur eine liebenswerte, gute Frau, die sich voller Hingabe um ihre Familie gesorgt hatte", grinste Sung und sah zu den Kindern hinüber, die sichtlich Spaß dabei hatten, mit Tofu und Gewürzen zu experimentieren. Das war zwar nicht im Sinne der beiden Geschäftsmänner, doch das Lachen ihrer Kinder war den kleinen Verlust wert.

„Die Beiden verstehen sich gut", sagte Sung. „Ist Chun schon jemanden versprochen?"

„Ja, sie scheinen sich zu mögen", überlegte Lee. „Meine Frau hatte damals einige potenzielle Kandidaten, aber die werden wir wohl nie wieder sehen. Man könnte also nein sagen."

Sung und Lee sahen sich an und gaben sich die Hand. Eine Abmachung unter Ehrenmännern.

„Chau! Chun!", rief Lee die Kinder zu sich. Sie kamen und sahen ihn fragend an.

„Chau mein Sohn!", sagte Sung fröhlich. „Sieh dir Chun an. Sie wird einmal deine Frau. Du wirst sie heiraten."

Chau sah entsetzt von seinem Vater zu Chun und zurück.

„Was?", fragte er empört. „Nein! Das ist ja ein Mädchen!"

„Natürlich!", erwiderte Sung verwirrt. „Was denn sonst? Jungs heiraten Mädchen!"

„Aber Mädchen sind doof!"

„Was soll das denn heißen?", fragte Lee verwirrt.

„Jungs sind viel doofer!", konterte Chun und steckte Chau die Zunge heraus.

„Gar nicht!", rief Chau und zeigte seine Zunge ebenfalls.

„Schluss jetzt!", rief Sung. „Ihr beide heiratet! Das ist beschlossene Sache!"

„Och Menno! Kann ich nicht lieber Chang heiraten?", fragte Chau.

„Das ist ein Junge!", kreischte sein Vater Sung. „Du heiratest mir keinen Jungen!"

„Aber das ist mein bester Freund und mit dem spiele ich viel lieber, als mit Mädchen!"

„Das wird sich schon noch ändern!", erwiderte Sung. „Hoffe ich."

„Aber …"

„Kein Aber!", Sung schlug mit der Faust auf den Stand. „Du heiratest Chun! Punkt! Und jetzt Abmarsch nach Hause, junger Mann!"

„Na toll!", grummelte Chau und verschränkte die Arme,

als er an seinem Vater vorbei ging. „Da redet man ein Mal mit einem Mädchen und schon muss man sie gleich heiraten. So kann man einem die ganze Kindheit versauen…"

Chun sah ihren Vater an und verschränkte ebenfalls ihre Arme.

„Echt jetzt, Papa?", fragte sie in einem tadelnden Tonfall, den sie von ihrer Mutter geerbt hatte. „Ich soll den ersten Typen heiraten, der mich anspricht? Ist das dein Ernst? Hab ich da gar nichts mitzureden?"

„Aber Chun, ich …"

„Nein, schon gut." Chun hob eine Hand, zeigte ihrem Vater die kalte Schulter und ging an ihm vorbei. „Ich füge mich meinem Schicksal. Aber begeistert bin ich nicht."

Die beiden Väter sahen sich erstaunt an. Das lief etwas anders, als sie erwartet hatten.

„Sie werden sich schon aneinander gewöhnen", sagte Lee hoffnungsvoll.

„Ja, ich hoffe es", antwortete Sung.

An diesem Abend konnte Lee nicht einschlafen. Die Triaden. Hier in Nanchon, dem kleinsten und von irgendeiner Stadt am weitesten entfernten Bergkaff, zwischen Sichuan und Yunnan war das organisierte Verbrechen. Lee dachte, an seine Frau und wie sie dort auf dem Boden in ihrem Blut lag. Tränen rollten ihm in der Nacht aus den Augen und an der Schläfe entlang Richtung Ohr. May, oh wunderschöne May.

So sehr er auch wollte, Lee durfte dem vorlauten Wong keine Abreibung verpassen. Wenn er die Aufmerksamkeit von Wong oder seinem Vater auf sich zog, und diese seinen Namen und Beschreibung an ihre Bosse übersendeten… Nein, noch eine Flucht hielt er nicht durch und auch Chun sollte das Ganze nicht noch einmal durchmachen. Nebenbei, wenn es wirklich stimmte, dass Wong schon ein Meister ist, dann könnte es durchaus sein, dass er, Lee, die Abreibung verpasst bekäme.

Lee war müde. Er musste sich klar machen, dass er kein Hilfspolizist mehr war. Er war jetzt ein Tofuhändler. Keine Heldentaten mehr. Die Letzte hatte zum Tode seiner Frau und einer langen Flucht vor genau den Leuten, denen er jetzt ausgeliefert war, geführt. Lee musste sich nun fügen. Für Chun.

Der Druck auf die drei vom Kaiser beauftragten Minister wuchs. Drei Angriffe wurden schon auf das Kloster geführt, aber jeder Angriff wurde von den Shaolin mit einer fast spielerischen Leichtigkeit zurückgeschlagen.

„Was passiert dort oben am Berg?", fragte Wong Chun May im Lager der Feldherren. „Warum ist das Kloster noch nicht dem Erdboden gleich gemacht? Sind unsere Soldaten so schlecht ausgebildet?"

Die letzte Frage ging in die Richtung von Cheung King Chow, der Hauptverantwortlich für die Ausbildung der Kaiserlichen Armee war.

„Das ist eine Frechheit!", blaffte Chow zurück. „Ich selbst überwache die Ausbildung! Ich selbst suche für die Kaiserliche Armee die Ausbilder aus! Ich bin ebenfalls ein Meister der Kampfkunst! Unsere Soldaten sind sehr gut ausgebildet!"

„Und warum sterben sie dann, wie die Fliegen? Warum lassen sie sich bereitwillig von den Mönchen regelrecht abschlachten?" May zeigte mit zitterndem Finger auf das Feldlager der Soldaten. Eine riesige Zeltstadt mit einem provisorischen, aber stabilen Zaun. Leider war sie inzwischen fast menschenleer. Nur ein paar einzelne Feuer brannten, an denen sich Soldaten an diesem Abend wärmten. „Eintausend! Mit eintausend Soldaten sind wir hier angekommen und was ist davon übrig? Zweihundertfünfzig, die noch kämpfen können!"

„Das reicht gerade noch für die Belagerung", warf Chan Man Wai ein. „Einen weiteren Angriff können wir ohne Verstärkung nicht wagen."

„Du sei still!", schnauzte Chow ihn an. „Du hast bis jetzt noch gar nichts geleistet! Du bist hier so überflüssig, wie

Steine im Reis!"

„Er hat recht", pflichtete May ihm bei. „Deine so geschätzte Ortskenntnis hat uns bis jetzt noch nichts gebracht. Das Kloster hätten wir auch allein gefunden und wenn du keinen Weg kennst, das Kloster und die Mönche zu besiegen, sei besser still."

„Ich bin vom Kaiser beauftragt, euch diesem Kampf zu unterstützen!"

„Dann unterstütze uns!", schrie Chow. „Wenn du das nicht kannst, sei still! Oder geh zurück zum Palast!"

„Ich kann helfen!", beharrte Wai. „Ich war der Beste bei der Prüfung, ich weiß viel über …"

„Über was?", unterbrach ihn May. „Über Taktiken? Über Kriegsführung? Über den Kampf?"

„Ja!, wir haben viel …"

„Wai!", unterbrach ihn Chow rüde. „Alles, was du in deiner Ausbildung darüber gelernt oder gelesen hast, haben May und ich entwickelt! Erzähl uns bitte nichts von unseren eigenen Strategien!"

„Wenn du eine echte Lösung für unseren Auftrag hast, komm zu uns. Ansonsten sei still und lerne!"

„Oder geh nach Hause", ergänzte Chow noch.

„Ich habe euren Standpunkt verstanden", zischte Wai mit hochrotem Kopf. „Ich ziehe mich dann für heute zurück."

Zutiefst gedemütigt und mit großer Wut auf seine Mitstreiter ging Chan Man Wai langsam zur Feldküche. Sein Magen knurrte. Er hatte zuletzt in den frühen Morgenstunden, vor dem dritten Angriff etwas zu sich genommen. Seine Hände ballten sich immer wieder zu Fäusten.

Er hatte sich das so einfach vorgestellt. Als sie das erste Mal am Kloster waren, es war um die Mittagszeit, standen alle eintausend Mann in Reih und Glied den schmalen Weg zum Kloster hinauf. Es war beeindruckend. Wai bekam eine Gänsehaut, als er zurück auf die Masse an geballter Kampfkraft sah.

Wong Chun May ritt auf einem Pferd zum roten Tor des Klosters, dass mit goldenen, runden Beschlägen verziert war und las die Haftbefehle vor. Dann forderte er, das Tor zu öffnen und die gesuchten Täter zu übergeben. Es geschah eine Weile nichts.

Dann öffnete sich das Tor und eine Nonne - ja, eine Nonne in einem Shaolinkoster, das muss man sich mal vorstellen! - kam zu May.

„Die, die ihr sucht, sind nicht hier. Dem Kloster sind nur Praktizierende und ihren Schülern der Eintritt gestattet. Ich wünsche euch ein schönes Leben und baldige Erleuchtung.", sagte sie im ruhigen Tonfall. Sie wartete keine Antwort ab, drehte sich um und ging wieder hinein. Das große Tor schloss sich hinter ihr.

Dann geschah alles gleichzeitig, fand Wai. Gar nicht so, wie in den Schulungen.

May befahl den Angriff. Gleichzeitig ging ein Pfeilhagel auf die ersten Formationen der Soldaten nieder. Mönche kamen links und rechts aus dem dichten Wald und griffen mit Schwertern, Säbeln und Hellebarden die Bogenschützen an. Von da an war es ein regelrechtes Durcheinander. Die Soldaten waren im Nahkampf gut ausgebildet, aber die Mönche wehrten die Attacken mit spielerischer Leichtigkeit ab. Speere kamen geflogen oder wurden von Mönchen in Soldaten gebohrt.

Nur fünfzehn Minuten nach dem Angriffssignal kam der Befehl zum Rückzug. Kein einziger Pfeil wurde von den Bogenschützen abgeschossen, sie wurden alle vorher getötet oder schwer verletzt. Die Mönche hatten keine zehn Opfer zu beklagen, aber es wurden bei der ersten Niederlage fast dreihundert Soldaten regelrecht abgeschlachtet.

Wir hatten die Mönche unterschätzt.

Wai war an der Feldküche angelangt. Aber was er dort roch, dreht ihm eher den Magen um, als ihn zu befriedigen. Er rümpfe die Nase und ging schnellen Schrittes weiter. Nur weg von dem Geruch. Was die armen Soldaten hier alles ertragen mussten. Ekelhaft. Kein Wunder, dass so viele Soldaten desertierten, bei dem Fraß wäre Wai schon viel früher geflüchtet. Er lenkte seine Schritte Richtung Ausgang des Feldlagers.

Der zweite Angriff sollte als Überraschungsangriff im Morgengrauen vor drei Tagen den Sieg bringen.

Die Soldaten schlichen sich abseits des Weges durch das Dickicht und gingen um das Kloster in Stellung Bogenschützen schossen auf die Wachen der Mönche, die oben auf der Mauer standen und in die Dunkelheit spähten. Als die Pfeile die Mönche trafen, passierte erst nichts. Die Wachen fielen nicht einmal um. Pfeile fielen vom Himmel und verletzten oder töteten Soldaten. Dann entzündeten sich die Wachen und erleuchteten die Umgebung um das Kloster. Es waren Strohpuppen mit der orangenen Kleidung der Mönche. Die Mönche versteckten sich hinter der Mauer und achteten darauf, aus welcher Richtung die Pfeile in die Puppen geschossen wurden.

Dann schossen sie ihrerseits einen Pfeilhagel in die entsprechenden Richtungen. Schließlich entzündeten sie die Puppen, um die Mauer vor den heranstürmenden Soldaten mit siedendem Öl, kochendem Wasser und allem, das sich als Wurfgeschoss eignete, zu verteidigen. Auch dieses Mal waren die Verluste erheblich, fast hundert Soldaten wurden getötet. Ob es an diesem Morgen überhaupt Verluste bei den Mönchen gab, konnte Wai nicht einschätzen. Es schien fast, als wenn die Mönche immer wussten, was sie vorhatten. Als wenn sie einen Spion in den Reihen der Soldaten hätten. Er überlegte, ob er umkehren, und May und Chow von seiner Vermutung berichten sollte. Aber vermutlich hatten sie diese Idee auch schon und würden ihn beschuldigen, der Verräter zu sein.

Er merkte, dass ihn seine Schritte in das Dorf am Fuße des Berges lenkten. Er sah schon die Lichter der Häuser. In dem Dorf gibt es bestimmt etwas zu essen, dachte er sich. Sein Magen wies ihn inzwischen deutlich darauf hin, dass er gefüllt werden wollte.

Der Angriff heute morgen war eine offene, mit aller Härte und Stärke geführte Attacke, ein Angriff, wie aus dem Lehrbuch, dass Chow und May geschrieben haben wollen. Und dieses Mal wurde mit Gegenwehr gerechnet. Die Soldaten in den ersten Reihen hatten Schutzschilde um die Bogenschützen zu decken, schweres Gerät, wie ein Rammbock für das Tor, den die Soldaten sich aus einem alten Karren und einem Baumstamm selbst hergestellt hatten, wurde ebenfalls flankiert und geschützt. Der Angriff glich einer Schlacht im Krieg gegen eine feindliche Armee, so würde man einen Palast einnehmen. Dabei war es nur ein kleineres Kloster mit einigen hundert Mönchen mitten in China! Der Rammbock kam nicht zum Einsatz. Kurz, bevor er das Tor erreichte, öffnete es sich und die Mönche griffen an. Es wurde einmal mehr ein Blutbad. Die Soldaten der Kaiserlichen Armee hatten eine große Schlagkraft, viele der angrenzenden Länder lernten einst, sie zu fürchten. Doch die Mönche waren eine Klasse für sich. Schneller, härter, stärker. Im Kampf Mann gegen Mann sah Wai nun die eindeutige Überlegenheit der Shaolin. Von seinem in geeigneter Entfernung befindlichen Kommandostand beobachtete er die Schlacht durch ein Fernrohr. Weitere zweihundert Soldaten fanden den Tod. Und inzwischen wurden etwa Einhundertfünfzig vermisst. Sie liefen davon. Wie viele tote Mönche es dort gab, war inzwischen nicht mehr wichtig. Wenn einem die eigenen Kämpfer ausgingen, zählte man die Opfer des Gegners nicht mehr so genau.

„Ah, Herr Minister!", begrüßte ihn der Wirt der Taverne überfreundlich. „Ganz allein hier? Ist das nicht gefährlich, ohne Schutz?"

Sein Magen hatte seine Füße zu dem köstlichen Duft gelenkt. Er sah nun die Ente, die in dem Wok auf dem Feuer brutzelte und musste erst einmal schlucken, bevor er dem Wirt antworten konnte. Ein Festessen, dass bestimmt einen gehörigen Preis hatte.

„Ihr könnt mir glauben, sollte mir hier etwas passieren, wird dieses Dorf nicht mehr lange existieren."

„Ah, dann macht ihr kurzen Prozess."

„Genau."

„Wie mit dem Shaolinkloster?", grinste der Wirt ihn höhnisch an.

„Wartet es nur ab", entgegnete Wai und versuchte, energisch dabei zu wirken. „Verstärkung ist unterwegs."

„Herr Minister, erlaubt mir eine Frage", begann der Wirt. „Was würde mit der Kaiserlichen Armee und euch passieren, wenn die Shaolin sich dazu entschließen würden, euch anzugreifen, anstatt sich nur zu verteidigen?"

„Was willst du damit sagen? Kennst du die Absichten der Staatsfeinde? Raus damit!"

„Nein, ich kenne keine Absichten", sagte der Wirt und hob beschwichtigend die Hände. „Ich meine nur, was würde mit eurem Lager dort oben geschehen, wenn die Mönche dem Spuk ein Ende setzten wollen?"

„Dann würden innerhalb weniger Tage die gesamte Kaiserliche Armee hier anrücken und in der ganzen Gegend kein Stein mehr auf dem anderen lassen. hofft also auf unseren schnellen Erfolg, sonst könnt ihr euch eine neue Heimat suchen. Sofern ihr überlebt."

„Damit kenne ich mich aus", lallte eine Stimme von einem Tisch in der dunklen Ecke des Raumes. „Noch ein Krug Baijiu, guter Mann!"

„Du bekommst heute nichts mehr!", rief der Wirt in die Ecke. „Bezahl erstmal deine Schulden und schlaf deinen Rausch aus!"

„Wer ist das?", fragte Wai neugierig.

„Ein Niemand", antwortete der Wirt. „Ein Versager. Nicht mal im Kloster wollten sie ihn haben. Kam manchmal hier her um einen zu trinken. Inzwischen wohnt er fast hier."

„Er war oben im Kloster?", fragte Wai interessiert.

„Ja, aber er hat dort Hausverbot. Hat eine Novizin geschlagen und ist rausgeflogen."

„Hab mich nur verteidigt!", lallte es wieder aus der dunklen Ecke. „Außerdem hat sie es verdient!"

Wai überlegte kurz.

„Wirt, die Ente dort auf dem Feuer für mich und meinen neuen Freund. Und bring uns einen Krug Bijiu, ja? Geht alles auf mich."

„Auf wen denn sonst?", knurrte der Wirt, als er zum Ofen ging.

„Macht die Kräfte einsatzbereit!", lallte Wai, als er in das Kommandozelt gewankt kam.

Es war mitten in der Nacht, aber Wong Chun May und Cheung King Chow saßen im von Fackeln erleuchteten Zelt über Karten und Notizen gebeugt und diskutierten neue Wege, dem Kloster endlich den Garaus machen zu können. Nun blickten sie mit einer Mischung aus Überraschung und Verärgerung auf den Eingang des Zeltes.

„Aber erst morgen Abend", lallte Wai weiter, der sich an einer Holzstange festhalten musste. „Jetzt bin ich müde."

„Und dann?", donnerte May. „Sollen wir die verbliebenen Soldaten in ihren sichern Tod schicken?"

„Du bist ja sturzbetrunken!", rief Chow.

„Nein!", antwortete Wai, hickste und fuhr fort: „Und: ja!"

Er drehte sich um die Stange.

„Und deswegen muss ich jetzt ins Bett."

„Hiergeblieben, Freundchen!", sagte Chow energisch und führte Wai zu einem Stuhl.

„Willst du uns hier zum Narren halten? Nimmst du das ganze hier nicht ernst? Ist das für dich nur ein Spiel?"

„Mitnichten, Herr Minister", grinste Wai und tätschelte Chow die Wange. „Ich hatte Hunger."

„Und da hast du …", begann May.

„Da bin ich ins Dorf runter gegangen", fuhr Wai einfach fort, ohne auf Einwände zu achten. „Unten gibt´s eine Taverne, wisst ihr?"

Die Beiden Zuhörer schwiegen.

„Ihr wisst es. Nun, in der Taverne war ein Bettler, der sich betrank."

„Da hast du dann einfach mitgemacht?"

„Ja. Aber vorher haben wir gegessen, richtig lecker. Also im Gegensatz zu dem Fraß hier aus der Feldküche. Wisst ihr, was man den armen Soldaten da vorsetzt?"

„Du verschwendest unsere Zeit"

„Schon gut. Also, es stellte sich heraus, dass der Bettler ein ehemaliger Mönch aus dem Kloster ist."

Nun wurden May und Chow hellhörig. Hatte der kleine Wai etwa doch einen ernstzunehmenden Plan?

„Und weiter?", fragte May.

„Was?", fragte Wai.

„Na, der ehemalige Mönch!"

„Ach so. Ja, der war auch da. Der hasst die Älteren Fünf da oben. Der hat sich mal richtig Luft gemacht. Der Wirt hat das alles schon tausend Mal gehört, dem geht das schon auf die Nerven."

„Und dann?", drängte Chow, der schon ungeduldig wurde.

„Dann wollte er ihn rausschmeißen, und ich musste die Schulden vom Bettler und noch einen Krug Baijiu zahlen, damit wir sitzen bleiben durften." Ein lauter Rülpser entfuhr Wai. „Jedenfalls fragte ich den Mönch, ob er uns nicht helfen will, das Kloster zu vernichten. Ob er irgendeine Schwachstelle kennt, Gewohnheiten, die wir ausnutzen können, oder ob er einen Plan vom Kloster zeichnen kann."

„Und?", fragten beide synchron.

„Kann er nicht."

Nun stöhnten beide auf.

„Aber", begann Wai.

„Ja?

„Aber er kennt einen Weg in das Kloster."

„Ausgezeichnet!", entfuhr es Chow. Wir schleichen und hinein und töten sie im Schlaf!", er rieb sich zufrieden die Hände bei dem Gedanken.

„Äh, da gibt es ein Problem", lallte Wai.

„Was denn noch?"

„Der Mönch wollte mir nicht verraten, wo dieser geheime Eingang ist."

„Wir kriegen das schon aus ihm raus!", sagte May.

„Ähm, meine Herren Minister, wir, also der Mönch und ich, hatten da eine andere Idee."

„Nun dann, klär uns endlich auf!", forderte der ungeduldige Chow.

„Also, wir umstellen morgen Abend unentdeckt das Kloster. Wir konzentrieren uns auf die beiden Tore. Nach Einbruch der Dunkelheit. Dann nehmen wir Keile mit, die wir auf das Zeichen vom Mönch unter die Tore schlagen, so dass diese nicht mehr aufgehen. Wir werfen Ölkrüge mit einer Schleuder vor die Tore und entzünden es."

„Und der Mönch?"

„Der ist auf unserer Seite, glaubt mir. Ich werde ihn mit zum Kaiser nehmen und ihn mit Gold überhäufen, wenn die Aktion gelingt."

„Also sollen sich die Truppen zum Abend hin bereit machen!", sagte May. „Unsere letzte Chance."

„Wie geht es Su?", erkundigte sich Fong To Tak, als sich die fünf Älteren Meister im rückwärtigen Bereich des Übungsplatzes trafen.

„Oh, gut", antwortete die Nonne Ng Mui. „Sie erholt sich schnell und wird bald wieder bei dir sein."

„Das freut mich. Gut, dass wir dich und deine Heilkünste haben."

„Nun, lass uns anfangen." sagte Miu Hin und strich durch seinen langen Bart. „Acht Tage ist es nun her. Die ersten Wolken des Zorn sind verflogen."

„Was sind die Fakten?", begann Chu Long Tuyen und biss in einen Fischkopf.

„Muss das sein?", fragte Mui und verzog ihr Gesicht.

„Klar!", entgegnete Tuyen mit vollem Mund. „Fakten sind wichtig für ein gerechtes Urteil."

„Ich meine dein ... Essen", sagte die Nonne angewidert.

„Was denn? Ich mag Fisch", schmatzte die Weißbraue

„Ich auch, aber nicht die Köpfe."

„Da steckt viel Gutes drin", verteidigte sich Tuyen, nahm den letzten Bissen und leckte seine Finger danach ab.

„Fertig?", fragte Tak amüsiert.

„Burbs!", antwortete Tuyen.

„Wo steckt Shin schon wieder?", fragte Mui, als sie sich umsah.

„Egal, er findet uns schon", erwiderte Tak. „Lasst uns in die kleine Pagode im Steingarten gehen."

Sie gingen den geschwungenen Weg am hinteren Ende des Trainingsplatzes, vorbei an der Unterkunft von Mui, die gleichzeitig das Krankenhaus war, zum Steingarten.

Der Weg war dunkel, aber vor der Unterkunft brannte eine Fackel. Gerade, als sie an der Unterkunft vorbei um eine Ecke gingen, platschte es in der Abwassergrube.

Der Steingarten bestand aus einem verschlungenen Weg, der zur kleinen Pagode in der Mitte des Gartens führte. Links und rechts des Weges formten Kiesel und andere Steine komplexe Mandalas. Sah man von der Pagode aus in den hinteren Teil des Gartens, konnte man im verblassenden Fackelschein noch ein Ying Yang aus dunklen und hellen Kieselsteinen erahnen.

„Und?", frage Weißbraue, als sie an der Pagode ankamen und eine Fackel entzündet hatten. „Was sind die Fakten?"

„Nummer eins: Fakt ist, dass Yee Alkohol getrunken hat. Nummer zwei: Fakt ist, dass Yee eine junge Novizin geschlagen hat. Nummer drei ist, dass er ihr nicht geholfen hat und auch keine Hilfe geholt hat, nachdem sie bewusstlos und blutend auf dem Boden lag", zählte Tak auf.

„Nun, mein Meister Lobsang sagte mir damals, dass Yee noch nie ein guter Schüler war. Fleiß und Disziplin fehlten ihm oft", sagte Hin. „Aber als er den Korb von der Schwelle des Tores hob, ging er eine Verpflichtung gegenüber seinem neuen Schützling ein."

„Nun, Großmeister Lobsang ist im Nirwana. Gilt die Verpflichtung denn auch für uns?"

„Ich denke nicht.", sagte Tuyen. „Wie Yee es selbst immer wieder betont: Er ist rund zehn bis fünfzehn Jahre Älter als wir. Ich denke nicht, dass wir ihn als unseren Schützling betrachten sollten, geschweige denn, irgendwelche Verpflichtungen ihm gegenüber haben."

„Aber wir fünf", begann Mui und sah sich um. „Na ja,

derzeit nur vier. Wir sind die Oberhäupter dieses Klosters. Meister und Großmeister der Kampfkunst, Taoistische Meister, Zen-Meister und Siu-Lam Praktizierende. Sollten wir nicht eine gewisse Verantwortung gegenüber den Mönchen unseres Klosters haben?"

„Yee hat Fehler gemacht. Diese wirken sich auf sein Karma aus. Yee hat das Vertrauen der Mönche und Novizen in diesem Kloster verloren", sagte Hin. „Damit muss er leben. Aber für mich ist der Hauptgrund, ihn auszuschließen unser letztes Zusammentreffen."

„Entschuldigt meine Verspätung", erklang die Stimme von Chi Shin. „Ich dachte, wir treffen uns am Trainingsplatz."

„Wir hielten diesen Ort für geeigneter", sagte Tuyen ruhig. Sie alle waren an Shins Verspätungen gewohnt.

„Ich habe beunruhigende Neuigkeiten", begann Shin. „Aber der Reihe nach. Was war der Ausschlag deiner Ablehnung, Meister Hin?"

„Nun bei unserer letzten Begegnung gewann ich den Eindruck, dass Yee unglücklich mit dem Mönchsleben ist. Und als wir ihm den Ausschluss aus dem Kloster androhten, hat ihn das gar nicht gestört."

„Würde Yee außerhalb des Klosters zurecht kommen?", fragte Mui.

„Er tut es bereits seit acht Tagen. Ich habe ihn seither nicht mehr gesehen. Auch nicht im Umfeld des Klosters."

„Yee ist im Dorf. Er verdient etwas Geld mit Aushilfsarbeiten, das er am Abend in der Taverne wieder ausgibt", sagte Shin. „Meine Kontakte zur Außenwelt sind trotz der lächerlichen Belagerung noch sehr gut."

„Das ist doch kein Leben!", gab Mui zu bedenken.

„Yee findet, das Leben im Kloster sei kein Leben",

entgegnete Shin.

„Nun Gut", seufzte Sie. „Wir schließen Yee aus der Klostergemeinschaft aus. Es ist ihm fortan nicht mehr erlaubt, die Mönchskleidung zu tragen. Er ist frei von jeglicher Verpflichtung. Irgendwelche Einwände?", verkündete Mui und sah alle vier fragend an.

„Wir tun ihm also ein Gefallen?", fragte Weißbraue grinsend.

„Es ist das Beste für alle", sagte Tak.

„Wenn wir Yee bestrafen wollten, wäre es das Beste, ihn nicht auszuschließen, sondern zu unser aller Schüler zu machen", überlegte Tuyen weiter.

„Las gut sein, Pak Mei", winkte Mui ab. „So wird Yee hoffentlich glücklicher und im Kloster herrscht ein Stück weit mehr Frieden. Falls man das in diesen Zeiten so sagen kann."

„Du sollst mich nicht so nennen!", zische Tuyen.

„Da möchte ich einhaken", begann Shin. „Mir ist bekannt geworden, dass es im Lager der Soldaten Bewegung gab. Sie wollen wohl heute Nacht einen Angriff wagen."

„Schon wieder?", stöhnte Tak.

„Sie haben kaum noch Soldaten. Ist das ein letzter verzweifelter Versuch, bevor die Feldherren wieder nach Peking müssen, um ihre Niederlage zu verkünden?", fragte Hin.

„Meine Informanten wissen auch nichts genaues. Die Soldaten werden dieses Mal erst genau informiert, wenn sie in Stellung gebracht sind", sagte Shin. „Nicht vorher, wie sonst."

„Nun, wie stellen wir die Wachen auf?", frage Hin.

„Ich wecke die Mönche und ein paar meiner Schüler",

schlug Tuyen vor. „Dann verstecken wir uns auf den Bäumen rings um das Kloster. Wenn wir die Soldaten sehen …"
Er verstummte.
„Riecht ihr das auch?", fragte Tak.
„Rauch!", rief Mui.
Im Selben Moment erklang die Alarmglocke.

Die fünf älteren Meister eilten durch den Steingarten. Beißender Rauch ließ ihre Augen tränen und kratzte in der Lunge. Flammen erhellten die Unterkünfte der Mönche und Novizen. Verzweifelte Schreie drangen aus beiden Gebäuden. Vor dem Eingang des Novizenhauses waren Tische und Stühle zu einer lichterloh brennenden Barrikade errichtet worden. Die Doppeltür wurde mit einem dicken Seil um die Knäufe zusätzlich vertaut. Das Gleiche schreckliche Bild war bei der Unterkunft der Mönche zu sehen. Der Eingang mit brennenden Barrikaden versperrt, das Haus lichterloh in Flammen. Die Schreie von verbrennenden Novizen, die teilweise noch Kinder waren, würden für immer in Muis Gedächtnis bleiben. Sie rannte zum Brunnen, doch das Seil und die Eimer waren verschwunden.
Einige der Novizen und Mönche gelang es, aus den Fenstern dem Inferno zu entkommen und rannten zu Mui an den Brunnen.
„Die Eimer sind weg!", rief sie ihnen zu.
Einige Mönche entdeckten drei gefüllte Eimer an der kleinen Meditationshalle. Sie nahmen sie, rannten zu den brennenden Barrikaden und schütteten sie darauf. Der einzige Weg, Leben zu retten.
Eine Stichflamme schoss in den Nachthimmel und

entzündete die Kleidung der helfenden Mönche. Brennende Menschen liefen schreiend herum und wälzten sich auf dem Boden, um die Flammen zu ersticken. Die Eimer waren mit Öl gefüllt, dass sich gerade entzündet hatte.

Als die Flammen auf das Dach der großen Meditiationshalle übergriffen, fauchte entfachtes Feuer hinter Ng Mui.

Eine schemenhafte Gestalt lief zur hinteren Klostermauer, dort wo die Aborte standen.

Das Krankenhaus, Ng Muis Reich, ging in Flammen auf.

„Su!", rief Mui. „Su schläft dort!"

Sie rannte zum Eingang der Krankenstation, doch auch dort war der Eingang durch eine brennende Barrikade versperrt. Verzweifelt lief sie um das Gebäude und rief immer wieder Su´s Namen.

Miu Hin kam mit zwei Hellebarden zu Mui, gab ihr eine davon.

„Die Waffenkammer brennt noch nicht!", rief er ihr zu und begann, die brennende Barrikade mit der Hellebarde von der Tür weg zu stoßen. Mui half ihm und nach wenigen Augenblicken war der Eingang frei. Mui trat die Tür auf und hustete, als ihr Rauchschwaden entgegen kamen.

„Su!", rief sie und rannte in das Krankenzimmer, in dem das leere Bett von Su stand. Sie sah sich um. Su lag unter dem geschlossenen Fenster. Anscheinend hatte sie versucht, es zu öffnen, es aber nicht geschafft. Mui hob Su auf und brachte sie nach draußen. In sicherer Entfernung zu den inzwischen lichterloh brennenden Gebäuden legte sie sie auf die Erde und tätschelte ihre Wangen.

„Su!", rief Hin, der zu ihr geeilt war. Er stieß Mui beiseite und schüttelte Su an den Schultern. Dann hielt er Su die Nase zu, überstreckte ihren Kopf und pustete dem Mädchen Luft in die Lungen.

Su hustete und übergab sich. Dann hustete sie wieder.

„Oh, welch ein Glück!", rief Hin zu den Sternen.

Mui sah Hin intensiv an und lächelte.

Hin, der Su im Amt hielt, sah Mui ebenfalls tief in die Augen.

Mui verstand.

„Ich habe einige Mönche mit Eimern und Krügen hinunter zum Fluss geschickt!", sagte Chi Shin, der mit Weißbraue, Meister Fung To Tak und fünf Mönchen zu Mui und Hin geeilt kam. „Wir schauen, was wir hinten aus der Abwassergrube noch herausholen können.

„Seht!", rief einer der Mönche. „Sie bekommen die Tore nicht auf!"

Sie konnten durch die brennende, große Meditiationshalle auf das Haupttor blicken. Die Mönche zogen mit aller Kraft, doch die Tore öffneten sich kein Stück weit. Ein Horn erklang und die Tore gaben plötzlich nach und ließen die Mönche straucheln. Ein Pfeilhagel streckte die Mönche vor dem Tor nieder. Krüge mit Öl wurden durch das Tor geschleudert. Das durch das Zersplittern der Krüge beim Aufschlag verteilte Öl wurde mit brennenden Pfeilen Entzündet.

„So kommt also unser Ende", sagte Shin leise.

„Noch nicht", sagte Chu Long Tuyen. „Folgt mir."

Er lief zur hinteren Mauer, in Richtung der Aborte.

„Was sollen wir hier?" fragte Fung To Tak „Glaubst du, die suchen hier nicht?"

„Warte es ab", entgegnete Tuyen, während sie dorthin

eilten. „Su hat mich darauf gebracht. Sie hat Yee hier gesehen. Er kam aus der Abwassergrube, sagte sie. Ich hab mir das mal näher angesehen."

Sie erreichten die Abwassergrube und Tuyen stieg als erster hinab.

„Hier ist neben dem Wasser ein schmaler Steg", rief er aus der Dunkelheit nach oben. „Kommt hinunter, ich leite eure Beine dorthin."

Anschließend führte Tuyen seine zehn Gefährten durch das versteckte Loch, die Mauer hinunter auf den schmalen Vorsprung. Der schmale Trampelpfad war in der Dunkelheit kaum auszumachen und so stürzten, liefen und purzelten sie den steilen Abhang hinunter durch den dichten Wald bis zum Fuß der Anhöhe, auf dem das Kloster stand.

Ng Mui stand mit Tränen in den Augen am Fuß der Anhöhe und blickte hinauf zu den Flammen, die in den Himmel hinauf loderten. Hier und da waren noch gedämpft Schreie zu hören. Einige Mönche des Klosters lebten noch. Sie verbrannten entweder oder wurden von der Kaiserlichen Armee beim Versuch, das Feuer zu löschen getötet. Mui ballte die Faust vor Wut und schlug gegen einen Baum. Sie konnte nichts tun.

„Geflohen sind wir", sagte sie in den dunkle Wald vor sich. „Wie ein paar Feiglinge. Nicht würdig, uns Meister zu nennen."

Chi Shin legte ihr die Hand auf die Schulter.

„Unglück ist es, worauf Glück beruht. Und Glück ist es, was das Unglück birgt. Wer kennt das Ende?"

„Ich habe Yee gesehen", sagte Mui, und drehe sich zu der Gruppe von Überlebenden um. „Kurz nachdem die Krankenstation in Flammen aufging sah ich jemanden in Richtung der Aborte laufen."

„Bist du sicher, dass es Yee war?", fragte Chin.

„Die Figur passte", antwortete Mui. „Es kannte sonst niemand den Weg hinaus durch die Abwassergrube. Yee hat ihn schon früher benutzt."

„Weißbraue kannte ihn auch", gab Chin zu bedenken.

„Aber Tuyen war bei uns."

„Hast du den Weg noch jemanden gezeigt?", fragte Chin in Richtung Chu Long Tuyens.

„Nennt mich nicht immer so. Das ist in meiner Familie manchmal halt so!" echauffierte sich Tuyen. „Nein, ich behielt es für mich. Aber das heißt nicht, dass Yee ihn seinen Freunden nicht gezeigt hat."

„Nun gut. Aber ich habe deutlich einen Mann in

Mönchskleidung mit Yee´s Statur bei den Aborten gesehen!"

„Meint ihr denn, es waren mehrere?", fragte Tak.

„Glaubst du, das war allein Yee´s Werk?", gab Hin zu bedenken, der immer noch Su auf dem Arm hielt.

„Nein, Yee muss Helfer gehabt haben. Das hätte er in so kurzer Zeit nie allein hinbekommen. So viel hat er bei uns in einem Jahr nicht getan."

„Gehen wir davon aus, dass Yee Helfer gehabt hat. Von wie vielen reden wir hier? Wie viele Mönche aus unserer Gemeinschaft sind Verräter und Spione für die Barbaren-Regierung?", fragte Shin.

Er sah jeden in der Runde genau und intensiv an.

„Ich vertraue jedem hier in dieser Runde uneingeschränkt. Wir kämpfen für die gleiche Sache. Wir kennen uns schon jahrelang."

„Meister!", begann ein Mönch.

„Luk Ah Choy, sprich.", ermunterte Chin ihn.

„Wir sind dir unendlich dankbar für dein Vertrauen. Aber was machen wir jetzt?"

„Solange wir nicht tot oder lebendig vor den Thronräuber gebracht werden, und sei es auch nur unser Kopf, werden die Steckbriefe und Haftbefehle weiterhin gültig sein", sprach Hung Hay Kwun, der älteste Schüler von Chi Shin.

„Wir werden weiter gegen diese Regierung kämpfen meine Schüler, aber wir müssen uns trennen. Wird einer von uns gefangen genommen oder getötet, können die anderen ihren Kampf fortsetzen. Bleiben wir zusammen, sind wir alle am Arsch."

„Meister!", hauchte Kwun erschrocken.

„Ist doch wahr", winkte Chin ab.

„Ich werde mit meiner Schülerin Su in den Norden gehen", überlegte Meister Fung To Tak. „Sobald sie sich erholt hat und laufen kann ..."

„Su wird mit mir kommen!", unterbrach ihn Meister Miu Hin und drückte sie an sich.

„Willst du mir jetzt meine einzige verbliebene Schülerin nehmen?", grollte Tak und baute sich vor Hin auf. „Das ist eine ungeheure Frechheit!"

„Nein, das ist nicht meine Absicht!", entgegnete Hin. „Dennoch wird sie mit mir kommen! Sie ist ... das einzige , was mir geblieben ist."

„Sag es schon", ermutigte Ng Mui ihn.

„Su ist meine Tochter", gestand Hin.

Schweigen im Walde.

„Gut, Su geht mit dir", gab Tak schließlich nach. „Aber das hättest du auch mal eher sagen können."

„Wir haben alle unsere kleinen Geheimnisse."

Mui beteiligte sich nicht an dem Gespräch. Sie hatte sich wieder dem Kloster oben auf der Anhöhe zugewandt. Als der Morgen graute, waren die Schreie verstummt. Sie schlich sich etwas näher heran. Sie hoffte darauf, irgendein Lebenszeichen zu sehen. Vielleicht hatten die Mönche die Soldaten besiegt. Vielleicht hatten sie den Brand löschen können und waren nun mit dem Aufbau beschäftigt. Sie sah immer noch Rauch aufsteigen.

Dort auf der Mauer bewegte sich etwas! Mui kniff die Augen zusammen, um besser sehen zu können. Dort gingen eindeutig Männer hin und her. Sie trugen die schwarz-roten Brustharnische und Helme der Kaiserlichen Armee. Sie sammelten gerade die Leichen der Mönche und stapelten sie zu großen Haufen.

„Die Soldaten sind im Kloster. Sie haben gewonnen", sagte Chi Shin, der sie suchte und in einem dichten Gebüsch fand.

Tränen rollten über Ng Muis Gesicht. Sie wollte zurück ins Kloster, sich ein Bild vom Schaden machen, nach Überlebenden suchen und die Verletzten versorgen. Das Kloster war schwer beschädigt, aber man konnte es doch wieder aufbauen. Als Mui die Soldaten auf der Mauer sah, schwand die letzte Hoffnung, dass es Überlebende im Kloster gab. Sie liefen dort immer noch mit gezückten Schwertern herum, ganz so, als wären sie mit dem Abschlachten noch nicht fertig.

„Wir leben nur, weil wir uns zur Besprechung im Steingarten getroffen haben", sagte Shin nachdenklich. „Sonst wären wir, wie die anderen in unseren Betten verbrannt."

„Was machen wir jetzt?", fragte Mui.

„Wir meiden diesen Ort. Wir können hier nichts mehr tun. Wir müssen für eine Weile untertauchen und dann den Kampf gegen die Regierung fortführen."

„Ich will deinen Kampf nicht mehr kämpfen", sagte Mui tonlos. „Der Kampf gegen die Regierung hat unendliches Leid hervorgebracht. Kein einziger Mensch soll mehr für meine Ansichten den Tod finden. Wir haben uns mitschuldig gemacht, weil wir dich unterstützt haben."

„Was hast du vor, Mui?", fragte Chin.

„Ich weiß noch nicht. Vielleicht gehe ich ins Nonnenkloster in Henan zurück."

„Dort wird man dich ebenfalls suchen."

„Dort? Es weiß doch kaum jemand vom Kloster hinter *dem* Kloster[10]. Außerdem waren sie dort schon, wie deine Informanten dir mitgeteilt haben."

„Ja, sie suchten uns dort schon. Das heißt aber nicht, dass sie nicht mehr dort sind."

„Und was machst du?"

„Ich bin mir noch nicht sicher. Ich hatte schon immer eine Schwäche für die Schauspielerei und Gesang", überlegte Chi Shin[11].

„Du kannst doch gar nicht singen", gab Mui zu bedenken.

„Stimmt", gab Shin zu.

Sie gingen leise und vorsichtig zu dem Platz zurück, an dem die anderen warteten.

„Oder ich werde Koch. Kochen kann ich ganz gut", sagte Chin, als sie zum leeren Platz zurück kamen.

„Sie sind alle schon fort", sagte Tuyen, der als einziger noch dort saß. „Ich gehe auch gleich."

„Wohin?", fragte Mui.

„Dorthin, wo mich meine Nase hinführt", antwortete Tuyen. „Aber nicht, ohne mich von meiner großen Schwester zu verabschieden."

Tuyen stellte sich zum Gruß gerade auf, legte die rechte Faust auf die linke, offene Handfläche und deutete eine Verbeugung an. Ng Mui und Chi Shin taten es ihm gleich.

„Lebe Wohl, Si Je[12]! Lebe Wohl Si-Fu[13]!"

„Mach es gut, kleiner Bruder! Si-Dai[14] Pak Mei!", sagte Mui und erntete einen letzten bösen Blick von Weißbraue, den er mit einem Lächeln garnierte.

„Lebe wohl, Meister Chu Long Tuyen" sagte Shin feierlich.

Sie sahen sich noch einmal an und verließen den dichten Wald vorsichtig in unterschiedlichen Richtungen.

„Das hier ist Ma Ning Yee", stellte Chan Man Wai den gefallenen Mönch im Kommandozelt vor.

„Das ist unser Held der Stunde!", begrüßte Wong Chun May den Neuling

„Ma Ning Yee! Ein Name, den man sich merken sollte!", freute sich Cheung King Chow.

„Ach bitte, meine Herren", sagte Yee verlegen. „Die Idee stammt einzig und allein von Herrn Chan Man Wai. Er war es auch, der sagte, ich muss erst alle Eingänge blockieren und dann alle Löschmittel beseitigen, bevor ich es anzünde."

„Ja, ein schlaues Bürschchen, unser Wai. Er wird es weit bringen am Hof.", sagte May und führte den Mönch zu einem Stuhl. „Nimm bitte Platz und iss etwas."

Der ehemalige Mönch sah auf den reichlich gedeckten Tisch und griff nach einer gebratenen Gänsekeule.

„Nun, ich sagte unserem neuen Freund", begann Wai und deutete auf Yee, „dass der Kaiser sich großzügig und erkenntlich zeigen würde, wenn wir eine so bedeutende Hilfe zur Vernichtung das Klosters erhielten."

„Oh, das wird er bestimmt", pflichtete ihm May bei. „Aber zuerst Freund, wir wissen gar nichts über dich. Erzähl uns etwas von dir."

Yee kaute auf der Keule herum und sah verunsichert von einem zum anderen. Wai bedeutete ihm, etwas zu sagen.

„Nun", begann Yee. „Ich wurde als Baby vor dem Kloster gefunden und von den Mönchen aufgezogen. Ich habe mein Leben lang im Kloster gewohnt. Aber diese ständigen Vorschriften und Regeln haben mich fast um den Verstand gebracht." Yee biss wieder ein Stück ab und kaute, um etwas Zeit zum überlegen zu haben. „Als ich so einer Rotzgöhre Respekt vor dem Alter beibringen wollte, ist sie mit dem Kopf gegen eine Tempelwand gefallen. Sie haben mir die Schuld dafür gegeben und haben mich rausgeschmissen. Seitdem lebe ich auf der Straße."

„Na ja, er lebt eigentlich in der Taverne im Ort, wie mir der Wirt mitteilte", ergänzte Wai.

„Du hast dein ganzes Leben als Mönch verbracht?", fragte May.

„Ja."

„Aber du bist jetzt kein Mönch mehr?"

„Nein."

„Woran erkennt man Mönche, die keine mehr sind? Du trägst immer noch die Mönchsrobe."

„Ich habe noch nichts anderes zum anziehen."

„Bist du jetzt automatisch kein Mönch mehr, nur weil du nicht ins Kloster darfst?", fragte Chow interessiert.

Yee überlegte. War ein Mönch ohne Kloster automatisch kein Mönch mehr? Nun, war ein Fischer ohne Boot kein Fischer? Doch, fand Yee. Fischer blieb Fischer durch sein Wissen und sein Können. Das machte ihn zu einem Fischer. Nicht das Boot. Das konnte er sich neu kaufen oder auf einem anderen mitfahren.

„Nun, ich bin jetzt ein Mönch ohne Kloster", sagte Yee schließlich. „Eigentlich will ich auch kein Mönch mehr sein. Aber ich weiß nicht, was ich sonst bin."

„Kennst du unseren vom Kaiser Yongzhen gegebenen Auftrag?", fragte Chow.

„Ihr sollt den Verräter Chi Shin und vier seiner Schüler verhaften", antwortete Yee mit vollem Mund.

„Nun ja, das ist nur ein Teil des Auftrags."

„Ach?", sagte Yee erstaunt. „Was noch?" Yee schluckte

schnell seinen Bissen herunter. „Wenn ich fragen darf, natürlich nur."

„Natürlich darfst du das", erwiderte Chow. „Unser voller Auftrag lautet: Sucht und verhaftet die per Haftbefehl gesuchten Mönche."

Yee nickte schnell und griff zum Bruststück der Gans.

„Vernichte das Shaolinkloster in der Provinz Henan."

Yee nickte langsamer und schaute in die Runde.

„Und tötet dabei alle Shaolinmönche."

Yee ließ die gebratene Gans fallen und stürmte aus dem Zelt.

„Ganz so schnell ist er nicht im Denken", seufzte May, als sie aus dem Zelt sahen. „Glaubt er wirklich, wir lassen den einzigen Zeugen, der dazu noch Shaolinmönch ist, am Leben?"

„So, wie der Wirt ihn mir beschrieben hat, läuft er jetzt schnurstracks zur Taverne, anstatt das Weite zu suchen.", bemerkte Wai.

„Und?", fragte Chow.

„Ein spezieller Mann wird ihn dort erwarten und ihm seine … Belohnung geben.", sagte May.

„Was bekommt er denn von uns?", fragte Wai weiter.

„Er ist buddhistischer Mönch. Buddhisten glauben an Wiedergeburt. Sagen wir, Yee wird schneller in sein nächstes Leben befördert."

Die Männer lachten, als sie den Vorhang wieder vor den Eingang des Kommandozeltes fallen ließen.

KAPITEL DREI

Meisterin des Namenlosen

Im Tai-Leung Gebirge zwischen den Provinzen Sichuan und Yunnan, am Fuße des Berges Leung lag das kleine Dorf Nanchon. Es hatte einen großen Marktplatz für alle geschäftstüchtigen Bewohner der Gegend. Es war weit über die Grenzen des Dorfes bekannt, dass man dort fast alles bekommen konnte, was sich der gemeine Dorfbewohner in dieser Provinz vorstellen konnte. Dies lief meistens auf Nahrungsmittel, Stoffe, Werkzeuge und Medizin hinaus. Mehr benötigten die meisten Menschen hier nicht. Und mehr konnten sie sich auch nicht vorstellen.

Lee sah Wong schon von weitem durch das Gedränge auf dem Marktplatz. Er steuerte, wie fast jeden Tag, direkt auf Lee´s Tofustand zu. Lee stieß seine Tochter an und deutete in Wongs Richtung. Chun rollte mit den Augen als sie Wong erblickte und tat besonders beschäftigt.

Lee spürte, wie in ihm der Zorn gärte. Seit elf Jahren lebte er nun mit seiner Tochter in dem kleinen Dorf und seit elf Jahren schon wollte er dem arroganten und aufdringlichem Wong ordentlich Respekt einbläuen.

In den elf Jahren wuchs die kleine Chun zu einer bildschönen, jungen Frau heran, die den ausgeprägten Gerechtigkeitssinn von ihm geerbt zu haben schien. Sie war fleißig und bescheiden. Und gut zu Denen, die Hilfe brauchten. Sie glaubte immer noch, er sah es nicht, wenn die einem hungrigen, heimatlosen Wanderer heimlich ein Stück Tofu oder etwas gekochten Reis gab. Sie hatten sich gut eingelebt und man achtete und respektierte sie hier. Lee mochte das kleine Dorf. Die Leute waren freundlich, man half sich untereinander und einmal im Jahr, beim großen Lampenfest, feierte das ganze Dorf drei Tage am

Stück.

Leider waren da noch Wong und die Drachenbrüder, die das Bild gehörig trübten. Die meisten Leute der Triaden waren kaum zu sehen, sie verhielten sich unauffällig, waren freundlich und gingen ihren Angelegenheiten nach, ohne die Dorfbevölkerung zu stören. Und da war Wong. Er gehörte zu den Triaden weil sein Vater dort eine wichtige Rolle spielte. Wong wurde aber nie für die großen Geschäfte der Triaden eingesetzt. Also suchte er sich eine Aufgabe, die er erfüllen konnte und von der er glaubte, das sie den Triaden nützte. Er hörte zufällig, als er völlig betrunken unter dem Fenster des Arbeitszimmers seines Vaters in den Rosenbüschen lag, dass die Macht der Drachenbrüder mit der Finanzierung steht und fällt. Wong entschloss sich dazu, einen Teil der Finanzierung zu übernehmen, indem er von den Händlern im Dorf eine Sicherheitsgebühr verlangte. Einige Dorfbewohner weigerten sich, doch als Wong mit seinen Freunden den ersten Stand zerstörte und dessen Besitzer so verprügelte, dass dieser vom hoch angesehenen Arzt, Doktor Xian, mit fünf Stichen genäht werden musste, spurten plötzlich alle Händler. Als Wong am Ende des Tages seinem Vater das erbeutete Geld übergab und sagte, es sei zur Finanzierung der Drachengesellschaft, lächelte dieser verlegen. Bei der Finanzierung ging es um Milliardenbeträge. Für das Geld seines Sohnes würde nicht mal eine Augenbraue hochgezogen werden. Wenn er den kleinen Betrag erwähnen würde, bekäme er nur schallendes Gelächter zu hören. Aber er lächelte und bedankte sich bei Wong. Dieser fühlte sich bestätigt, endlich seinen Beitrag für die Geheimgesellschaft zu leisten und setzte seine Machenschaften ermutigt fort. Hätte sein

Vater ihm statt zu lächeln eine schallende Ohrfeige verpasst, hätte das Dorf jetzt keinen tyrannischen Geldeintreiber, der die Hälfte des Schutzgeldes in der Taverne versoff.

Nun wuchs Chun zu einer schönen, jungen Frau heran und das blieb auch von Wong nicht unbemerkt. Er kam jeden Tag zum Stand, starrte Chun an, machte ihr Komplimente und schenkte ihr Blumen oder Süßigkeiten. Wenn Chun sich versteckte, um nicht mit ihm reden zu müssen, schmiss Wong Sachen um sich und schrie, bis sie schließlich kam, um seine schwülstigen und billigen Komplimente zu ertragen. Und jedes Mal ballte Lee die Fäuste und jedes Mal, wenn er Chun berührte wollte er Wong die Hand abhacken. Und jedes Mal wurde die Versuchung größer, es zu tun. Aber er war sich sicher, dass die Flucht vor der Rache der Triaden nicht ein zweites Mal gelingen würde.

Nächste Woche würde Chun fünfzehn Jahre alt werden. Ab nächster Woche würde sie im heiratsfähigen Alter sein. Zum Glück hatte Lee sie schon an den Sohn des Gewürzhändlers Sung versprochen. Chau und Chun legten ihre anfängliche Abneigung gegeneinander im Laufe der Zeit ab, verstanden sich nun gut und passten auch zusammen. Auch wenn beide vorgaben, sich nur wie Bruder und Schwester zu mögen. Leider waren Leung Bok Sung und Leung Bok Chau zu einer langen Geschäftsreise aufgebrochen und wussten nicht, wann sie wieder hier sein würden. Zum Abschied hatte Chau ihr eine Gebetskette gegeben, die er sich von einer Nonne ausgeliehen hatte, wie er sagte. Chun fand sie hübsch, weil sie grün war, und trug sie seitdem regelmäßig. Sie mochte grüne Dinge. Nachdem Chau und sein Vater zurückkehrten, müsse sie ihm die Kette aber wieder geben, denn sie gehörte ihm ja nicht. Er bewahre sie nur auf, sagte Chau. Das war vor über zwei Jahren.

Chun schob sich vom Stand in den Hintergrund und verbarg sich hinter ihrem Vater. Wong steuerte zielgerichtet auf den Tofustand zu, hatte Chun aber noch nicht erblickt. Das hoffte sie zumindest. Sie schob sich weiter zurück und schlich sich, von der Menge verborgen, davon. Sie wusste nicht, wohin. Nur erst einmal weg von Wong.

„Wo ist Chun?", fragte Wong fordernd, als er den Tofustand erreichte.

Lee kochte innerlich vor Wut, bediente aber ruhig und äußerlich entspannt zuerst seinen Kunden zu Ende.

Eine Faust knallte auf den Stand.

„Ich hab dich gefragt, wo Chun ist!", schrie Wong so laut, dass sich die in der Nähe stehenden Menschen erschrocken umsahen.

„Möchtest du Tofu von ihr kaufen?", fragte Lee, der sich zwang, ruhig und langsam zu sprechen. „Das kannst du auch von mir."

„Willst du mich verscheißern?", brüllte Wong und stieß eine Schüssel mit Tofu auf die Erde. „Wo ist deine Tochter, alter Mann?"

„Du hast getrunken, Wong", sagte Lee, als er dem fauligem, nach Schnaps, Knoblauch und Fisch stinkendem Atem von Wong nicht mehr ausweichen konnte.

Eine Hand traf Lee´s Wange.

„Das geht dich doch einen Scheiß an! Wo ist Chun?"

„Und das geht dich einen Scheiß an", erwiderte Lee ruhig.

Wong holte zu einem weiteren Schlag aus, aber seine

Hand verharrte auf halben Weg in Lees Gesicht.

„Na na, wer wird denn hier gleich Handgreiflich?", fragte eine ältere Frau in einer Nonnentracht. „Ich habe eine junge Dame gesehen, die mir entgegen kam, als ich hier her ging. Sie war sehr hübsch. Meinst du sie vielleicht?" Die Frau hielt Wongs Hand mit der Kraft eines Schraubstocks fest. Wong versuchte, sich loszureißen, aber er schaffte es nicht. Schließlich gab die Nonne den Arm frei.

„Wenn das jetzt geklärt ist, möchte ich etwas Tofu kaufen, wenn es recht ist", sagte sie und lächelte Wong an. Sie schob sich an Wong vorbei und beachtete ihn nicht mehr.

„Guter Mann, was haben sie denn Schönes für unser Kloster? Wie Sie wissen, nehmen wir auch zweite und dritte Wahl.", begann sie und begutachtete die verschiedenen Schalen mit Tofu.

Wong stand noch einen Augenblick da

„Das hat noch ein Nachspiel!", brüllte er, um darauf seine Stimme zu senken. „Schwiegervater", grollte er und grinste Lee an. Dann ging er davon.

Lee wurde bleich. Wong wollte Chun heiraten. Und Wong war es offensichtlich egal, was Lee oder Chun dazu sagten. Und Lee konnte nichts dagegen unternehmen. Nur weglaufen. Mit Chun wieder fliehen. Aber wohin? In welche Richtung? Wie weit? In Lee´s Kopf drehten sich die Gedanken immer schneller. Dann wurde es schwarz.

„Hallo, geht es Ihnen gut?", hörte Lee, als er wieder zu sich kam. Er sah in das besorgte Gesicht der älteren Nonne. Obwohl älter? Sie schien in etwa Lee´s Alter zu haben, aber die Nonnentracht ließ sie älter und weiser wirken.

„So hart war die Ohrfeige des Betrunkenen doch nicht, dass Sie hier jetzt bewusstlos werden", sagte sie.

„Papa, was ist passiert?", fragte Chun, die neben der Nonne kniete und verängstigt ihren Vater anblickte, der noch immer auf dem Boden lag.

„Alles gut, kleiner Schwächeanfall", sagte Lee und versuchte, sich aufzurappeln.

„War das Wong?", fragte Chun. „Ich hätte nicht weg gehen sollen, es tut mir leid!"

„Der betrunkene Flegel?", fragte die Nonne.

Chun nickte.

„Nein, der war schon weg."

„Der geht mir so auf die Nerven!", regte sich Chun auf. „Ständig diese blöden Sprüche! Und immer verfolgt er mich und versucht mich anzutatschen! Bäh!"

Chun steckte sich dabei den Finger demonstrativ in den Hals.

Die Nonne lächelte.

„Ihr solltet den Stand heute schließen und nach Hause gehen. Dein Vater sieht immer noch so aus, als hätte er einen Geist gesehen."

„Nun, verehrte Nonne, wenn ihr so freundlich sein würdet, meinen Vater auf dem Weg zu stützen, schließe ich derweil den Stand und mache sauber. Der Tofu ist selbstverständlich kostenlos für das Kloster des Weißen Kranichs."

Wieder lächelte die Nonne.

„Du bist ein gutes Kind. Ich helfe deinem Vater nach Hause. Wo wohnt ihr?"

„Geht hier rechts zur Hauptstraße und diese dann links hinunter bis ihr den großen Kirschbaum seht. Dort biegt ihr nach links in die Gasse und dann bis zum Ende. Es ist das letzte Haus auf der linken Seite."

Die Nonne schwieg Gedankenversunken und starrte ins Nichts.

„Ich denke, ich weiß, wo das ist.", sagte sie leise.

Sie half Lee auf die Beine und stützte ihn, als sie über den Marktplatz zur Hauptstraße gingen. Chun sah ihnen noch kurz nach und begann dann, den Stand zu räumen, um ihn einzuklappen und auf den Handkarren zu verstauen. Sie blickte auf die Stelle, an der ihr Vater gelegen hatte und sah den Stoffbeutel der Nonne mit dem Tofu. Sie hatte ihn wohl vergessen. Chun verstaute ihn ebenfalls auf dem Wagen damit sie ihn ihr bringen konnte.

„Also Lee, was war das denn gerade?", fragte die Nonne neugierig, als sie den noch benommenen Tofuhändler auf dem Weg nach Hause stützte.

„Was?" fragte Lee verwirrt.

„Na, der kleine Ohnmachtsanfall gerade. Reif für die Pinyin Xiqu[15]. So ein stattlicher Mann im besten Alter fällt doch nicht von der Ohrfeige eines besoffenen Idioten um."

„Ach das", winkte Lee ab. „Das kommt nicht von dem Schlag. Es geht mir auch schon wieder ganz gut"

Lee löste sich aus der Hilfestellung der Nonne und ging ein paar Schritte. Dabei taumelte er hin und her und musste sich schließlich auf die Straße setzen.

„Was soll ich nur tun?", fragte Lee verzweifelt, als er auf der Straße saß und sich den Kopf hielt.

„Wenn du mir sagst, was mit dir los ist, helfe ich dir nach Hause", sagte die Nonne und steckte ihm eine helfende Hand entgegen. „Wenn nicht, lass ich dich hier sitzen."

Er blickte sie an und sie zwinkerte ihm zu.

Lee seufzte, als er ihre Hand ergriff und sich wunderte, wie leicht ihn die doch recht zierliche Frau einfach von der Straße hob.

„Wir haben nicht schon immer hier gewohnt, weißt du?", begann Lee.

„Ihr seid freiwillig hier?", fragte die Nonne erstaunt. „Es gibt hier nicht viel. Die meisten jungen Menschen wollen von hier weg, um ihr Glück zu machen. Es gibt sehr wenige, die es hier her zieht."

„Das hat ja auch seinen Grund.", antwortete Lee.

Er überlegte, ob er der Nonne vom Tempel des Weißen Kranichs trauen konnte. Sie kaufte seit ein paar Jahren regelmäßig bei ihm Tofu. Sie war ihm recht sympathisch und so war Lee versucht, ihr die Geschichte von ihm und Chun zu erzählen. Lee erinnerte sich, als die Nonne das erste Mal zu ihm an den Tofustand kam. Sie hatte wohl damals eine Glatze getragen, und ließ gerade wieder ihre Haare wachsen. Sie waren noch recht kurz und deswegen trug sie oft einen Strohhut, der für die Nonnen hier in der Gegend eher ungewöhnlich war. Lee vermutete mit seinem Sinn des Hilfspolizisten, dass die Nonne früher in einem Shaolinkloster gelebt hatte, denn dort trugen alle Nonnen geschorene Köpfe. Mittlerweile gingen die Haare der Nonne bis über die Schulter. Sie hatte sie zu einem Zopf geflochten. Den Strohhut trug sie immer noch, allerdings eher nach hinten in den Nacken gestreift, als direkt auf dem Kopf. Während Lee von ihr gestützt wurde, betrachtete er das Profil der Nonne. Sie war ungefähr in seinem Alter, vielleicht mit zwei oder drei Jahren unterschied. Ihr Blick war klar und strahlte Selbstsicherheit und Intelligenz aus. Ihr Gesicht war doch irgendwie süß, dachte sich Lee.

Und genau als er das dachte, sah ihn die Nonne aus den Augenwinkeln skeptisch an; als wenn sie Gedanken lesen konnte.

„Na, Straßenhändler, verlier mal nicht den Kopf und das Herz. Die Kleine Chun hat doch sicher eine Mutter, oder?", sagte die Nonne.

Lee zögerte noch erschrocken, entschloss sich dann aber, der Nonne alles zu erzählen.

„Chun´s Mutter, meine Frau ist tot. Elf Jahre ist das nun her.", sagte Lee und deutete links in die Gasse, an deren Ecke ein Kirschbaum stand.

Ng Mui blieb stehen und alte Erinnerungen strömten

durch ihren Kopf. Der Tod ihrer Mutter, Ihr Großvater, die grüne Gebetskette und ihr letzter Blick zurück, als ihr Vater und sie in die Provinz Henan aufbrachen. Es hatte sich hier in all den Jahren nicht viel verändert. Der Baum war größer und älter, in der Mauer an der Ecke fehlten ein paar Steine und es wuchs etwas Moos darauf. Sonst war alles wie in Muis Erinnerung. Nur kleiner. Sie hatte alles viel größer im Kopf, was wohl daran lag, dass sie viel kleiner war, als sie fort gingen.

„Kommst du?", fragte Lee, der sich so weit erholt hatte, dass er allein gehen konnte. „Ich möchte dir eine Tasse Tee anbieten, bitte. Für deine Hilfe."

„Ja, vielen Dank", sagte Mui. „Sag, in welchem Haus wohnt ihr hier in der Gasse?"

„Das letzte Haus auf der linken Seite. Es war alt und verlassen, als wir hier ankamen, aber Chun und ich haben es repariert und es uns gemütlich gemacht", sagte Lee mit einem Hauch von Stolz.

„Da bin ich mal gespannt", sagte die Nonne tonlos. Sie rang mit Neugierde und Furcht vor weiteren Erinnerungen. Aber die waren schon da. Die letzten Tage ihrer Mutter, das Klagen und Weinen, das Husten und Stöhnen aus dem Krankenzimmer und die noch schrecklichere plötzliche Stille eines Morgens.

Als Mui ihr Elternhaus betrat war sie ein Stück weit erleichtert. Der Grundriss war zwar noch derselbe, aber Lee und Chun hatten alle Räume komplett verändert, andere Farben, andere Tische und Stühle, die Möbel waren anders aufgeteilt. Alles wirkte hell und freundlich. Hier herrschte wieder das Leben und die Freude, nicht Trauer und Tod, wie sie es in Erinnerung hatte. Für Mui wäre nichts schlimmer gewesen, als in das alte Elternhaus mit alle den schlechten Erinnerungen zurückzukehren. Selbst der Garten, in dem ihr Vater das Spiel der fünf Tiere für sie übte, war nun ein Kräuter- und Gemüsegarten.

„Alles in Ordnung?", fragte Lee besorgt, als er Wasser für den Tee aufsetzte. „Du bist so still."

„Ich bewundere nur euer Haus und was ihr daraus gemacht habt. Es war verlassen, sagst du? Es sieht hier aus, als würdet ihr schon ewig hier wohnen."

„Vielen Dank", freute sich Lee. „Ich kenne deinen Namen gar nicht. Mein Name ist Yim Lee und meine Tochter heißt Yim Wing Chun. Wie darf ich dich nennen?"

„Du versuchst es immer noch? Verlieb dich nicht in eine Nonne, mein lieber Lee", grinste Mui.

„Verzeih, das war unhöflich", entschuldigte sich Lee, bedeutete der Nonne, sich mit ihm an einen kleinen Tisch zu setzen und schenkte den Tee ein. „Nun, ich will dir den Grund meines kleinen Schwächeanfalls erzählen, aber ich weiß noch nicht, ob ich dir trauen kann. Ein Name würde mir schon etwas mehr vertrauen schenken."

„Du gerissener Fuchs!", lachte die Nonne. „Wenn du mich nicht als Frau Nonne ansprechen willst, nenn mich Mulan."

„Aus der Ballade Hua Mulan? Bist du als Mann verkleidet in den Krieg gezogen?"

„Nein, das nicht. Aber der Name gefällt mir gut und sie war eine starke Frau, die kämpfen konnte."

„Gut, Mulan", sagte Lee mit einem Lächeln.

Dann nahm er einen Schluck von dem Tee und begann seine Geschichte zu erzählen. Er erzählte von seinem alten

Job als Hilfspolizist und wie sie durch Zufall einen der größten Fälle von Opiumschmuggel in der Geschichte der Provinz aufdeckten und lösten und das die Triaden erzürnt hatte. Er erzählte vom mit seinem Messer getöteten Chow, seiner ermordeten Frau und der Flucht vor seinen Kollegen und den Triaden. Dann erzählte er von der Ankunft hier im Dorf Nanchon und dass er zunächst mit Chun unter der Brücke unten am Fluß schlief. Er schloss schnell Freundschaft zum Salz und Gewürzhändler, der ihm ein kleines Zimmer und den kleinen Tofustand besorgte, den Lee in kleinen Raten abbezahlte, bis er schließlich ihm gehörte. Einige Zeit später erfuhr er von dem leer stehendem Haus hier und suchte den Eigentümer, um es ihm abzukaufen, aber der war unauffindbar. Schließlich gelang es Lee, für eine geringe Gebühr eine Besitzurkunde vom Bürgermeister zu bekommen und er konnte nun anfangen, das Haus nach seinen Wünschen zu gestalten und umzubauen. Schließlich erzählte er von Wong, der Chun seit Jahren nachstellte. Er war der Sohn eines einflussreichen Unterbosses der Triaden. Lee hoffte, dass Wongs Interesse für Chun irgendwann nachlassen würde, aber Chun kam ganz nach ihrer Mutter und wurde von Tag zu Tag hübscher. Lee hatte Chun an Chau, dem Sohn des Gewürzhändlers versprochen, aber das interessierte Wong nicht. Er begann, Chun nachzustellen, sie zu bedrängen und wurde wütend und gewalttätig, wenn sie ihn zurückwies. Einmal schlug er Chun ins Gesicht, als sie ihm sagte, er solle endlich verschwinden. Lee sah es und schlug Wong im Affekt einen Zahn aus. Anschließend ließ sich Lee von Wong und zwei seiner Kumpanen verprügeln. Er hätte sich wehren können, doch Wong drohte damit, ihn durch die

Drachenbrüder aus dem Weg räumen zu lassen. Seitdem versteckt sich Chun viel, wenn Wong gesichtet wird, wie heute.

Als Chun zwölf Jahre als war, zog der sturzbesoffene Wong sie in eine Seitengasse und versuchte, ihr zwischen die Beine zu fassen. Sie konnte sich gegen den volltrunkenen Wong wehren, riss sich los und rannte weinend nach Hause.

„Tja, und heute nannte das Arschloch Wong mich Schwiegervater. Chuns Verlobung mit Chau ist ihm scheißegal. Er will Chun heiraten! Und ich kann nichts dagegen machen." Lee nippte betrübt am Tee. „Eigentlich möchte ich ihm mal so richtig Vernunft und Respekt einprügeln! Aber das weckt dann die Aufmerksamkeit seines Vaters. Außerdem kann Wong inzwischen besser kämpfen als ich. Ich bin nicht mehr so schnell und stark, wie früher einmal."

Mui saß mit regungsloser Miene am Tisch und hatte die Hände so fest zu Faust geballt, dass ihre Fingerknöchel weiß waren. Sie hatte noch nicht vom Tee getrunken. Hier musste etwas geschehen, entschied sie. Aber was? Es wäre ein leichtes für Mui, Wong selbst zu verprügeln. Aber das war gegen ihre Ehre, ihre Erziehung. Wenn eine Kampfkunstmeisterin einen Trunkenbold verprügelt, würde sie ihr Gesicht verlieren und ihre Meister entehren. Es musste eine andere Lösung her. Aber welche?

„Mulan?", fragte Lee „Du sagst ja gar nichts."

„Ich würde euch gerne helfen, aber meine Mittel als Nonne sind begrenzt. Aber nun kann ich deinen Schwächeanfall, wie du ihn nanntest, gut verstehen."

Die Haustür flog auf. Im Türrahmen stand Chun mit

tränenüberströmten Gesicht.

„Was ist passiert?", rief Lee schockiert, sprang auf und half Chun, sich auf einen Stuhl zu setzen.

„Ist das wahr?", fragte Chun weinend. „Ich soll diesen ekelhaften Typen Wong heiraten?"

„Wer sagt das?", fragte Lee

„Na, Wong!", stammelte Chun. „Er hat mich auf dem Weg nach Hause abgefangen und mir an die Brust gefasst! Er sagte, er freut sich schon auf die Hochzeitsnacht und dass ich ihm viele Söhne schenken werde! Dann habe ich mich losgerissen und ihm gesagt, er soll mich in Ruhe lassen und endlich verschwinden! Dann hat er mir ins Gesicht geschlagen und schrie dabei, dass er mir die Frechheiten schon noch austreiben wird!"

Lee antwortete nicht. Er wurde rot vor Wut und blickte zu einem alten Schwert, dass er vor einiger Zeit gefunden hatte. Er brachte es damals zum Schmied, der es polierte und schärfte. Lee fühlte sich sicherer mit einer Waffe im Haus.

Mui folgte seinem Blick, legte Lee eine Hand auf die Schulter und schüttelte den Kopf.

„Das ist keine Lösung", sagte sie.

„Was soll ich tun?", fragte er die Nonne verzweifelt.

„Ich werde ihn auf keinen Fall heiraten!", entschloss Chun trotzig. „Da bringe ich mich eher um! Oder ihn!"

Chun sah mit Tränen in den Augen zur Nonne.

„Oder ich gehe ins Kloster!", protestierte Chun und verschränkte ihre Arme.

Mui ging zum Garten und blickte auf die verschiedenen Kräuter- und Gemüsepflanzen und auf die sorgsam gepflegten Wildblumen, die ebenfalls ihren Platz fanden. Ihr kam eine Idee. Aber die musste sie erst mit Lee besprechen.

„Du musst dich erst beruhigen, junge Dame", sagte die Nonne und ging in den Garten hinaus, um einige Blätter, Blüten und Beeren zu pflücken.

„Ich will mich nicht beruhigen! Und ich will diesen dreckigen Säufer nicht heiraten!", schrie Chun in den Garten hinaus.

„Wenn ich dir helfen soll, solltest du anfangen, etwas mehr Respekt zu zeigen, Fräulein!", sagte Mui, begab sich in die Küche und zerstieß ihre Beute in einem Mörser. Anschließend gab sie heißes Wasser darüber und reichte Chun die Tasse. „Hier, trink das!", befahl Mui dem trotzigen Teenager.

„Nein!", bockte Chun und verschränkte ihre Arme.

„Wenn du das ausgetrunken hast, helfe ich dir. Wenn du dich weigerst, musst du wohl heiraten!", beharrte die Nonne streng.

„Grmpf", grollte Chun und trank aus der Tasse.

„Hast du eine Idee, Mulan?", fragte Lee hoffnungsvoll.

Mui sah weiterhin zu Chun, damit diese die ganze Tasse leerte. Als sie leer war, blickte sie Lee an.

„Nun, zuerst muss ich dir sagen, dass mein Name nicht Mulan ist."

„Das überrascht mich nicht wirklich", konterte Lee.

„Werd nicht frech", lächelte Mui. „Mein Name ist Ng Mui. Bevor ich zum Tempel des weißen Kranichs kam, war ich eine Shaolin."

„Ng Mui?", fragte Lee ungläubig. „Die Ng Mui? Meisterin der Faust der Shaolin? Die Heilerin, die in Fujian eine ganze Gelbfieberepidemie fast allein eingedämmt hat?"

Mui blickte zu Chun. Ihr Kopf lag neben der Tasse auf

dem Tisch und sie schnarchte friedlich vor sich hin. Es war ein vornehmes, leises Schnorcheln, wie es sich für eine Dame gehört. Auch, wenn Chun nur eine Dame war, wenn sie schlief.

„Du hast von mir gehört?", fragte Mui, ebenfalls ungläubig.

„Ja. Du warst eine der Aktivisten im Kloster in Fujian, die sich gegen die Mandschu Dynastie aufgelehnt hatten. Euer Kloster wurde schließlich von der Armee eingenommen und verbrannt. Alle wurden getötet, heißt es."

„Nein, nicht alle", sagte Mui leise.

„Stimmt", bestätigte Lee. „Die fünf Älteren soll die Flucht gelungen sein! Sie werden steckbrieflich gesucht, aber ihr seid so berühmt und beliebt im Volk, dass euch nie irgendjemand verraten würde."

„Sag nicht nie, mein Freund", widersprach Mui. „Die Armee war zu schwach, sie hätten unser Kloster nie eingenommen. Aber für genug Gold fanden sich einige Verräter. Sie haben die Novizen und Mönche in der Nacht eingeschlossen und dann das Kloster angezündet. Wir hatten nur Glück, dass wir in dieser Nacht nicht in unseren Betten waren, sonst wären wir ebenfalls verbrannt."

Mui kam unweigerlich wieder der Geruch von Rauch und verbranntem Fleisch in die Nase. Sie hörte die Schreie der jungen Novizen und sah das Gesicht von Yee.

„Ich verstehe", sagte Lee. „Aber ich werde niemanden etwas verraten."

„Davon gehe ich aus. Schließlich hast du dich in mich verliebt."

Lee wurde rot, wusste erst nicht, wohin er schauen sollte und sah dann auf den Boden. Mui grinste. Sie liebte es,

Menschen in Verlegenheit zu bringen. Aber mit Lee hatte sie Mitleid.

„War nur ein Scherz, keine Angst."

„Ja, das wusste ich doch", sagte Lee erleichtert, immer noch rot. „Aber sag mal Mui, wenn du Meisterin der Kampfkunst bist, kannst du nicht eine Art Leibwächter für Chun sein?"

„Du meinst, ich soll Wong eine Tracht Prügel geben?", lehnte Mui sich zurück und schüttelte mit dem Kopf. „Nein, das mache ich nicht. Ich habe mein Leben dem Buddhismus verschrieben und nicht dem Wohlergehen einer pubertierenden Göhre. Wenn ich kämpfe, dann nur mit ebenbürtigen Gegnern oder wenn man mich angreift. Ich gehe nicht hin und schlage grobe Säufer kaputt."

„Ja, ich verstehe. Aber das würde uns sehr helfen."

„Nein, das würde es nicht. Das würde die ganze Sache nur aufschieben, bis ich nicht mehr da bin. Dann würde Wong kurzen Prozess machen und plötzlich wäre das alles meine Schuld. Nee, nee, lass mal sein. Sie muss sich selbst gegen Wong behaupten. Nur das würde euch helfen."

„Aber wie soll sie das machen? Eine Kampfkunst zu erlernen dauert ein ganzes Leben."

„Mein Vorschlag ist: ich nehme Chun für einige Zeit mit ins Kloster. Dort werde ich sie lehren zu kämpfen. Und sie wäre eine Zeit lang vor Wong sicher, ihm wird der Zutritt verwehrt werden. "

„Das dauert doch Jahre! Und Wong ist ein Mann! Auch sehr erfahren in der Kampfkunst!"

„Vertrau mir, ich bin eine Frau und schon so einige Männer besiegt."

„Nun ja, wenn Chun so einer Heirat entkommen kann, geht sie bestimmt mit ins Kloster."

„Sie wird meine Schülerin, wenn sie das möchte. Und wenn sie Wong selbst schlägt, wenn er wieder frech wird, dann hat das eine ganz andere Wirkung, als wenn das du oder ich tun. Wir beschützen nur wenn wir anwesend sind. Wenn sie selbst kämpfen kann, fängt sie wieder ein eigenes Leben an."

„Was hast du ihr gegeben?", fragte Lee und zeigte auf Chun.

„Ein paar beruhigende Kräuter und Beeren. Das heiße Wasser bringt die Öle in den Pflanzen zur Wirkung."

Mui deutete in die Küche.

„Und ein paar Spritzer vom Schnaps haben sie noch verstärkt", lächelte sie süffisant.

Lee lachte auf.

„Morgen früh werde ich sie fragen. Wenn sie einverstanden ist, wird sie bei Sonnenuntergang im Tempel sein."

„Gut. Und eins noch: Du musst zu Wong gehen und ihm sagen, dass Chun für einige Zeit im Kloster ist. Sie lernt etwas über Zen. Es ist wichtig, dass sie in dieser Zeit nicht gestört wird. Erst, wenn sie zurückkehrt, wird noch einmal über die Heirat gesprochen."

„Ich werde es ihm schon beibringen, dass er die Hochzeit verschieben muss. Ich will ja kein Ärger mit den Drachenträgern."

„Dann sind wir uns einig. Danke für den Tee."

Als Mui nach draußen trat, ging sie am Handwagen vorbei, der vor dem Haus stand. Sie entdeckte ihren Beutel, nahm ihn an sich und ging mit einem lächeln zurück zum Tempel. Sie freute sich, dass Lee und Chun in ihrem Elternhaus wohnten und es so schön eingerichtet hatten.

Das kleine Dörfchen Nanchon war auf keiner Karte verzeichnet, weil es zu klein für die Karten war, in dem die wichtigen Orte eingetragen wurden. Vielleicht wussten die Kartenzeichner aber auch gar nicht, dass dieses Dörfchen existierte, weil von hier fast niemand wegging und keiner von den Kartographen nachsah, ob es an dieser Stelle Leben gab. Die Zeichner von Landkarten lebten meistens in großen Städten.

Und wenn ein Zeichner sich doch mal in diesen Ort verirrte, so kam schnell große, grimmig blickende Männer mit Drachentattoos und überzeugten ihn, mit Gedächtnisverlust schnell weiter zu reisen und sich auch später beim Zeichnen nicht mehr an diesen Ort zu erinnern.

Unten im Tal beherrschten noch Reisfelder die Landschaft. Je höher man auf dem ausgetretenen Pfad den Berg hinauf kam, desto weniger Landwirtschaft wurde an den immer steiler werdenden Hängen betrieben. Der Pfad, der am Fuße des Berges noch breit und ausgetreten war, wurde schmaler und unwegsamer.

Chun fluchte leise vor sich hin, als sie den kleinen Handkarren durch den vom letzten Regen nassen Sand und Kies über den Pfad den Berg hinauf zog. So steil sah er von unten nicht aus. Eine Herde Ziegen wurde von einem Jungen aus dem Dorf ins Tal getrieben. Chun musste stehen bleiben. Die Ziegen flossen wie Wasser um sie herum den Pfad hinunter. Chun hatte das Gefühl, sich am Karren festhalten zu müssen, um nicht mit dem Strom gezogen zu werden. Der Junge grüßte sie freundlich, als die Herde an ihr vorbeigezogen war und folgte den Ziegen den Pfad hinab. Chun sah den Berg hinauf, stöhnte und wischte sich den Schweiß von der Stirn. Sie hatte noch nicht einmal die Hälfte ihres Weges geschafft.

Auf einem Plateau, etwa auf halber Höhe des Tai-Leung Berges, stand der Tempel des Weißen Kranichs. Umgeben von einer Mauer aus großen, grau-blauen Granitsteinen stand ein graues Haupthaus mit dem typischen geschwungenen Dach und dunklen Ziegeln. Davor war eine Terrasse und eine breite Treppe. Seitlich vom Hauptgebäude stand ein kleiner, gedrungener Schuppen. Hinter dem Hauptgebäude befanden sich ein kleiner Garten und ein langes, flaches Gebäude, welches als Schlafplatz und Speisesaal der hier lebenden Nonnen diente. Die Tempelanlage war viel kleiner, als die in Schwarz und Rot gehaltenen Shaolinklöster, mit ihren grünen Ziegeln, in denen Ng Mui damals lebte. Hier fand sie nach langer Zeit der Flucht einen Ort, in dem sie zur Ruhe fand. Auf dem Platz vor dem Haupthaus stand ein Kirschbaum. Links davon, an der Tempelmauer, hatte Ng Mui eine Mu Ren Zhuang, ein hölzernes Übungsgerät für Schläge und Tritte, angebracht. Darüber, direkt auf der Tempelmauer saß Ng Mui und schaute den Pfad zum Dorf hinunter. Die Sonne ging langsam unter und Mui fragte sich, ob ihre erste Schülerin wohl vor Einbruch der Nacht noch am Kloster ankam.

„Ein ungewöhnlicher Ort zum meditieren", erklang die Stimme der Äbtissin des Tempels hinter Mui. „Wie bist du überhaupt da rauf gekommen?"

„Steig auf das Bein und die Arme des Hölzernen Mannes. Dann auf den Rahmen und dann siehst du zwei Steine, die etwas weiter aus der Mauer ragen. An denen kannst du dich festhalten und hier herauf klettern."

„Ha, guter Witz", winkte die fast siebzigjährige Nonne

ab. „Ich bin froh, dass ich mich noch auf den Beinen halten kann. Diese Fähigkeit riskiere ich nicht, indem ich versuche, auf Mauern zu klettern."

Die Äbtissin ging zum Tor der Klostermauer und trat aus dem langen Schatten hinaus in das orangene Licht der untergehenden Sonne. Sie ließ sich einen Moment lang die Sonne ins Gesicht scheinen und sah dann hoch zur wartenden Mui auf der Mauer.

„Deine Schülerin verspätet sich wohl?", fragte sie.

„Ja", bestätigte Mui. „Sie kommt hoffentlich bald. Meine erste Schülerin. Sofern sie es jemals hier herauf schafft."

„Was wirst du sie lehren?"

„Ich werde sie lehren, pünktlich zu sein", grummelte Mui.

„Das ist ein guter Anfang", bestätigte die Äbtissin. „Etwas Sport wäre auch nötig. Und bring ihr auch bei, nicht so viel zu fluchen."

Die Äbtissin deutete den Pfad hinunter. Dort kam eine dreckige, verwahrloste Figur schnaufend und fluchend den Pfad hinauf und zog schwerfällig einen kleinen Handkarren hinter sich her. Die Figur kam langsam näher und entpuppte sich als junge Frau wild abstehenden, schwarzen Haaren. Ihre hoch geschlossene, ehemals weiße Bluse war nun braun, grün und grau. Der robuste und dicke Stoff war an vielen Stellen nass. Ihre blaue Hose wies an den Knien grüne Flecken auf. Mit schweren, mühevollen, aber vor allem langsamen und kleinen Schritten näherte sich die junge Frau schnaufend dem Tor der Tempelanlage. Mit jedem Schritt, den sie knirschend in den Kies des Pfades trat, stieß sie einen neuen Fluch aus."

„Scheiße! Dieses Arschloch! Pissberg! Scheiß schwerer

Dreckskarren! …"

Die Junge Frau kam schließlich am Tor an und sah erst zur Äbtissin und dann hoch auf die Mauer zu Mui.

„Ich bin da.", verkündete sie schnaufend.

„Das sehen wir", sagte Mui. „‚Guten Abend' heißt übrigens die allgemein übliche Begrüßung. Wenn man höflich ist, könnte man noch ‚Entschuldigt bitte die Verspätung' hinzufügen."

„Der scheiß Dreckskarren ist einfach den Hang hinunter gerollt! Ich wollte hinterher und bin gestolpert. Da bin ich auch hinunter gerollt."

„Und deswegen kommst du zu spät?", fragte Mui.

„Mir geht es gut, hab mich nicht verletzt. Danke der Nachfrage!", schnaufte Chun.

„Das sehe ich auch! Sonst wärst du ja nicht hier!"

Mui und Chun starrten sich mit roten Köpfen an.

Die Äbtissin prustete los und lachte schließlich lauthals.

„Wir werden bestimmt viel Spaß haben in nächster Zeit", sagte sie und wischte sich Tränen aus den Augen. „Komm herein, Kind. Wechsel die Kleidung und wasch dich. Es gibt bald Abendessen."

„Spaß?", fragte Mui, als sie von der Mauer kletterte.

„Nun, du nicht und das arme Kind hier sicher auch nicht. Aber die anderen Nonnen und ich bestimmt.", grinste die Äbtissin und half Chun, den Karren in die Tempelanlage zu ziehen.

Chung Hände zitterten. Sie schwitzte und war noch immer außer Atem.

„Du brauchst etwas Honig, mein Kind. Wasser, Honig und gedämpfte Brötchen", sagte die Äbtissin zu Chun.

„Geh mit unserem Gast, zeige ihr das Zimmer und stelle ihr Wasser zum waschen bereit", sagte Mui zu einer jungen Nonne, die vor dem Hauptgebäude wartete. Diese verbeugte sich kurz und verschwand mit Chun und dem Karren im hinteren Teil des Tempels.

Die Äbtissin und Mui blieben vor dem Hauptgebäude stehen und sahen den beiden nach.

„Nur noch Zen und die Kampfkunst, waren deine Worte, Mui", sagte die Äbtissin. „Das waren deine Worte, als du bei uns eintrafst."

„Ja, und dabei bleibt es auch. Sie ist die einzige Ausnahme."

„Du wolltest dich nicht mehr in weltliche Dinge einmischen. Bist du dir sicher, dass du bereit dafür bist?"

„Früher hätte ich selbst für Gerechtigkeit gesorgt."

„Das glaube ich dir", bestätigte die Äbtissin. „Heute bist du weiser und sorgst dafür, dass die für Gerechtigkeit sorgen, denen Unrecht angetan wird. Dennoch höre ich dich nachts schreien."

„Ich sehe noch immer die Novizen verbrennen. Ich rieche nachts immer noch das verbrennende Fleisch. Ich frage mich, wie viele Verräter es damals gab. Und wer ihnen half. Es müssen einige gewesen sein. Ich werde von der Regierung gesucht. Es ist immer nur eine Frage der Zeit, bis mich jemand erkennt und die Soldaten informiert. Selbst damals in Ayutthaya[16] fanden sie mich."

„Du meinst, sie kommen auch früher oder später hier hinauf? Keine Sorge, das erfahren wir früh genug. Auch ich habe einige Informanten in der Umgebung. Wir können sie nicht aufhalten, aber überraschen werden sie uns nicht."

„Ich kann sie aufhalten. Aber nicht mehr ewig. Soldaten bleiben immer jung, ich hingegen bemerke schon jetzt manchmal das Alter."

„Das geht an niemanden vorüber", grinste die Äbtissin. „Trotzdem sehe ich dich jeden Tag die Formen mit einer Anmut, Perfektion und Schönheit üben, als wärst du in deiner eigenen Welt und würdest zur Musik in deinem Kopf tanzen. Ich sehe die Tritte, Schläge und Blöcke zu einem grazilen Tanz vereint. Nicht zur Vorbereitung auf einen brutalen Kampf. Das zu beherrschen braucht sicherlich jahrelange Übung. Ich schätze, so viel Zeit hat das Kind nicht. Was machst du mit der jungen Frau?"

„Du hast recht. Ich wollte schon als kleines Kind immer so tanzen können, wie meine Mutter. Sie war eine begnadete Tänzerin, die sich auf den Reisen mit meinem Großvater in einen Shaolinmönch verliebte. Mein Vater ist ein Meister der Shaolinfaust. Ich schätze, ich habe von beiden die Talente geerbt. Aber ich habe nie richtig gelernt zu tanzen, also tanze ich durch meine Kampfkunst. Ich lerne Kämpfen seitdem ich ein kleines Kind war. Und ich lerne immer noch. Aber was mach ich mit der Göre? Es muss schneller gehen, als die traditionellen Lehren. Sie soll nicht erst als alte Frau zurückkehren. Zuerst muss eine gewisse Grundfitness sein. Dann wird sie den Reiterstand und die Xiao Hung Kwan Grundform lernen und dann sehen wir weiter."

„Nun gut. Aber erst morgen". Die Äbtissin deutete auf ihren Bauch. „Zeit zum essen, findest du nicht?"

„Ja, erst morgen."

„Raus aus den Federn, To Dai[17]!", weckte Mui ihre Schülerin am nächsten Morgen unsanft und zog ihr die Decke weg.

„Hmmm?", antwortete Chun und blinzelte verträumt. „Ich bin doch gerade erst ins Bett gegangen."

„Es ist kurz vor Sonnenaufgang. Um diese Zeit wirst du jetzt immer aufstehen, gewöhn dich daran."

„Dir auch einen guten Morgen, Nonne!", erwiderte Chun und drückte sich das Kissen auf ihr Gesicht.

„So was hab ich mir gedacht", grummelte Mui und kippte einen Eimer kaltes Wasser auf Chun.

Chun quiekte vor Schreck, stand augenblicklich senkrecht im Bett und war hellwach.

Mui reichte ihr ein Handtuch, eine schwarze Hose und ein weißes Oberteil.

„Trockne dich ab und zieh das hier an. Es ist deine Novizenkleidung. Sie ist bequem und robust. Ideal für das Training. Ich warte draußen auf dich."

Chun war immer noch geschockt. Sie nahm die Sachen zitternd mit großen Augen an, konnte aber nichts erwidern.

Fünf Minuten später erschien Chun vor dem Gebäude.

„Das war aber nicht gerade nett von dir", sagte sie, als sie ihre Stimme wiedergefunden hatte. „Womit fangen wir an?"

„Zum Aufwärmen laufen wir einmal zum Gipfel des Berges. Wenn wir aus den Tor nach rechts laufen, kommen wir auf einen Pfad. Dem folgen wir bis wir oben sind. Es gibt keine Abzweigungen, du kannst dich also nicht verlaufen. Oben angekommen, gehen wir auf die Hände und laufen im Vierfüßlerstand wieder hierher zurück."

„Zum Aufwärmen?", fragte Chun mit großen Augen und wurde bleich. Sie sah zum Gipfel des Berges und zurück zu Mui.

„Ja, komm, auf geht´s. Ich laufe mein Tempo und du deins."

*　*　*

Mui lief den schmalen und steinigen Pfad hinauf zur Bergspitze und wartete auf Chun. Und dann wartete sie noch ein wenig länger. Dann wurde Mui ungeduldig und beschloss, wie vorgesehen im Vierfüßlerstand den Pfad wieder hinunter zu laufen, um zu sehen, wo Chun war. Sie musste ja gleich den Gipfel erreichen. Als Mui etwa zwei Drittel der Strecke zurück gelegt hatte, sah sie Chun, die sich kreidebleich und nassgeschwitzt mit kleinen Schritten den steilen Pfad hinauf kämpfte. Dabei atmete sie schwer und schnell.

„Na komm, wenigstens einmal hoch und wieder hinunter!", rief Mui ihr zu. „Du brauchst beim ersten Mal auch noch nicht auf Händen hinunter! Ich warte unten und dann fangen wir mit dem Training an."

Chun sagte nichts. Sie hätte gerne etwas erwidert, aber ihr fehlte die Luft dazu.

„Wo ist deine junge Schülerin?", fragte die Äbtissin Mui, die vor dem Tor auf und ab stapfte und leise vor sich hin grummelte. „Das Frühstück ist vorüber und in der Küche fangen sie mit den Vorbereitungen für das Mittagessen an."

„Sie ist noch beim Aufwärmen", knirschte Mui.

„Ärgere dich nicht", grinste die Äbtissin. „Du vergleichst sie mit dir, als du in ihrem Alter warst."

„Meinst du?"

„Ich sehe es. Aber vergiss nicht, das Mädchen ist keine Nonne, sondern die Tochter eines Tofuhändlers."

„Ich glaube, sie ruht sich gerade irgendwo dort oben aus."

„Ich glaube, sie versucht ihr Bestes. Schau, da kommt sie ja."

Chun taumelte den Pfad hinunter und schwankte auf die beiden Nonnen vor dem Tor zu. Mit schwerem Atem stand sie nach vorn gebeugt vor den Beiden und stützte sich auf den Oberschenkeln ab.

„Einmal … hoch und runter … bin aufgewärmt … Wasser … Essen … bitte …", brachte sie zwischen dem schweren Schnaufen und Ringen nach Luft hervor.

„Tut mir leid, mein Kind, Frühstück gibt es nicht mehr.", bedauerte die Äbtissin. „In einer Stunde gibt es Mittagessen, so lange musst du noch warten."

„Eigentlich sollte man vor dem Frühstück wieder da sein. Wo warst du so lange?", fragte Mui.

Chun kippte langsam zur Seite, fiel um und blieb schnaufend liegen.

Mui seufzte, half ihr wieder auf die Beine und führte sie zum Brunnen, aus dem Chun ausgiebig trank.

„Kannst du wieder stehen?", fragte Mui, nachdem Chun mit dem Trinken aufhörte.

„Ja, stehen geht"

„Gut, dann über wir bis zum Mittag den Reiterstand."

Mui zeigte ihr den Grundstand der Shaolinfaust. Über schulterbreit gestellte Beine, in die Knie gehen bis die Oberschenkel parallel zu Boden waren, gerader Rücken und die Arme nach vorn, ebenfalls parallel zum Boden ausgestreckt.

Chun stellte sich ebenfalls in die Reiterstellung, hielt diese eine halbe Minute, begann zu zittern und fiel schließlich auf ihren Hintern.

„Wie lange muss ich denn so stehen? Und was bringt mir das bei Wong? Soll ich ihn zu Tode stehen?"

„Werd mal nicht frech!"

„Entschuldigung", sagte Chun. „Aber erkläre mir bitte, was ich hier mache."

„Das ist die Grundstellung der Kampfkunst. Aus dieser Stellung werden alle Bewegungen, Tritte, Schläge und Blöcke eingeleitet. Sie fördert einen sicheren Stand und ist eine gute Kräftigungsübung."

„Aha", sagte Chun. „Und wie lange steht man so rum?"

„Also man sollte schon zwei bis drei Stunden so stehen können, ohne zu zittern."

„Stunden?", fragte Chun ungläubig. „Zwei bis drei Stunden?"

„Ja, warum?"

Chun seufzte und stellte sich wieder in die Grundstellung.

„Tiefer runter", korrigierte Mui. „Und die Arme höher."

Chun fiel nach ein paar Sekunden wieder um.

Sie übten die verbliebene Stunde bis zum Mittagsmahl den Reiterstand. Und nach dem Essen bis zum Abendessen ebenfalls.

Die ersten Tage und Wochen des Trainings oben im Tempel des weißen Kranichs vergingen, ohne dass Chun auch nur eine Technik lernte. Sie stemmte Wassereimer, lief den Pfad zur Bergspitze hinauf und hinab und konnte nach dem Ende der dritten Woche ganze zehn Minuten im Reiterstand stehen. Mui hatte angefangen, Schüsseln mit Wasser auf Oberschenkel, Kopf und Hände zu platzieren, musste aber damit aufhören, nachdem die Köchin des Tempels sich beschwerte, sie hätten bald keine unbeschädigten Schüsseln mehr für alle Bewohner des Tempels.

Chun, die in den Tempel kam, um kämpfen zu lernen,

wurde zusehens ungeduldiger. Sie hatte sich das Training anders vorgestellt. Am Anfang der dritten Woche kam dann ein Lichtblick für Chun. Mui sagte, sie wolle nun anfangen, ihr die Xiao Hung Kwan, die grundlegende Technikform beizubringen.

Doch damit begannen ganz neue Herausforderungen und Probleme für Mui und Chun.

„Hey, nicht schlecht", lobte Mui Chun, die schwer atmend den steilen Pfad von der Bergspitze hinab gestolpert kam. „Am ersten Tag bist du hier kurz vor dem Mittag angekommen, jetzt schaffst du es schon bis kurz nach dem Frühstück."

„Du kannst ... dir gar nicht ... vorstellen ... wie ich diesen ... Berg hasse ...", keuchte Chun.

„Noch ein paar Wochen, und du kannst mit uns frühstücken. Ich freu mich über deine Steigerung."

„Ji ... pieh."

„Werd nicht frech!", tadelte Mui und führte Chun in den Hof des Tempels. „Ich zeige dir nun erstmal die gesamte Form. Danach üben wir zusammen die erste Technik."

Mui begann mit den ersten Bewegungen und die Welt wurde eine andere. Chun kam aus dem Staunen über die perfekten, grazilen und anmutigen Bewegungen von Mui nicht hinaus und hörte den Takt der Schlacht und die Melodie des Kampfes in ihrem Kopf, zu der sich auch Mui zu bewegen schien. In der Choreographie der Nonne kamen Schläge, Tritte und Blöcke vor, kämpferische Bewegungen. Aber in einer geschmeidigen und fließenden Art, dass sie nicht zu Kampf und Gewalt, sondern zu einem Tanz zu einem Liebeslied wurden. Als Mui fertig war, verstummte die Melodie in Chun´s Kopf und die Wirklichkeit holte sie wieder ein.

Chun klatschte.

„Wow! Das war toll!", rief sie begeistert. „Wie lange werde ich brauchen, um das zu können?"

„Wir fangen heute damit an. Mach es mir nach. Der

Erste Schritt: Reiterstellung!"

„Wie lange?", fragte Chun stöhnend.

„Nicht lange. Jetzt: Adlerklaue! Der Kranich schreitet Vorwärts! Reiterstellung!"

Mui zeigte die Handtechnik, gefolgt von einem geraden Fußtritt und ging wieder in die Grundposition.

Chun ahmte die Bewegungen nach und wirkte beim ersten Mal etwas unbeholfen, aber sie ließ sich nicht entmutigen und übte diese Schritte bis zum Abend: endlich ein paar Kampftechniken. Mui verbesserte Chun immer wieder und zeigte ihr den richtigen Ablauf. So begeistert die junge Chun nun war, endlich einen Schlag und einen Tritt zu üben, so ungern arbeitete sie an ihrer Ausdauer, Kraft oder Beweglichkeit. Dies würde sich im weiteren Ablauf rächen, dachte Mui, als sie Chun beim Üben der Techniken trainierte. Ohne genügend Ausdauer würde sie mitten im Kampf aufgeben. Ohne Kraft hätten ihre Techniken geringe bis keine Wirkung und ohne Beweglichkeit würde Chun viele Techniken gar nicht umsetzen können. Hohe Tritte zum Beispiel. Viele Tritte, die eigentlich zum Kopf des Gegners gehen sollten, kamen bei Chun gerade einmal bis zum Bauch. Wong war nun noch einen guten Kopf größer als Chun, was hieß, dass ein hoher Tritt bei Wong gerade mal die Glocken zum läuten bringen würde. Effektiv, okay. Aber nicht das eigentliche Ziel.

Der Nonne kamen an diesem Abend erste Zweifel, ob die traditionelle Kampfkunst der Shaolin für Chun geeignet war. Es würde sicherlich noch viel Zeit und Training brauchen, damit sich Chun einigermaßen verteidigen konnte. Aber gegen einen Gegner, der ebenfalls in der Kampfkunst geschult war, wie lange müsste Chun da trainieren?

Und irgendwann würde sie zum Ende ihrer Möglichkeiten kommen. Nicht umsonst wird bei den Novizen schon als Kind mit dem Training begonnen. Bei einer jungen Frau fehlen einfach die Grundbedingungen, um richtig gut zu werden.

Mui lag in dieser Nacht noch lange wach und dachte nach.

Sie dachte an damals, als sie auf der Flucht vor den Verrätern und Soldaten nach Ayutthaya geflohen war und dort dem Fluss Kok landeinwärts folgte. Als es eines Tages regnete, suchte sie Schutz unter einem Feldvorsprung unweit es Ufers. Sie setzte sich dicht an den Felsen und wartete auf das Ende des Regens, als sie einen brennenden, stechenden Schmerz an ihrem rechten Knöchel spürte. Sie blickte hinab und sah eine hellbraune Schlange mit dunklen, dreieckigen Zeichnungen auf dem Rücken. Durch den prasselnden Regen hatte Mui das Zischen der Schlange nicht gehört. Es blutete leicht aus den beiden Wunden an ihrem Knöchel. Entsetzt und panisch sprang Mui auf und taumelte zum Fluß. Im strömenden Regen setzte sie sich auf einen großen Stein am Ufer, zog sich die Schuhe aus und begann, sich selbst das Gift aus der Wunde zu saugen. Ihr Herz raste. Sie begann zu schwitzen und wurde bleich. Dann wurde ihr schwarz vor Augen.

Ein Fischer, der mit seinem Boot auf dem Fluss war und seine Netze einholte, beobachtete eine Frau, die einen Heidenspaß daran zu haben schien, sich am Fuß zu küssen. Als sie vom Stein fiel und regungslos liegen blieb, entschloss er sich, das Ganze mal aus der Nähe zu betrachten.

Als Mui nach Tagen wieder erwachte, lag sie in einer kleinen Hütte im Bett. Eine Frau stand an der Kochstelle und machte einen Eintopf. Ein Kind spielte vor dem Haus. Mui verstand die Sprache nicht, aber mit Gestiken gab man ihr zu verstehen, dass sie großes Glück gehabt hatte. Sie solle sich noch ein wenig ausruhen und etwas essen.

Im Laufe der Zeit lernte Mui etwas thai und konnte sich mit dem Fischer und seiner Frau verständigen. Sie lebten in einem kleinen Dorf am Kok, dass kaum mehr als fünfzig Einwohner hatte. Sie hatten, wie jedes Dorf, einen kleinen Tempel, in dem eine Buddhafigur stand. Der Tempel war eigentlich nur ein Haus mit einem großen Raum, damit die Figur und die Buddhisten genug Platz zum beten und meditieren hatten. Ein alter Mann kümmerte sich hier um alles. Er sah sich weniger als Abt, eher als Hausmeister. Als es Mui besser ging, kam sie oft hier her, meditierte und half dem alten Mann bei den Dingen, die anfielen. In dem kleinen Garten hinter dem Tempel ließ er sie dafür die Kampfkunst üben. Aber irgendetwas war anders, als zuvor. Beim Gong Zi Tong, der mystischen Form der Shaolinfaust, die den Buddhismus mit der Kampfkunst verbindet, musste man sehr weit in die Dehnung gehen. Aber die Beweglichkeit des Beines mit dem Schlangenbiss war noch sehr eingeschränkt. Mui beherrschte diese Form meisterhaft. Zumindest war dies bis zu ihrer Flucht aus dem Kloster so gewesen.

Der alte Mann sah ihr oft bei ihren Übungen zu und nickte anerkennend. Er sah nicht oft Frauen, die in einer Kampfkunst derart gut waren. Allgemein sah er nicht oft Frauen, die sich überhaupt dafür interessierten. So kam es, dass er Mui einlud, sich einmal eine Kampfkunst der hier lebenden Thai anzusehen. Einmal im Jahr fand im

Nachbardorf ein großes Turnier statt, an dem viele Kämpfer teilnahmen. Es war einige Jahre her, dass der alte Mann das letzte Mal dort war. In seiner Jugend trat er dort selbst an und er hatte sogar einige Male den Sieg davon getragen, erzählte er Mui, als sie auf einem Eselskarren ins Nachbardorf reisten. Aber jetzt sei er alt und der Tempel mache viel Arbeit.

Als sie die ersten drei Kämpfe gesehen hatten, schnaufte der alte Mann verächtlich, winkte ab und wollte wieder aufbrechen.

„Warum schon gehen?", fragte Mui holperig auf thai.

„Neumodischer Kram", antwortete der alte Mann. „Sie nennen es Muai Thai. Nicht effektiv. Mehr Sport als Kampf."

„Du auch Muai Thai kämpfen?", fragte Mui

„Ich?", fragte der alte Mann lächelnd und deutete auf sich. „Nein, ich habe noch die alte, traditionelle Kampfkunst der Thai erlernt. Ho!"

Er hielt eine Hand vor der Mitte seine Brust senkrecht in die Höhe, die Andere am ausgestreckten Arm so, dass die Fingerspitzen zu Mui´s Gesicht zeigten.

„Ling Lum!", sagte Mui und riss die Augen auf.

Mui musste wohl eingeschlafen sein. Sie lächelte, als sie sich den freundlichen alten Mann aus Ayutthaya noch einmal vor Augen rief. Das könnte klappen, dachte sie bei sich.

Chun übte fleißig die Xiao Hung Kwan und wurde schnell sicher in den Bewegungen. Nur mit den klangvollen, aber verwirrenden Namen kam sie immer durcheinander. Was unterschied noch eimal den Drache-schlägt-mit-dem-Schwanz-Tritt von dem Affe-schiebt-die-Wolken-weg-Tritt? Warum sagte man nicht einfach Von-außen-nach-innen-Tritt und Von-innen-nach-außen-Tritt? Wozu diese verwirrenden Namen?

„Der Löwe tritt aus der Höhle, Bambus binden, der Mönch tanzt, der Tiger steckt sich, muss ich all diese Sachen unterscheiden können?", maulte Chun, während sie sich mit Mui mal wieder stritt, weil Chun eine andere Technik machte, als Mui ansagte.

„Natürlich! Es ist wichtig, zu wissen, was man ausführt. Du machst irgendwas, aber nicht, was ich von dir erwarte!"

„Aber ich kann doch die Techniken!"

„Du machst sie aber nicht so, wie ich es sage! Du bringst alles durcheinander!"

„Dann sag doch genau, was du von mir willst?"

„Das tue ich doch! Du verstehst mich nur nicht!"

„Weil du nur wirre, zusammenhanglose Halbsätze brüllst!"

„Das sind die Namen der Techniken!!"

„Was ist denn hier los?", fragte die Äbtissin, die von dem Lärm auf den Hof angezogen wurde. „Ein kleiner Zank zwischen Lehrerin und Schülerin?"

„Chun bringt alles durcheinander! So wird das nie was!"

„Ich will kämpfen lernen, nicht Geschichten erzählen!"

„Die Namen gehören nun mal zu den Techniken dazu! Sie sind wichtig, damit du weißt, was du machen sollst, wenn ich es ansage! Und du machst sie noch nicht mal richtig! Deine hohen Tritte kommen ja nicht einmal über meine Schulter! Wong ist noch größer als ich! Und den musst du entweder schlagen oder heiraten!"

„Chun, höre auf deine Lehrerin!", ermahnte die Äbtissin streng, aber ruhig. „Zeige ihr Respekt. Dein Verhalten hier ist nicht so, wie eine Schülerin sich zu ihrer Lehrerin verhalten sollte. Du willst etwas von ihr lernen, das sie bis zur Meisterschaft beherrscht und sie hat dich als Schülerin akzeptiert! Respektiere das."

„Genau!", bestätigte Mui voller Genugtuung.

„Entschuldigung", sagte Chun kleinlaut.

„Und du Mui", fuhr die Äbtin fort. „Geh mehr auf die Stärken und Schwächen deiner Schülerin ein. Folge nicht stur deinem Weg. Vielleicht bringt euch ein Anderer eher zum Ziel."

„Genau!", bestätigte Chun.

„Hey, werd nicht frech, To Dai!", raunte Mui. Und zur Äbtin sagte sie: „Ich werde mir deine Worte durch den Kopf gehen lassen."

„Und nun", begann die Äbtissin und klatschte einmal in die Hände. „Zeig mir mal, was du gelernt hast, Chun. Kämpf gegen mich!"

Chun stellte sich in die Grundstellung und begann mit den Schlägen und Tritten, die sie bis jetzt gelernt hatte. Sie trat und schlug dabei die Luft und achtete überhaupt nicht auf die alte Nonne. Dabei arbeitete ihr Mund mit und kommentierte jede Bewegung mit einem „Ha! Hu! Disch! Hooaa! Haja!"

Die fast siebzigjährige Äbtissin sah Mui mit einem fragenden Blick an. Diese erwiderte den Blick und nickte leicht. Die Äbtissin machte zwei Schritte auf Chun zu, gab ihr einen Schubs und Chun landete auf ihrem Hintern im Staub des Vorhofs.

„Hey, das war unfair!", beschwerte sich die nun zutiefst beleidigte Chun.

„Mädchen, du hast nur die Abendluft bekämpft. Du solltest mich schlagen.", sagte die Äbtissin ruhig.

„Glaubst du, dein Gegner bleibt einfach ruhig stehen, bis du ihn zufällig mal triffst?", fragte Mui. „Wenn Du zuschlägst, musst du dir sicher sein, dass du auch triffst. Wenn du zutrittst, ziele nur dorthin, wo du auch treffen kannst!"

„Du hast mir die ganze Zeit, seitdem ich hier bin, nur wirre Namen und eine Form beigebracht, die im echten Kampf nichts nutzt! Ich will nicht tanzen, ich brauche keine schönen Namen!" Chun wischte sich die Tränen aus dem Gesicht. „Ich will kämpfen lernen!"

„Du kannst schon hauen und treten", gab die Äbtissin zu. „Aber du solltest auch deinen Gegner treffen. Oder zumindest mal auf ihn zielen."

„Chun, deine Schläge sind unkoordiniert, deine Tritte schwach und sie kommen nicht dort an, wo sie hin sollen. Hohe Tritte heißen so, weil die Treffer hoch oben am Körper sein sollen. Kopf, Hals oder Schulter." Mui stellte sich vor die immer noch am Boden sitzende Chun und verschränkte die Arme hinter ihrem Rücken. „In deinem Alter war ich schon so weit fortgeschritten, da würdest du dein ganzes Leben für trainieren müssen. Und ich brauchte noch einige Jahre hartes Training, bis ich zur Meisterin ernannt wurde."

Mui sah Chun nun direkt in die Augen.

„Chun, die Faust der Shaolin werde ich dir nicht weiter beibringen", sagte Mui streng. „Geh jetzt ins Bett."

„Wenn du mir nicht das Kämpfen lehren willst, dann gehe ich morgen früh!", schrie Chun, stand auf und stapfte trotzig davon. „Du warst es, die es mir angeboten hat! Ich habe nicht darum gebeten!", schrie sie den beiden hinter ihr her starrenden Nonnen noch zu, bevor sie im Haus verschwand.

„Warst du nicht ein wenig zu hart mit dem Mädchen?", fragte die Äbtissin.

„Mit der Shaolinfaust beginnen die Novizen im Kleinkindalter. Und nur die Wenigsten bringen es in ihrem Leben zur Meisterschaft. Chun ist fünfzehn Jahre alt und hat bis vor sechs Wochen noch nie etwas mit Kampfkunst zu tun gehabt. Für die Faust der Shaolin ist es zu spät."

„Und nun brichst du dein Versprechen und schickst sie in die Ehe mit Wong?"

„Das habe ich nicht gesagt", zwinkerte Mui der Äbtissin zu.

„Guten Morgen, Langschläferin!", weckte Mui ihre ehemalige Schülerin. „Aufstehen, den Berg hoch laufen und vor dem Frühstück zurück sein, hopp hopp!"

„Leck mich, Nonne!", ertönte es unter dem Kissen. „Ich gehe heute nach Hause und ich will dich nie wieder sehen!"

Eiskaltes Wasser klatschte auf das Bett von Chun, die einen Wimpernschlag später senkrecht im Bett stand.

„Mehr Respekt, To Dai!", sagte Mui. „Aufstehen, anziehen, Frühsport machen! Du bist immer noch meine Schülerin, klar! Respektiere deine Lehrerin!"

„Zum Berg hoch und runter laufen brauche ich keine Lehrerin! Und etwas Anderes willst du mir ja nicht beibringen!"

„Das habe ich nicht gesagt!", widersprach Mui und warf der klatschnassen Chun ihre Trainingskleidung zu. „Ich sagte, die Faust der Shaolin ist nichts für dich. Du bist besser für einen anderen Stil geeignet. Wenn du vor bis zum Frühstück wieder da bist, erzähle ich dir ein Geheimnis."

„Was für eins?", fragte Chun, während sie sich widerwillig die schwarze, weite Hose und das weiße Oberteil anzog.

„Nicht reden, laufen, hopp, hopp!", Mui klatschte in die Hände und ging nicht weiter auf die Frage von Chun ein.

Chun grummelte noch etwas vor sich hin, aber als sie am Tor des Tempels war, lief sie schnellen Schrittes den Pfad hinauf zum Gipfel.

Mui ordnete kurz ihre hellblaue Nonnentracht mit den feinen, roten Ornamenten am Kragen und ging gemütlich in die Küche, um beim Vorbereiten des Frühstücks zu helfen. Nach der Vorbereitung läutete die Glocke an der Tür zur Essensausgabe. Mui nahm ihre gedämpften Brötchen und etwas Tofu und setzte sich zur Äbtissin.

„Na, ist deine junge Schülerin abgereist?", fragte diese mit vollem Mund.

„Nein, Chun läuft gerade zum Gipfel und zurück. Du kennst doch diese Techniken, die ich am hölzernen Mann übe?", fragte Mui die Äbtissin, wohl wissend, dass die alte Nonne nur ein wenig von der Kampfkunst wusste.

„Ich sehe dich Abend für Abend auf das Ding an der Mauer einschlagen und gegentreten. Aber frag mich bitte nicht, was du da machst", war die von Mui erwartete Antwort.

„Nun ja, es sind andere Techniken. Ich entwickle sie noch, aber ich denke, dass sie leichter für Chun zu lernen sind. Wenn ich ihr diese Techniken beibringe, kann ich auch gleich eventuelle Schwachstellen erkennen und sie abstellen."

„Warum entwickelst du neue Techniken?"

„Seit dem Schlangenbiss damals ist mein Fuß etwas taub und meine Beweglichkeit lässt nach. Ich werde auch nicht ewig in meiner jetzigen Verfassung sein."

„Da kann ich ein Liedchen von singen. Älter werden ist kein Spaß, dass sage ich dir."

„Es sind Techniken, für die man keine große Beweglichkeit oder Stärke braucht. Aber sie sind sehr effektiv. In der Theorie zumindest. Ich brauche ohnehin jemanden, um sie auszuprobieren, warum also nicht Chun?"

„Die Frage ist eher: Warum hast du Chun nicht gleich die neuen Techniken gezeigt?"

Mui sah in ihre Schüssel und stocherte verlegen darin herum.

„Naja, ich bin Meisterin der Shaolinfaust. Diese Kampfkunst ist vollendet und effektiv. Die neuen Techniken sind … noch in der Entwicklung und wenn sie nicht funktionieren… Wenn sie nicht funktionieren, dann kämpfe ich mit der Shaolinfaust weiter. Chun hat dann gar nichts, womit sie weiter machen könnte."

„Du bist eine Meisterin der Kampfkunst, richtig?", fragte die Äbtissin kauend.

„Ja, das bin ich."

„Du hast viele Kämpfe gewonnen, richtig?"

„Ja, warum fragst du das?"

„Wenn jemand mit so viel Erfahrung und Wissen, wie du neue Techniken entwickelt, können diese nicht komplett schlecht sein, findest du nicht? Ich verstehe, dass du für Chun den sicheren Weg gewählt hast, aber du hast selbst eingesehen, dass Chun diesen nicht gehen kann. Nun vertraue auf dein Können und wähle den risikoreicheren Weg. Du wirst es nicht bereuen."

„Aber die Techniken sind noch nicht ausgereift.", gab Mui zu bedenken.

„Sie werden ohne praktische Erfahrung nie ausgereift sein. Man muss sie einsetzen, um sie zu testen. Und das nicht nur an der Holzpuppe da an der Mauer!"

„Aber …" begann Mui erneut.

„Kein Aber, Ng Mui!", unterbrach sie die Äbtissin streng. „Wenn du Chun die Techniken beibringst, dann kannst du gleich sehen, wie leicht sie zu erlernen sind. Und außerdem hast du jemanden zum testen. Und wenn etwas nicht so klappt, wie du dir vorstellst, dann könnt ihr gemeinsam nach Lösungen suchen!"

Mui schob sich etwas von dem Brötchen in den Mund, um Zeit zum Nachdenken zu gewinnen.

Nach dem sie mit kauen fertig war, sagte sie: „Du hast wie immer recht. Wir fangen noch einmal komplett neu an. Würde sie heute zurückkehren, müsste sie Wong heiraten. Es kann nur gleich bleiben oder besser werden."

„Sag ich doch!", grinste die Äbtissin.

Mui lächelte und schob sich den letzten Bissen in den Mund, als eine keuchende, schwitzende und hochrot angelaufene Chun in ihrem Blickfeld erschien.

„Ha!", rief Chun zwischen ihrem Ringen nach Luft triumphierend aus und zeigte auf den Mund von Mui. „Du kaust noch! Ich bin nicht zu spät zum Frühstück!"

„Du solltest mit uns essen, nicht nach uns", sagte die Äbtissin lächelnd und wohlwissend über diese kleine Provokation.

„Davon war nicht die Rede. Ich bin nicht zu spät."

„Da habe ich mich nicht exakt genug ausgedrückt. Darum muss ich meiner Schülerin ausnahmsweise mal recht geben", sagte Mui und zwinkerte der Äbtissin zu.

Chuns Brust schwoll vor Stolz an. Sie fiel nach hinten um, atmete schwer und bleib vor Erschöpfung eine Weile so liegen. Als sie sich einigermaßen erholt hatte, fragte sie Mui, was sie denn heute lernen würde.

„Als erstes lernst du heute, alles zu vergessen, was du von mir gelernt hast", antwortete Mui. „Wir drehen alles auf Anfang. Du lernst von heute an Techniken, mit denen du die Faust der Shaolin brechen und besiegen kannst."

„Ist das das Geheimnis, dass du mir erzählen willst?"

„Nein. Das Geheimnis erzähle ich dir heute Abend, wenn wir mit dem Training fertig sind."

„Wann fangen wir an?"

„Sobald du vom Boden aufgestanden und zu mir auf den Vorplatz gekommen bist."

„So, stell dich in die Grundstell... Nein, nicht die Reiterstellung. Füße zusammen, dann die Spitzen nach aussen drehen. Jetzt den Hacken wieder nach außen drehen, so dass die Zehen zu einem Punkt vor dir zeigen."

Mui malte ein Dreieck in den Sand und stellte ihre Hacken auf zwei Ecken. Dann drehte sie ihre Füße so, dass die Fußspitzen zur dritten Ecke zeigten. Ihre Fäuste drehte sie so, dass die Finger nach oben zeigten. Sie befanden sich so weit zurückgezogen unter ihren Achseln, dass die Ellenbogen spitz nach hinten ausgewinkelt waren.

„Das ist etwas anders, als ...", begann Chun.

„Ja, bitte vergiss das alles komplett", unterbrach sie Mui. „Wie gesagt, wir fangen von vorne an."

„Nun gut, ich stelle mich auf die Ecken eines Dreiecks und halte mir Fäuste verkehrt herum neben die Brüste."

„Gut", sagte Mui und übersah das anzügliche Grinsen von Chun. „Jetzt beuge die Knie etwas und drehe sie zueinander."

Chun tat, was ihre Lehrerin ihr sagte und stellte sich neben sie in die Grundstellung.

„Das ist die Grundstellung für die neuen Techniken, die ich dir beibringen werde", sagte Mui.

Chun sah an sich herab und nickte Mui zu.

„Sieht etwas komisch aus, so auf den ersten Blick. Aber ich muss sagen, diese ist wesentlich einfacher und kostet weniger Kraft. Wie geht es weiter?"

„Ich zeige dir jetzt eine From, die dir eine kleine Idee von den Bewegungen und Techniken geben soll. Lerne sie gründlich und genau. Je besser du diese Form beherrschst, desto leichter wirst du es später bei den fortgeschrittenen Techniken haben."

Mui zeigte Chun die Form der kleinen Idee. Dabei bewegte Mui nur die Arme und die Hände. Die Füße bewegten sich nicht ein Stück aus der Grundstellung heraus. Die perfekten Bewegungen der Nonne stoppten abrupt mit drei Fauststößen, bevor sich der Zauber und die stille Melodie dieser Bewegungen richtig entfalten konnten. Chun war doch irritiert von dem plötzlichen Ende. Es war, als würde die Musiker mitten im Stück aufhören zu spielen und ihre Instrumente einpacken.

„Das war …", begann Chun. „… kurz. Äh, irgendwie … Bist du sicher, dass da nicht etwas fehlt?"

„Wie?", fragte die Nonne und wurde einen Wimpernschlag lang wieder unsicher. „Nein! Was soll da fehlen?"

„Die Tritte zum Beispiel. Oder diese ausladenden Bewegungen, Sprünge und Tierimitationen…"

Mui ging die Form noch einmal im Kopf durch. Nein, da fehlte nichts. Es waren keine Tritte enthalten, weil diese nicht Hauptbestandteil der Techniken waren. Nein, die erste Form war vollständig.

„Ich habe mich entschlossen, bei diesen Techniken auf solche Showelemente zu verzichten", verkündete Mui und verschränkte die Arme.

„Was?", entfuhr es Chun. „Du?"

Sie zeigte mit dem Finger auf Mui.

„Du?", sagte Chun erneut. „Die Frau, die diese Dinge zum Leben erweckt, wie ich sie noch nie gesehen habe?"

„Ja, ich verzichte komplett darauf. Ja, ich mag diese ausladenden Bewegungen und Stilelemente sehr, ich tanze sie vielmehr, als dass ich sie als Kampfkunst sehe. Aber sie sind nicht viel mehr, als schön anzusehendes, ineffektives Blendwerk. Ich konnte der Versuchung nicht widerstehen und wollte sie dir auch beibringen. Aber du musst Kämpfen lernen."

Vor Chun´s Augen erschien die widerliche Fratze von Wong. Er lachte und kam mit seinem stinkendem Atem nah an ihr Gesicht und versuchte, sie zu küssen.

„Ja, das will ich. Bitte bring es mir bei, ich bleibe so lange, wie es dauert. Und wenn es mein ganzes Leben ist."

Mui lächelte.

„Nun, so lange wird es mit diesen Techniken nicht dauern. Ab heute wird jedes schmückende Beiwerk gestrichen, keine unnötigen Bewegungen, kein Imponiergehabe, keine Sprünge."

„Schön!", freute sich Chun und stellte sich wieder in die Grundstellung. „Wie fangen wir an?"

„Der-Buddha-hebt-die-Sonne-an mit beiden Armen, dann Das-Fallbeil-köpft-den-Schurken, auch mit beiden Armen und wieder hoch rotieren zum Buddha-hebt-die-Sonne-an."

„Ähm", machte Chun.

„Ja?", fragte Mui. „Ist irgend etwas unklar?"

„Du sagtest gerade eben etwas von alles unnötige weglassen und so. Sind diese Namen denn wirklich nötig?"

„In der Kampfkunst haben Techniken solche Namen!"

„Für gewöhnlich ja. Aber sie haben auch Sprünge, Tiernamen und …" Chun unterbrach sich selbst. Vielleicht gab es einen Weg, sich diese Endlos-Namen ja irgendwie merken zu können. „Gut, zurück zum Training. Wie heißt dieses Handfläche-nach-oben-Dings? Buddha-hält-die-Sonne-fest?"

Mui sah Chun an und korrigierte ihre Haltung. Dieser ganze Kampfstil hatten in China noch keinen Namen. Warum sollten die einzelnen Techniken schon Namen haben? Es gefiel ihr zwar nicht, aber Mui entschloss, sich, genau, wie bei der Form auch hier alles unnötige zu streichen. Wenn sie Chun ausgebildet hatte, war noch genug Zeit, sich schöne Namen zu überlegen.

„Nennen wir sie einfach Handfläche-oben-Arm. Dann weißt du wenigstens, was ich meine, wenn ich die Technik von dir sehen will."

Chun lächelte. Heute war der erste Tag, an dem ihr das Training richtig Spaß machte.

Es war schon lange dunkel, als Chun und Mui aufhörten zu trainieren. Sie waren für den ersten Tag schon weit gekommen, fand Mui.

„So, liebe Lehrerin, nun ist es Zeit für das Geheimnis, findest du nicht?", fragte Chun, während sie sich auf die Stufen zum Hauptgebäude setzten und Reis mit Tofu aßen.

„Hast du schon etwas über das Shaolinkloster in Fujian gehört?", fragte Mui.

„Ja, der Kaiser hat es vernichtet, weil dort der Widerstand gegen seine Regierung zu groß war. Er wollte dem Volk dort eine Lektion erteilen, sich nicht mit den Feinden des Kaisers einzulassen. Er brannte das gesamte Kloster nieder und tötete alle Bewohner dort."

Während Chun etwas Reis aß, erschien vor Mui´s Augen die Flammen und die Schreie der verbrennenden Kinder hallten durch ihren Kopf.

„Alle bis auf fünf", fuhr Chun fort. „Die fünf ältesten und erfahrensten Meister der Religion und der Kampfkunst sollen überlebt haben und konnten vor der Regierung flüchten, heißt es. Meister Weißbraue, Meister Miu Hin, Meister Fung To Tak, Meister Chi Shin und die

Nonne Meisterin Ng Mui. Der Kaiser soll geschworen haben, alle bis an ihr Lebensende zu jagen und zur Strecke bringen zu lassen, heißt es. Aber die fünf großen Meister sind viel zu mächtig, sie sollen schon tausende Soldaten der Kaiserlichen Armee getötet haben und leben immer noch. Warum fragst du mich das?"

„Nun ganz so ist es nicht gewesen, damals", antwortete Mui leise. „Die Soldaten konnten das Kloster nur erobern, weil einige feige Verräter es von innen in Brand gesteckt hatten."

„Du warst dort?", fragte Chun mit offenen Mund und großen Augen.

„Ja", sagte Mui und starrte auf die Bilder in ihrem Kopf.

„Bist du die große Meisterin Ng Mui?" Chun´s Augen wurden immer größer.

„Ja", sagte Mui leise.

„Warum hast du mir das nicht gleich gesagt? Warum weiß das niemand im Dorf? Wir wären alle so stolz, eine Heldin in unserer Nähe zu haben!"

„Nein!", entfuhr es Mui. Leiser sagte sie: „Du hast es doch selbst gesagt, ich werde gesucht. Auch wenn viele der Bewohner hier hinter mir und unserer Sache von damals stehen. Einige sehen nur das schnelle Geld und würden mich verraten. Dann müsste ich wieder weiter ziehen, um euch nicht zu gefährden."

„Wir könnten dich beschützen", sagte Chun.

„Ach hör auf!", winkte Mui ab. „Du kannst dich noch nicht einmal vor Wong schützen! Jedenfalls noch nicht. Ein ganzes Kloster voller Shaolin konnte uns nicht schützen! Unzählige Kämpfer starben, jeder Einzelne so gut, wie zehn Soldaten!"

Chun schwieg einen Moment. Dann sah sie Mui an.

„Wie konnte das damals passieren?", fragte sie.

„Nun, es stimmt, aus dem Kloster heraus wurden viele Aktionen gegen das Regime begangen. Leider gab es dabei auch einige Tote. Der Kaiser entsandte daraufhin Soldaten, um das Kloster zu schließen und alle Mönche zu töten. So viele er auch schickte, sie schafften es nicht, uns auch nur zu schwächen. Schließlich überredete einer seiner Offiziere einen ehemaligen Mönch, Ma Ning Yee und einige seiner Freunde, uns zu verraten und das Kloster von innen heraus in Brand zu stecken. Sie schlossen die Mönche und Novizen nachts in ihren Unterkünften ein, verbarrikadierten Türen und Fenster der Häuser und verschütteten überall, dass sie entzündeten."

Mui aß etwas Reis mit Tofu.

„Wir Meister berieten uns gerade in der Pagode im Steingarten, als die Flammen kamen. Wir sahen Yee, wie er durch einen verborgenen Gang aus dem Kloster flüchtete. Wir konnten kein Wasser holen, um das Feuer zu löschen. An den Toren warteten schon die Soldaten und töteten jeden, den sie hinauskommen sahen. Wir hörten die jungen Novizen um ihr Leben flehen und nach ihren Müttern rufen. Wir rochen verbrennendes Fleisch und wir konnten nichts tun. Wir entkamen durch den verborgenen Gang. Wir waren insgesamt elf. Die fünf Meister, die Tochter von Meister Miu Hin und noch ein paar Schüler von Meister Chi Shin. Wir trennten uns und zogen durch das Land. Hin und wieder hört man ein paar Geschichten von den Anderen und freut sich, dass sie noch leben."

„Apropos Geschichten", begann Chun plump das Thema zu wechseln. „Du bist wirklich Ng Mui? Die große Kämpferin?"

„Ja."

„Die Ng Mui, die Meister Lee Pa Shan auf den Pflaumenblütenpflöcken getötet hat?"

„Ähm", machte Mui.

„Ja, oder nein?"

„Nun, Lee Pa Shan und ich kämpften auf den Pflöcken, richtig. Und danach war er tot, auch richtig."

„Wow, wie viele hast du noch im Kampf getötet?", fragte Chun begeistert. „Hast du ihm das Herz herausgerissen? Ach nein, man sagt, du hast im den Kehlkopf zertrümmert!"

„Hey, Moment", begann Mui.

„Zeigst du mir, wie das geht? Ich will Wong sein noch schlagendes Herz unter die Nase halten, damit er sieht, wie es aufhört zu schlagen und er dann stirbt!"

„Stopp jetzt mal!", befahl Mui. „Ich kämpfe nur, um mich zu verteidigen, nicht um jemanden umzubringen! Und das, To Dai, das rate ich dir auch! Shan war ein Freund von mir! Auf einem Fest in seiner Stadt haben wir einen Showkampf gegeben, um Geld für ein Waisenhaus zu sammeln."

„Wieso bringst du jemanden in einem Showkampf um? Was machst du denn mit Gegnern, gegen die du ernsthaft kämpfst?", staunte Chun und himmelte ihre neue Heldin an.

„Es war ein Showkampf! Nichts Ernstes! Wir hatten Spaß oben auf den Pflöcken, alberten herum und lachten! Den Leuten gefiel es!"

„Aber dann hast du ihn getötet"

„Nein!", winkte die Nonne ab. „Shan lachte und verschluckte eine Biene. Sie stach ihn in den Hals und der schwoll sofort an. Shan fiel von den Pflöcken. Als ich ihn auf dem Boden erreichte, war er schon ganz rot und blau.

Ich besorgte ein Schilfrohr und wollte es in seinen Hals einführen, damit er wieder atmen konnte. Er atmete auch noch für kurze Zeit, aber er muss gegen das Gift der Biene allergisch gewesen sein. Er starb wenig später bei einem Arzt[18]."

„Also", begann Chun nach einigem Nachdenken. „Also, die Geschichte, dass du ihm den Kehlkopf zertrümmert hast, gefällt mir besser."

„Zumindest sorgt sie für einen gewissen Ruf", sagte die Nonne. „Und nun ab ins Bett. Wir trainieren morgen weiter."

„Warum machen wir diese Kettenfauststöße?", fragte Chun, als sie völlig außer Atem war und sich die aus baumwollenen Bandagen um ihre Fingerknöchel neu wickelte. Sie standen an einer jungen Lärche im Hinterhof des Tempels und schlugen gegen den Stamm.

„Die traditionelle Kampfkunst der Shaolin kennt den Angriff und die Verteidigung. Das passiert aber nie gleichzeitig. Wenn wir mit den neuen Techniken also unentwegt angreifen, müssen sie sich immer nur verteidigen und kommen nie selbst dazu, anzugreifen.", erklärte Mui.

„Und was passiert, wenn sie zuerst angreifen?", fragte Chun.

„Dann verteidigen wir mit einem Gegenangriff."

Chun nickte und begann wieder, gegen den Stamm zu schlagen.

Sie zeigte sich in den neuen Techniken sehr talentiert. Die Kettenfauststöße kamen noch etwas unkoordiniert und wichen oft von der Zentrallinie ab, doch Tag für Tag wurde Chun besser. Auch Mui gewann mit dem Lehren und Trainieren von Chun immer mehr Vertrauen in die neuen Techniken. Viele kleine Fehler verbesserte sie, ohne dass Chun etwas davon mitbekam und so wurde noch ein wenig glattgeschliffen, was Mui in der Theorie übersehen hatte. Nur war Chun eine unerfahrene Kämpferin, die entweder zu zögerlich war, oder voller Übermut genau in einen Schlag rannte.

„Autsch!", rief Chun und hielt sich die Nase. „Schon wieder!"

„Ja, du bist direkt hineingelaufen."

„Was hätte ich denn anders machen sollen?", fragte

Chun.

„Du hattest doch Kontakt. Warum bist du weiter auf mich zu gekommen? Damit öffnest du dich für deinen Gegner und er kann dich schlagen."

„Letztes Mal bin ich hinten geblieben und hab auch was abbekommen!"

„Da hattest du auch keinen Kontakt und standest genau in Trittweite."

„Ich hab das Gefühl, ich kann machen, was ich will. Ich bekomme immer etwas ab."

„Hm", machte Mui. „Du brauchst ein paar Verhaltensregeln für den Kampf."

„So etwas, wie `Werde nicht getroffen´ oder `Sei schneller als dein Gegner´ kannst du dir sparen."

„Ja, ich überlege mir etwas." Mui stellte sich in die Grundstellung und hob die suchende und die schützende Hand wieder auf die Zentrallinie ihres Körpers, die Ellenbögen leicht abgesenkt. „Dazu muss ich aber sehen, wo die Fehler sind. Komm, in den Kampf gestellt!"

„Ob ich jemals schneller werde, als Wong?", fragte sich Chun, nachdem sie den ganzen Tag den Kampf geübt hatten.

„Du musst nicht schneller, als er werden", gab Mui zu bedenken. „Wenn du den immer den direkten Weg zwischen deiner Körpermitte und Seiner gehst, brauchst du nur genau so schnell sein. Und daran üben wir gerade."

Chun überlegte einen Moment lang.

„Verstehe ich nicht", gab sie anschließend zu. „Wenn ich genau so schnell bin, dann treffen wir uns doch gleichzeitig."

„Nicht, wenn du immer die Mitte deckst", erklärte Mui.

„Wenn die Mitte durch dich geschützt wird, muss er darum herum angreifen. So hat er den längeren Weg. Du gehst immer über die Mitte und bist so schneller."

Mui sah die Fragezeichen, die noch immer über Chuns Kopf schwebten und deutete ihr, zu warten. Mui eilte davon und kam kurze Zeit mit einem Langbogen zurück.

„Wir legen den Boden zwischen uns. An einem Ende stehe ich, an dem anderen du."

Sie stellten sich auf und Chun sah Mui an.

„Wenn du nun durch den Bogen den direkten Weg zu mir nehmen sollst, welchen Weg wählst du?"

„Ich würde über die Sehne gehen.", sagte Chun.

„Genau. Die Gerade ist der direkte Weg.", sagte Mui. „Wenn ich nun die Sehne Schütze, musst du über den Bogen gehen. Wenn wir nun die gleiche Geschwindigkeit haben, bin ich immer schneller bei dir, als du bei mir."

Um Chun die unterschiedliche Länge des Weges zu verdeutlichen, hob Mui den Bogen auf und löste die Sehne. Der entspannte Bogen war um einiges länger, als die Sehne.

Chun nickte nur nachdenklich. Das war das erste Mal, dass Chun sprachlos war.

Obwohl sie große Fortschritte beim erlernen der Techniken machte, war sie, was taktisches Geschick oder das Gefühl für Distanzen anging, doch sehr talentfrei. Mui spürte, dass Chun lernen wollte, und anders, als bei den alten Techniken, konnte Chun von den neuen Techniken nicht genug bekommen. Doch ihr fehlten Regeln für bestimmte Verhaltensweisen, die Mui zwar seit frühester Kindheit im Schlaf beherrschte, von denen Chun jedoch bis vor ein paar Wochen noch nie etwas gehört hatte.

„Bleib nicht in idealer Trittdistanz stehen und warte, was passiert!", war für Mui zwar ein logischer Rat, doch Chun wusste nicht, was eine Trittdistanz war und wie man diese einschätzte.

Mui achtete darauf, Chun nicht immer zu treffen, wenn sich die Möglichkeit bot - und es waren noch viele Möglichkeiten - und täuschte die Treffer nur an. Dabei überlegte sie, wie man Chun in einfachen Worten beibringen konnte, wie sie immer wiederkehrende Fehler vermeiden konnte. Als erstes musste Chun mal ran an den Gegner. Aus ihrer Position konnte sie überhaupt nicht treffen. Aber nicht zu dicht, um nicht immer in die Angriffe hineinzulaufen.

Mui dachte noch einige Tage darüber nach. Als Chun die Form der kleinen Idee vollständig gelernt hatte und die zweiten Form, die Mui „Eine Brücke bauen[19]" nannte, allein vor dem Hauptgebäude übte, kam ihr beim Wäsche waschen am kleinen Bergsee, etwas oberhalb des Klosters eine Idee.

Als die wieder im Tempel war, baute sie sich vor Chun auf, hob den Finger und sprach in einem ernsten Ton: „Nimm auf, was kommt! Begleite nach Hause, was geht! Und ist der Weg frei, stoße vor! Merk dir das!"

Chun sah sieh mit großen Augen an.

„Hä? Ist dir was passiert?", fragte sie.

„Nimm auf, was kommt!", sagte Mui und machte einen Faustsoß in die Luft. „Begleite nach Hause, was geht!" Sie zog die Faust wieder zurück. „Und ist der Weg frei, stoße vor!" Sie machte einen Schritt vorwärts und wieder einen Faustsoß.

„?", sagte Chun.

„Komm in den Hinterhof, ich zeig dir, was ich meine.

Wenn du dich an die drei Sätze hältst, wirst du in Zukunft alles richtig machen."

Sie trainierten bis tief in die Nacht hinein und Mui wiederholte die drei Sätze immer wieder. Dabei zeigte sie Chun immer, was sie meinte.

„Nimm auf, was kommt" - Ein Angriff kam auf Mui zu. Sie blockte ihn nicht, sondern nahm Kontakt auf, fühlte die Bewegungsrichtung und neutralisierte die Geschwindigkeit und die Kraft des Angriffs mit Schritten und Wendungen.

„Begleite nach Hause, was geht" - Anstatt sich von den Angriffen, die neutralisiert wurden, zu lösen, haftete sie daran und ließ sich selbst zu Chun leiten, um ihrerseits anzugreifen.

„Und ist der Weg frei, stoße vor!" - Wenn der Chun sich von der Haftung löste, um andere Wege für den Angriff zu suchen, war der Weg für Mui frei. Sie stieß aus der Zentrallinie mit Fauststößen vor.

Mui wiederholte die Sätze so oft, dass Chun sogar davon träumte. Am nächsten Morgen hatten sie sich tief in ihr Hirn gebrannt. Inzwischen war Chun so fit, dass sie zum Berggipfel hinauf und wieder zurück lief, und danach noch beim Vorbereiten des Frühstücks zu helfen. Chun wartete mit dem Frühstück auf Mui. Irgendetwas musste oben am See passiert sein, dass die Nonne derart erleuchtet hatte.

Der alte Mann sah Mui dabei zu, wie sie in dem kleinen, staubigen Hinterhof des Tempels versuchte zu trainieren. Die Wunden an ihrem Fuß schmerzten. Sie konnte das Bein noch nicht belasten. Aber Mui musste üben. Sie durfte nicht schwach sein, wenn die Schergen des Kaisers sie fänden. Und sie würden sie finden, egal, ob in China oder anderen Ländern. Beim Belasten des Beines brannte ihr Knöchel wie Feuer. Mui spürte einen Moment lang nichts als Schmerz und sackte zusammen. Sie hielt sich schmerzverzerrt den Knöchel und versuchte, nicht zu fluchen.

Eine sanfte Hand berührte sie an der Schulter und half ihr auf die Beine. Der alte Mann deutete an, sie solle es ihm nachtun.

„Nur Hände üben", sagte er langsam auf thai, damit Mui ihn verstand. „Nix Fuß. Fuß kaputt. Ich zeige dir Ling Lum."

Mui stellte sich so hin, wie der alte Mann ihr es zeigte und begann, die Hände so zu bewegen, wie er es ihr vormachte. Handfläche nach oben, vor dem Körper überkreuzen, nach unten schneiden und die Handfläche nach oben rotieren.

Sie blickte wieder auf, doch anstelle des alten Mannes stand dort nun Chun, praktizierte die Form der kleinen Idee und lächelte sie an. Ein paar Blätter des alten Baumes vor dem Haus wehten vorbei. Rauch biss ihr in die Nase und ließ ihre Augen tränen. Die Blätter wurden zu Asche. Der Wind wurde heftiger und wehte Asche und glühende Funken gegen Mui´s Hinterkopf. Plötzlich war es dunkel. Mui drehte sich um und stand im lichterloh brennenden Kloster. Die unglaubliche Hitze, die ihr ins Gesicht schlug und ihr den Atem nahm, ließ die lichterloh in Flammen stehenden Gebäude flackern. Sie hörte die Schreie der verbrennenden Kinder, sah die verzweifelten Rettungsversuche der wenigen Mönche, die aus den brennenden und verbarrikadierten Gebäuden entkommen waren. Mui rannte zum Krankenhaus, um die kleine Su aus den Flammen zu holen, doch sie kam nicht voran, als würde sie durch heiße Lava waten.

Sie sah die beiden Mönche, die die gefüllten Eimer nahmen, die an der großen Meditationshalle standen. Sie rief ihnen zu, dass in den Eimern Öl war, nicht Wasser, doch das Feuer und der Wind waren zu laut. Sie hörten sie nicht.

Als sie an dem Krankenhaus ankam, sah sie Su, ihr Gesicht war halb verbrannt. Sie schrie und weinte. Mui schloss sie in die Arme und versuchte, sie zu trösten.

Mui sah in das Gesicht des Kindes und blickte in das von Ma Ning Yee.

„Wir jagen euch alle!", schrie er in ihr Gesicht. „Und wir bringen euch um!"

Die beiden Mönche schütteten die mit Öl gefüllten Eimer auf Mui, die sofort Feuer fing.

Schweißgebadet und schwer atmend saß Mui in ihrem Bett. Sie zitterte. Ihr Knöchel schmerzte so sehr, wie bei dem Biss der Schlange. Sie schlug die Decke weg und sah, dass er um die Narbe feuerrot und angeschwollen war. Mui kroch aus dem Bett zu einem Wassereimer, aus dem sie kaltes Wasser in ihr Gesicht spritzte. Sie wurde langsam wieder klar im Kopf. Sie war im Tempel des weißen Kranichs. Niemand wusste, wer sie war, außer die Äbtissin, Chun und ihrem Vater Lee. Niemand verfolgte sie hier.

Mui stand auf und stellte ihren Fuß in den Eimer mit dem kalten Wasser. Die Rötung und die Schwellung gingen langsam zurück.

M u i t r u g e i n e s c h m e r z l i n d e r n d e u n d entzündungshemmende Salbe aus Kräutern auf die alte Bisswunde auf und verband sie mit dünnen Stoffen. Sie achtete darauf, dass der Verband nicht zu sehen war, als sie sich anzog. Nach einer letzten kritischen Überprüfung nickte sie sich selbst zu und verließ ihr Zimmer.

Chun saß auf der Treppe mit einer frittierten Weizenstange und sprang auf, als sie Mui zur Küche kommen sah.

„Da bist du ja endlich!", freute sich die junge Schülerin.

„ Wie ich sehe, bist du schon zurück vom Laufen. Du wirst immer besser. Lass mich erstmal etwas essen, bevor wir trainieren", blockte Mui gleich ab. „Ich habe nicht gut geschlafen. Zu viele Gedanken drehen sich in meinem Kopf."

„Du humpelst", stellte Chun fest. „Hast du dich verletzt? Beim Training gestern?" Erschrocken hob Chun ihre Hände zum Mund. „War ich das etwa?"

„Nein, ich wurde vor einigen Jahren von einer Giftschlange gebissen. Ich habe einen Großteil des Giftes aussaugen können, bevor ich bewusstlos wurde. Zum Glück fand mich ein Fischer, der mich zu einem Heilkundigen brachte. Ich überlebte knapp, aber manchmal schmerzt die alte Bisswunde noch ein wenig. Der Fischer und seine Frau kümmerten sich um mich, bis ich wieder gehen konnte."

Mui wollte nicht verraten, dass ihr Fuß seitdem immer noch oft taub war und sie ihr Bein nicht voll bewegen konnte. Nachdem sie sich erholt hatte, war die Kraft im Bein eine Zeit lang wieder voll da gewesen, doch seit einiger Zeit schmerzte die Wunde wieder öfter und Mui hatte immer mehr Schwierigkeiten bei Sprüngen und hohen Tritten. Mui würde nie zugeben, dass sie eigentlich deswegen so intensiv an den neuen Techniken arbeitete, die genau diese immer größer werdende Schwäche von ihr ausglichen. Sie musste stark bleiben. Wenn die in der Faust der Shaolin ausgebildeten Soldaten des Kaisers oder die Verräter des Klosters kamen, musste sie ihnen etwas entgegensetzen. Noch könnte sie alle besiegen, doch wenn sich die Schmerzen und die Bewegungseinschränkungen stärker werden würden… Nein. Gut, dass Chun hier war. So konnte sie die selbst trainieren und die letzten Fehler beheben.

„Ach, wie bei meinem Vater. Der hatte sich früher mal den kleinen Zeh gebrochen. Er meint, immer wenn das Wetter umschlägt, spürt er das seitdem im kleinen Zeh."

„Ja, so ähnlich."

Mui holte sich auch eine frittierte Weizenstange und setzte sich zu Chun auf die Treppe.

„Deine Sätze gestern haben viel gebracht", sagte Chun. „Hast du mit jemanden gesprochen, als du oben am See warst?"

„Wie kommst du darauf?", fragte Mui und biss von der Stange ab.

„Es schien mir, als ob dich jemand auf die Idee gebracht hat. Du kamst mir gestern so erleuchtet vor, als ob Buddha dir eine Eingebung gemacht hat."

„Also, Buddha macht eigentlich nichts mit den Menschen. Buddha zeigt dir den Weg zur Erleuchtung, aber gehen müssen wir Menschen ihn selbst. Wenn man eine Eingebung oder Erleuchtung hat, war das nicht Buddhas Werk. Jeder Mensch ist für sich selbst verantwortlich."

„Nun gut", schob Chun die Belehrung höflich zur Seite. „Aber hattest du jetzt eine Eingebung?"

„Nein, eigentlich habe ich dort oben nur Wäsche gewaschen und darüber nachgedacht, wie ich deine Ausbildung fortsetze."

„Sonst ist da oben nichts passiert?", fragte Chun hoffnungsvoll.

„Hmm", überlegte die Nonne. „Nein, nichts Außergewöhnliches."

„Gar nichts?", fragte Chun enttäuscht.

„Ich bin mit dem Korb voller Wäsche hoch zum See gegangen und habe Wäsche gewaschen. Das mache ich alle paar Tage. Da passiert für gewöhnlich nicht viel, außer, dass die Wäsche sauber wird."

„Du hast dort nicht meditiert? Oder mit einem alten, mystischen Meister gesprochen?"

„Nein. Ich kenne keine alten, mystischen Meister hier in der Gegend. Außer mich", grinste die Nonne.

„Schade", seufzte Chun und ließ die Schultern hängen.

„Tut mir leid. Das Aufregendste, was ich dort je gesehen habe, war, ein Fuchs, der mit einem Kranich gekämpft hat", sagte die Nonne beiläufig.

„Und?", fragte Chun und griff nach dem letzten Hoffnungsschimmer auf eine mystische Geschichte.

„Was und?", fragte Mui. „Der Fuchs hat den Kranich in den Hals gebissen, totgeschüttelt und in seinen Bau geschleppt."

„Wäh!", machte Chun angewidert.

„So ist die Natur halt", zuckte Mui mit den Schultern

und aß von der Stange.

„Das gefällt mir aber gar nicht", sagte Chun trotzig. „Der Kampf zwischen den Beiden hat bestimmt sehr lange gedauert."

„Nö. Das ging ganz schnell", widersprach Mui ruhig.

„Nein, es hat lange gedauert", beharrte Chun. In ihrem Kopf wurde die Geschichte weitergesponnen. „Der Fuchs ist bestimmt immer um den Kranich herumgelaufen und wollte ihn schnappen, aber der Kranich drehte sich mit und hat die Angriffe des Fuchses mit den Flügeln abgewehrt."

„Und er hat bestimmt auch gleichzeitig mit dem Schnabel zugestochen, was?", fragte Mui ironisch. „Gleichzeitigkeit von Abwehr und Angriff, wie ich es dir gerade beibringe?"

„Jaa!", strahlte Chun, dankbar für diese Idee und immun gegen Ironie. „Und der Fuchs ergriff dann voller tiefer Wunden feige die Flucht und ist dann elendig verreckt!" Chun´s Gesicht verfinsterte sich, als sie ihren eigenen Satz hörte. „Nein, das ist zu grausam", verbesserte sie sich. „Wie lange konntest du den Kampf beobachten?"

„Ich hab eigentlich alles gesehen", sagte Mui. „Dauerte ja nicht lange. Fuchs kam, biss zu, schüttelte den Vogel und ging wieder weg."

„Ja", bestätigte Chun, die nur hörte, was sie wollte. „Du hast bei dem Kampf sehr lange zugesehen. Und die Bewegungen von Fuchs und vor allem Kranich inspirierten dich, einen völlig neuen Stil der Kampfkunst zu erschaffen!"

„Aha", staunte die Nonne über ihre eigene Geschichte. „Sieh mal einer an, das wusste ich selbst noch nicht."

„Ja, so war das", fasste Chun strahlend zusammen. „Du

warst am See, Wäsche waschen und hast einen Kampf zwischen Fuchs und Kranich beobachtet. Der Fuchs lief immer um den Kranich herum, um an seine Flanken zu kommen, aber der Kranich stand in der Mitte und drehte sich immer mit. Wenn der Fuchs angriff, wehrte der Kranich mit dem Flügel ab und griff selbst gleichzeitig mit dem Schnabel an. Der Kampf dauert sehr lange und inspirierte dich, einen neuen Kampfkunststil zu entwickeln. So."

„Und wer hat in deiner kleinen Geschichte jetzt gewonnen?", fragte Mui amüsiert.

„Der Kranich! Nein, der Fuchs! Ach, ist doch egal. Irgendwann waren beide müde und ließen sich in Ruhe."

Mui lachte laut los.

„Und später wurden sie die besten Freunde, was?", grinste Mui und stand von der Treppe auf. „Mädchen, erzähl das bloß Keinem, das glaubt dir niemand."

„Warum nicht?" fragte Chun etwas trotzig, weil sich ihre Lehrerin über sie amüsierte. „Ich finde, jeder Stil muss eine Geschichte wie diese haben. Und der neue Stil heißt … Kranichstil!"

„Es gibt schon einen Kranichstil."

„Dann Fuchsstil!"

„Nein, kommt nicht in Frage."

„Dann …"

„Der Name ist erstmal nicht so wichtig, findest du nicht?"

„Fuchs-und-Kranich…?"

„Komm, wir trainieren jetzt. Dann kommst du wenigstens nicht auf komische Gedanken."

Mui trainierte Chun jeden Tag und spürte, wie sie mit jedem Training immer besser und stärker wurde. Die Ausdauer von Chun war nun so gut ausgebaut, dass sie die Nonne beim morgendlichen Lauf locker überholte. Mui machte ihre alte Bisswunde dafür verantwortlich, konnte aber auch der Stimme in ihrem Hinterkopf nicht gänzlich unrecht geben. Diese sagte, dass Chun nicht einmal halb so alt war, wie sie. Die Jugend hat Energie. Das machte ihr auch einmal mehr bewusst, dass auch die Soldaten des Kaisers immer zwanzig Jahre alt sein würden. Diese Gedanken brachten Mui dazu, so lange an ihrem System zu feilen, bis es in ihren Augen perfekt war. Angriff als Verteidigung, Verteidigung als Angriff. Durch Techniken, Wendungen und Schrittarbeit sich von seiner eigenen Kraft befreien, Die Kraft des Gegners neutralisieren und gegen ihn wenden. Und zum Schluss seine eigene Kraft wieder hinzufügen. Mui erkannte nach und nach, dass sie einen Stil entwickelt hatte, gegen den die klassische Faust der Shaolin mit all seinen Stilen chancenlos sein würde. Auch wenn sie es nicht gerne zugab, dieser nüchterne Stil ohne Effekthascherei hatte doch einen gewissen Reiz. Dazu kam, dass Mui nicht mehr so gut springen und so hoch treten konnte, wie noch vor fünf Jahren. Ihre Bisswunde am Fuß schmerzte in den letzten Monaten immer öfter. Noch konnte sie sich selbst behandeln, aber früher oder später musste sie doch den Rat anderer Heiler einholen. Oder einem, und Mui schüttelte sich, als ihr dieses Wort in den Sinn kam, *Arzt*. Mui mochte diese neumodische, westliche Art der Behandlung nicht.

Chun trainierte Fleißig und neben Kettenausstößen und

dem Prinzip der klebenden Hände übte sie nach dem Abendessen immer noch bis zur Dämmerung an dem hölzernen Mann an der Tempelmauer. Sie hatte ein Bild von Wong´s Kopf gezeichnet und befestigte es am dicken Stamm. Mui hatte nichts gegen diese Art von Motivation und lächelte immer, wenn Chun mal wieder mit viel Wut im Bauch auf die Zeichnung schlug.

„Der beste Kämpfer ist niemals wütend", kommentierte Mui lediglich. „Wut beschränkt dein Können."

Die Zeit verging und Mui brachte Chun alles bei, was zu dem neuen System gehörte. Die Techniken waren nun alle erlernt, jetzt ging es um die richtige Anwendung. Da alles seine Zeit braucht, bemerkte Chun gar nicht, wie viel Zeit beim üben ins Land gegangen war.

„Herzlichen Glückwunsch zum Geburtstag!", lächelte Mui und reichte Chun einen kleinen Kuchen, den sie heimlich bei der Köchin des Klosters in Auftrag gegeben hatte. „Drei Jahre bist du nun hier. Wie die Zeit vergeht. Aus dem störrischen Mädchen ist eine selbstbewusste, junge Frau geworden."

„Danke, Meisterin", strahlte Chun und nahm den Kuchen entgegen.

Chun eilte in die Küche und holte drei Teller und ein Messer. Dann gab sie einen Teller der Äbtissin, und einen Mui, teilte den Kuchen in drei Stücke.

„Moment!", unterbrach die Äbtissin und holte eine kleine Flasche mit einem Korken und drei kleine Becher aus einer ihrer Taschen. Sie zog den Korken mit einem hohlen „Plump" aus der Flasche und goss in jeden Becher nur so viel, dass der Boden gerade mal so bedeckt war. Sie gab Chun und Mui einen Becher und genehmigte sich dann einen Extraschluck in Ihren, bevor sie den Korken wieder auf die Flasche drückte.

„Seit vorsichtig, Mädels!", warnte sie und hob ihren Becher zum anstoßen. „Das Zeug zieht euch die Schuhe aus, wenn ihr es nicht gewohnt seit. Auf dich Chun. Gan bei!"

Mui und Chun hielten den Becher mit beiden Händen und erhoben ihn ebenfalls.

„Gan bei!", sagten sie mit einer Stimme und leerten ihren Becher. Dann verzogen sie langsam ihr Gesicht. Chun hielt sich die Nase zu, während Mui mit dem Kopf schüttelte und mit den Händen winkte.

„Gut, das Zeug, nicht?", lachte die Äbtissin.

„Baaaah!", machte Chun, als sie den Mund wieder frei hatte.

„Hui!", sagte Mui und wischte sich die Tränen aus den Augen.

„Noch einen?", fragte die Äbtissin und zog den Korken wieder aus der Flasche.

„Nein!", winkte Chun ab. „Lass uns erstmal den Kuchen probieren."

„Bloß nicht!", stieß Mui hervor, um es gleich danach mit „verkommen lassen, den guten Stoff!" zu ergänzen, als sie in das enttäuschte Gesicht der Äbtissin blickte.

„Ja, lasst uns erst den Kuchen essen", stimmte die Äbtissin zu und verschloss die Flasche wieder.

Erleichtert bissen Chun und Mui vom Kuchen ab.

„Morgen wird ein besonderer Tag für dich sein, Chun", sagte die Äbtissin, nachdem sie alle den Kuchen probiert und über alle Maßen gelobt hatten.

„Ja, Meisterin Mui hat mir schon den Tagesablauf erklärt", bestätigte Chun.

„Und, bist du schon nervös?"

„Ja, etwas. Ich werde heute noch den ganzen Tag trainieren, um euch nicht zu enttäuschen"

„Nein, das machst du nicht", widersprach Mui ihrer Schülerin. „Du wirst dich heute ausruhen und deinen Tag genießen. Wir werden heute Abend den morgigen Tag noch einmal durchgehen und alles besprechen. Du kannst das alles!"

„Wenn du meinst, Meisterin. Dann nehme ich noch ein Schlückchen von dem … Was ist das denn genau?"

„Hab ich selbst gemacht, weiß noch nicht, wie ich es nennen soll. Mit Namen habe wir es hier ja nicht so, oder?", grinste die Äbtissin und stieß Mui mit den Ellenbogen an.

Der Korken ploppte aus der Flasche und die Becher wurden wieder bis Bodendeckung befüllt.

„Wichtiger als der Name ist doch, dass die Techniken effektiv sind, oder?", verteidigte sich Mui.

„Stimmt! Darum trinken wir mit namenlosem Schnaps auf einen namenlosen Stil! Gan bei!"

Mui und die Äbtissin schwankten leicht, als sie in der Nacht durch den Tempel zu ihren Zimmern gingen. Chun war der Alkohol zu Kopf gestiegen. Sie lag schon in ihrem Bett und schlief. Die Äbtissin sah Mui von der Seite an und deutete nach ein paar Schritten auf Mui´s Fuß.

„Hat dich da der Kranich gepickt?", grinste die alte Nonne.

„Hat Chun dir ihre Wahnvorstellung von dem Fuchs und dem Kranich erzählt?", fragte Mui und kniff die Augen zusammen.

„Jaa!", lachte die Äbtissin und stieß Mui mit dem Ellenbogen an. „Phantasie hat die Kleine, das muss man ihr lassen."

„Oh man, wenn sie das noch weiter herumerzählt, glaubt bald wirklich jeder, der Stil sei daraus entstanden."

„Ärgere dich nicht darüber", tröstete die Äbtissin. „Irgendwo her musst du ja die Ideen haben. Warum nicht aus einem Tierkampf?"

„Warst du schon mal in Ayutthaya?", fragte Mui die Äbtissin.

„Nein, bin nie aus China raus gekommen. Und ich war noch nicht mal überall im Land."

„In Ayutthaya hat mich eine Schlange in den Knöchel gebissen. Die verdammte Wunde will einfach nicht richtig heilen. Im Gegenteil, in letzter Zeit wird es immer schlimmer. Ist schon Jahre her, das Ganze."

„Darum humpelst du manchmal?"

„Ja", gab Mui zu. „Während ich in Ayutthaya versorgt wurde, ging ich oft in einen kleinen Tempel und ging einem alten Mann zur Hand, der ihn pflegte. Er war einer der letzten Großmeister einer alten Kampfkunst der Thai, die er immer Ling Lum nannte."

„Was heißt das?", fragte die Äbtissin neugierig.

„Mein Thai ist nie besonders gut gewesen, darum konnte ich es nicht übersetzen. Wörtlich übersetzt heißt das Luftaffe. Da muss es aber noch eine andere Bedeutung geben, wer nennt eine Kampfkunst schon Luftaffe?"

Die Äbtissin lachte.

„Luftaffe!", Sie schlug sich auf die Schenkel. „Dann doch lieber Fuchs-und-Kranich-Stil, was?"

„Haha!", sagte Mui ärgerlich. „Da ich mein Bein nicht viel bewegen oder belasten konnte, brachte mir der alte Mann die Handtechniken des Ling Lum bei …"

„Luftaffe!", kicherte die Äbtissin.

„… und als es mir besser ging, die Schritte und die Wendungen. Ich war damals nicht davon überzeugt, ich wollte treten, springen und mich bewegen. Egal, bald fanden mich die Assassinen des Kaisers und ich musste flüchten. Aber das Ling Lum des alten Mannes ist die Basis für den Stil, den ich Chun beigebracht habe.", sagte Mui nicht ohne einen gewissen Stolz in der Stimme.

„Und das zeigt sie uns morgen."

„Ja, das wird sie. Und nun: Gute Nacht. Meinst du, die Beiden werden darauf anspringen?"

„Wenn mich meine Menschenkenntnis nicht im Stich gelassen hat, werden sie ganz es ganz sicher. Gute Nacht." grinste die Äbtissin. „Luftaffe… hihi!"

Am nächsten Morgen lief Chun zum erstem Mal seit ihrer Ankunft nicht zum Gipfel hinauf. Die Sonne ging auf kämpfte sich durch den Nebel, der in den Baumkronen hing. Buddhistische Gebetsfahnen wehten leicht in der frischen morgendlichen Brise. Alle fünfzehn Nonnen des Tempel des weißen Kranichs standen auf der Treppe des Hauptgebäudes und sahen auf den Vorplatz. Dort standen Mui und Chun, verbeugten sich vor den Nonnen, drehten sich zueinander und verbeugten sich noch einmal.

Dann stellten sie sich in die Grundstellung und begannen, die drei Formen des neuen Stils synchron vorzuführen. Die Übungen am hölzernen Mann ließen sie weg. Nach jeder Form murmelten die Nonnen und nickten anerkennend. Sie wussten zwar nicht, was die beiden dort machten, aber es sah gut aus und war synchron. Nur ein oder zwei Nonnen, die Kampfkunsterfahrung hatten, schauten misstrauisch und verschränkten die Arme.

Nach der dritten Form verbeugten sie sich wieder

voreinander und begannen mit dem Freikampf. Zuerst griff Mui mit einzelnen Schlägen und Tritten an, die Chun aufnahm und sogleich konterte. Die Angriffe folgten immer schneller und Mui konterte die Gegenangriffe von Chun nun ebenfalls mit den neuen Techniken. Die Vorführung wurde zu einem Kampf, in dem Chun zeigte, was sie gelernt hatte. Für die Nonnen, die mit Kampfkunst wenig in Berührung kamen, sah es zwar aus, wie ein Kampf, aber irgendwie war es doch recht nüchtern gehalten. Trotzdem applaudierten sie, er vorüber war und sich die beiden Kämpferinnen verbeugten.

„Es ist anders, aber es sah toll aus!", freute sich die Äbitn. „Ich bin begeistert, was unsere junge Chun alles gelernt hat. Und wie viel stärker sie geworden ist."

„Vielen Dank!", freute sich Chun und verbeugte sich kurz.

Findet ihr Beiden nicht auch, dass sie viel gelernt hat?", fragte die begeisterte Äbtissin und drehte sich zu den beiden großen Nonnen um, die noch immer mit verschränkten Armen und kritischem Blick dastanden.

„Ich gebe zu, einiges sah wirklich gut aus. Aber kann es sich auch gegen eine richtige Kampfkunst durchsetzen?", fragte die Größere der beiden Nonnen.

„Frau Äbtissin, Meisterin, ich habe die ein oder andere Stunde Kampfkunst trainieren dürfen. Mit eurer Erlaubnis würde ich mich gerne mit dem Fräulein Chun austauschen. In aller Freundschaft, versteht sich", sagte die andere Nonne.

Die Äbtissin und Mui wechselten einen vielsagenden Blick.

„Ich habe nichts dagegen, wenn du meinst, sie ist bereit", sagte die Äbtissin.

Mui nickte kurz und deutete der Nonne, auf den Platz zu kommen.

Die ein oder andere Stunde Kampfkunst, dachte Mui mit einem Lächeln im Gesicht. Du bist im Stil der Gottesanbeterin geschult, ich kenne deinen Meister. Aber warte nur ab.

„Was ist mir dir?", fragte Mui die größere Nonne. „Möchtest du dich auch mit meiner Schülerin austauschen?"

„Alles immer hübsch der Reihe nach", sagte die Äbtissin. „Zuerst ihr beide!" Sie deutete auf Chun und ihre Gegnerin.

Gleich kommt das Angeben, dachte sich Mui und wartete auf den Eröffnungstanz der Gottesanbeterin.

Die Herausforderin trat mehrfach die Luft, und formte mit ihren Händen die Klauen des Insekts nach, während sie ihre Bewegungen nachahmte. Chun stand bewegungslos in der Grundstellung, die schützende und die suchende Hand auf ihrer Zentrallinie.

Während die Gottesanbeterin nun wild die Luft trat und schlug, rollte Chun mit den Augen, trat einen Schritt vor und schlug der Herausforderin auf die Nase. Diese verlor das Gleichgewicht und setzte sich auf den Vorplatz. Sie tastete nach ihrer Nase aus der ein dünnes Rinnsal Blut lief. Wütend sprang sie wieder auf und griff an. Sie holte zu einem wuchtigen Schlag aus, der von Chun scheinbar mühelos mit diesem Handfläche-nach-oben-Ding geblockt wurde. Gleichzeitig mit dem Block schlug Chun mit einer kleinen Wendung auf den Solar Plexus der Herausforderin. Diese setzte sich, von der Wucht des Schlages überrascht, auf ihren Hosenboden und japste nach Luft.

Das rief die größere Nonne auf den Plan. Sie baute sich vor Chun auf und begann mit wilden, kräftigen Schlägen auf Chun einzuprügeln. Sie war gut zwei Köpfe größer als Chun und war die Art von Mensch, den man holt, wenn der Karren voller Baumstämme im Matsch feststeckt und die beiden Pferde es nicht schaffen, ihn herauszuziehen. Chun rechnete mit viel Kraft, aber sie war doch überrascht, mit welcher Wucht die Schläge kamen. Auch ihre Gegenangriffe schienen wirkungslos zu verpuffen. Chun spürte, wie ihre Kräfte nachließen. Doch dann entdeckte sie etwas, dass das Blatt wenden sollte. Jedesmal, wenn Chun mit einem Schlag angriff, deckte sie die große Nonne, oder blockte den Angriff. Dabei unterbrach sie ihre Schlag- und Trittserien für kurze Zeit. Es stimmte also, dachte sich Chun, kein anderer Stil vereint Angriff und Verteidigung.

Chun begann mit Kettenausstößen und trieb die große Nonne in die Defensive. Chun erhöhte die Frequenz der Schläge. Die große Nonne stand nun nur noch in der Passivdeckung, beide Hände am Kopf. Jedesmal, wenn sie einen Angriff versuchte, schlug Chun in die sich öffnende Lücke und die große Nonne zog den Arm zurück.

„Genug!", rief die große Nonne schließlich und ging zwei Schritte zurück.

Dann breitete sie ihre Arme aus und spannte ihre Brust und Rückenmuskulatur an, mit denen sie die Sonne hätte verdunkeln können. Sie ballte eine Faust, legte sie vor ihrem Körper in ihre andere, geöffnete Hand und verbeugte sich, ohne Chun dabei aus den Augen zu lassen. Der Gruß von einer Kampfkünstlerin an eine ebenbürtige Andere.

Chun tat es ihr gleich und die Nonnen auf der Treppe

applaudierten.

„Wie nennt man diesen Stil?", fragte die kleine Nonne, die sich noch immer den Solar Plexus hielt.

„Er heißt autsch!" Chun wollte antworten, aber Mui trat ihr auf den Fuß.

„Es ist kein traditioneller Stil und daher lassen wir ihn namenlos", belehrte Mui ihre erste Schülerin.

„Na gut", gab Chun sich vorerst geschlagen.

„Chun", sagte Mui laut, als der Applaus verklang. „Deine Lehre ist hiermit beendet. Morgen wirst du zu deinem Vater zurückkehren. Übe immer weiter die Kampfkunst, aber zeige sie nur Wenigen. Und bringe sie nur Menschen bei, die Ihrer auch würdig sind. Höre auf dein Herz, es wird dir den richtigen Weg weisen."

„Danke, Meisterin", sagte Chun und verbeugte sich vor Mui.

„Aber erst morgen, Kindchen!", rief die Äbtissin von der Treppe hinunter. „Heute Abend werden wir noch ein wenig Abschied feiern. Gan bei!"

Als der Morgen kam, war Chun schon auf und packte ihre wenigen Sachen auf den kleinen Handkarren, den sie vor drei Jahren so mühsam hier hinauf zum Tempel gezogen hatte. Dann verabschiedete sie sich von den Nonnen im Tempel und ging mit Mui zum Tor.

„Ich wollte dir noch ein Geschenk mitgeben", begann Mui und deutete auf den hölzernen Mann an der Tempelmauer. „Aber den haben wir beide in den letzten drei Jahren schön bearbeitet. Der macht nicht mehr lange. Ich habe stattdessen bei dem Schreiner im Dorf zwei Neue in Auftrag gegeben. Sie sollten in zwei bis drei Wochen fertig sein. Einen davon darfst du behalten. Bei dem Anderen erwarte ich, dass du mir hilfst, ihn hier hinauf zu bringen."

Mui zwinkerte.

„Vielen Dank", sagte Chun und lächelte. „Einer alten Frau helfe ich natürlich gern mit ihrem Gepäck."

„Werd nicht frech, To Dai!"

Chun seufzte und sah den Pfad entlang, der hinunter zum Dorf führte.

„Ich freue mich darauf, meinen Vater wiederzusehen. Aber ich muss mich auch meinem Schicksal stellen."

„Jeder Mensch ist seines eigenen Schicksals Schmied", warf Mui streng ein.

Chun seufzte erneut.

„Du bist eine kluge Frau, die sich durchsetzen kann. Körperlich kann er dir nichts mehr anhaben. Und für den Rest fällt dir bestimmt etwas ein", sagte Mui.

„Ich hoffe, du hast recht", sagte Chun und begann ihren Abstieg zum Dorf.

„Eins noch", rief ihr Mui hinterher. Chun blieb stehen

und sah sich um. „Auf halben Weg den Berg hinab werden dich Augen beobachten. Ich denke, dass du bei der Ankunft im Dorf erwartet wirst."

„Ich werde mich darauf vorbereiten. Danke für alles und bis bald!"

Und da waren sie auch schon. Kaum hatte Chun ein gutes Stück des Pfades hinunter zum Dorf hinter sich gebracht, spürte sie erstaunte Blicke auf sich ruhen. Hecktische Bewegungen in den Ästen und Blättern der Bäume und Sträucher, die an den enorm steilen und für Frauen mit Handkarren unmöglich zu beschreitenen Abkürzungen hinunter zum Dorf zu sehen waren. An einer besonders steilen Stelle des Pfades musste Chun den Karren vor sich lassen und abbremsen, sonst wäre er ihr ständig in die Hacken gefahren.

Da! Wieder spürte sie einen Moment lang einen Blick auf sich ruhen. Schnelle Schritte im Laub und brechende Zweige ließen erahnen, dass es wieder jemand ziemlich eilig hatte.

Plötzlich hörte sie ein Ächzen und Stöhnen. Die Schritte wurde erst heftiger und gingen in ein gleichmäßiges Geräusch über, bis ein Augenblick lang stille herrschte.

Ein panisches „Oh Schei…" erklang, welches von brechenden Ästen und einem dumpfen Aufprall erstickt wurde.

Der Pfad beschrieb mehrere serpentinartige Kurven. Als Chun aus einer Kurve kam, sah sie einen jungen Mann auf dem Pfad liegen, der verzweifelt versuchte, aus ihrem Blickfeld zu robben. Chun blieb stehen und sah ihm amüsiert dabei zu. Es dauerte eine Weile, bis der junge Mann merkte, dass Chun ihn längst gesehen hatte. Da

Weglaufen mit einem offensichtlich gebrochenen Bein auch nicht recht klappen wollte, seufzte er und resignierte.

„Könntest du mir freundlicherweise helfen?", fragte er Chun.

„Nein", erwiderte Chun kühl. „Du gehörst zu Wongs Handlangern, meinetwegen kannst du hier im Dreck verrecken."

„Meinetwegen, ich schaffe es auch ohne dich ins Dorf und dann kannst du was erleben!", schimpfte er.

„Gut", erwiderte Chun und ging an dem jungen Mann vorbei. „Wir sehen uns dann im Dorf. Sind ja nur noch etwa zehn Kilometer."

„Warte!", rief er verzweifelt hinter Chun her, nachdem er leise geflucht und seine hilflose Situation erkannt hatte. Doch Chun weiß sich nicht beirren und ging weiter.

Den Tränen nahe schob sich der junge Mann zum Abhang und sah hinunter. Dort unten sah er durch die Bäume und Sträucher hindurch den Pfad schimmern. Er musste vor Chun unten sein, als gab es nur einen Weg. Er seufzte schwer und ließ sich den Abhang hinunterrollen.

Es war noch steiler, als es von oben aussah. Der junge Mann stieß mit dem gebrochenen Bein gegen einen Baum, blieb mit einem Finger an einem Ast hängen und klatschte mit dem Gesicht voran auf den Pfad, direkt vor Chun´s Füßen, die erstaunt stehen blieb.

Der junge Mann blieb einen Moment regungslos liegen, bis er stöhnte und sich langsam wieder bewegte.

Sein Finger war nun ebenfalls gebrochen, er blutete aus der Nase und zwei seiner Zähne waren locker. Das gebrochene Bein lag nun noch unnatürlicher, als es vor dem Sturz schon lag.

„Da bist du ja wieder", sagte Chun. „Mach das bitte

noch zweimal, dann kann ich im Dorf sagen, dass du nach meinem Anblick Selbstmord begangen hast."

„Ich brauche das Geld!", stöhnte er, während er seine Nase abtastete. „Wong zahlt viel Geld, wenn ihm jemand Neuigkeiten von dir erzählt. Und wenn ich von deiner Rückkehr zu deinem Vater erzähle, gibt´s noch mehr!"

„Du brauchst das Geld jetzt wahrscheinlich für den Arzt, richtig?"

„Die Medizin für meine Mutter ist sehr teuer."

„Wie heißt du?"

„Mein Name ist Wang."

„Ich heiße Chun. Kennst du Wong gut?"

„Ich weiß, wer du bist. Alle wissen, wer du bist. Du bist die Braut von Wong, niemand darf dir zu nahe kommen."

„Die Braut von Wong, ja?", fragte Chun und richtete sich auf. „Nun, das wird sich noch zeigen. Sag, wie gut kennst du ihn?"

„Wir sind zusammen aufgewachsen."

Chun überlegte. Sie spürte, wie sich ein Plan in ihrem Kopf zusammenbraute, aber sie konnte ihn noch nicht richtig sehen.

„Wang, ich bringe dich ins Dorf, wenn du mir Informationen über…" Chun zögerte und verzog das Gesicht, als es ihr über die Lippen kam, „…meinen zukünftigen Mann und seine Familie gibst. Eine Frau muss schließlich wissen, worauf sie sich einlässt."

Wang lächelte und stimmte bereitwillig zu. Chun schiente sein Bein und sein Finger mit Ästen und dem Hemd von Wang notdürftig, half Wang dabei, in ihren Handkarren zu steigen und zog ihn den Pfad hinunter ins Dorf. Den ganzen Weg lang unterhielten sie sich angeregt über Wong, seine Familie und die ungeschriebene

Hierarchie im Dorf.

Der Plan reifte langsam in Chun´s Kopf und Stück für Stück wusste sie, wie sie Wong ein für allemal loswerden würde.

„Da unten ist unser Dorf!", rief Chun freudig, als sie um eine Kurve des Pfades gingen.

Sie zeigte auf die niedrigen Dächer mit den rauchenden Schornsteinen, die durch die Bäume und Sträucher zu sehen waren.

„Hat sich nicht viel verändert", antwortete Wang, der hinter Chun im Handkarren saß. Das gebrochene und geschiente Bein ragte aus dem Karren heraus. „Mich wundert nur, dass uns noch keiner entdeckt hat."

„Das kommt sicher gleich", entgegnete Chun. „Wenn sich hier nichts verändert hat, stehen doch immer ein paar Augen an jedem Weg ins Dorf und berichten den Drachenbrüdern in der Hoffnung auf ein wenig Geld."

„Oh, wenn es um dich geht, ist es schon etwas mehr Geld", grinste Wang. „Informationen über die zukünftige Schwiegertochter sind wertvoller."

Chun verkniff sich eine schnippische Antwort.

Eine Bäuerin auf dem Reisfeld am Anfang der Ebene sah auf und erkannte Chun. Sie blickte vielsagend zu ihrem Mann, der hinter einem Ochsenkarren stand. Dieser nickte, ließ den Karren stehen und ging schnellen Schrittes auf dem Pfad in Richtung des Dorfes.

„Jetzt hat man dich gesehen", grinste Wang. „Das da hätte ich sein können. Und bestimmt beginnt gleich ein Wettrennen zu Wongs Haus."

Ein junges Mädchen mit einem großen, geflochtenen Korb auf dem Rücken, hatte ihren kleinen Bruder an der Hand und wurde von dem Bauern rüde aus dem Weg geschubst. Sie sahen dem Bauern ärgerlich nach und schauten denn den schmalen Pfad entlang, um zu sehen, wovor der Bauer flüchtete. Das Mädchen erkannte Chun, drückte den riesigen Korb ihrem kleinen Bruder in die Hand, der unter der Last fast zusammenbrach. Dann lief sie hinter dem Bauern her, in der Hoffnung, schneller als er zu sein.

„Na, was habe ich gesagt?", lachte Wang.

„Ich bringe dich zu dem Arzt und gehe dann nach Hause", sagte Chun unbeirrt.

„Nein, bitte bring mich nach Hause. Den Arzt kann ich mir nicht leisten. Du hast das Bein und den Finger geschient, danke. Der Rest heilt mit der Zeit."

„Rede nicht, ich bringe dich zum Arzt", beharrte Chun. „Das werde ich bezahlen. Ich kenne den Doktor, wir einigen uns schon irgendwie."

Chun zog den Karren ins Dorf und wurde hier und dort freudig begrüßt. Sie bog von der Hauptstraße in eine kleine Gasse ab, um zum Haus des Arztes zu kommen. Vor dem Haus stand Wong und, wie immer, drei seiner Schlägertypen mit denen er sich umgab. Sie blockierten ihnen den Weg zum Haus des Arztes. Wong grinste von einem Ohr zum anderen und stellte sich vor Chun.

„Hallo Schönheit, da bist du ja wieder. Dann kann ich ja das Aufgebot bestellen", lachte er und wollte Chun im Gesicht streicheln.

Sie blockte seine Hand ab und widerstand dem Drang, ihm gleich ins Gesicht zu schlagen.

„Dein Kumpel hier hat sich verletzt", sagte Chun mit fester Stimme. „Er muss vom Arzt behandelt werden. Geht aus dem Weg!"

„Ach ja, Wang", sagte Wong und richtete seine Aufmerksamkeit auf seinen Freund. „Lässt dich hier von meiner Verlobten durch die Gegend ziehen? Steh gefälligst auf!" Wong hob seinen Freund aus dem Karren und stellte ihn auf sein gebrochenes Bein. Wang schrie auf und stützte sich auf das andere Bein. Er versuchte zu stehen und schaffte es unsicher.

„Wong, ich wollte dich informieren, dass Sie wiederkommt", stammelte Wang und hielt beschwichtigend die Hände vor dem Körper.

„Das weiß ich bereits!", donnerte Wong und griff zielsicher nach dem geschienten Finger von Wang. „Da hältst du es also für eine gute Idee, in ihren Karren zu klettern und sie dich ziehen zu lassen? Habe ich nicht gesagt, dass sich ihr keiner nähern soll?"

Wang schwitzte und stöhnte vor Schmerzen und brachte nur ein heiseres „Hast du" hervor.

„Warum hältst du dich nicht daran?", fragte Wong und bog den gebrochenen Finger so weit nach hinten, dass die hölzernen Schienen brachen.

„Hör sofort auf damit!", schrie Chun und versetzte Wong einen wuchtigen Tritt gegen sein Knie.

Wong stolperte weg von Wang, fing sich ab und hielt sich das Knie.

„Was fällt dir ein?", schrie er Chun an. „Hast du keinen Respekt vor deinem Mann?"

Wong hob die Hand und kam auf Chun zu.

„Dir werde ich Respekt beibringen!"

Wong holte zu einer Ohrfeige aus und schlug zu. Bevor sein Schlag Chun erreichte, boxte sie Wong auf die Nase. Es war kein starker Schlag, aber er reichte aus, um den Angriff des erstaunten Wong abzubrechen. Der hielt sich seine Nase, die rot wurde und anschwoll.

„Haben das dir deine Nonnen da oben gezeigt? Fühlst du dich jetzt stark?", donnerte Wong. „Du machst mich nur noch wütender!"

„Was ist hier los?", fragte ein empörter Arzt, der von dem Lärm vor seinem Haus alarmiert wurde. „Wong, was machst du hier?" Er drehte sich um uns sah Chun. „Oh, Chun, mein liebes Kind!"

„Hallo Doktor Xian! Wang hier ist in den Bergen gestürzt und hat sich das Bein und den Finger gebrochen. Ich wollte ihn zu dir bringen, aber die Herren hier wollten mich nicht durchlassen.", sagte Chun zuckersüß.

Doktor Xian funkelte Wong erzürnt an und deutete auf den verbogenen Finger.

„Das warst du doch, oder?", fragte er.

„Nein, das war schon so", antwortete Wong beschwichtigend. „Oder, Wang?"

Chun lächelte, als sie Wong´s Reaktion auf den Doktor sah. Die erste Person für ihren Plan war gefunden.

„Rede keinen Blödsinn, Wong!", rief der Doktor ihm ins Gesicht. „Soll ich deinen Vater davon informieren? Du weißt, er ist ein guter Freund von mir!"

„Ja, erzähl es ihm bitte!", mischte sich nun Chun ein. „Und sag seinem Vater auch, dass er mich schlagen wollte, aber es nicht geschafft hat."

„Du willst eine Frau schlagen?", fragte der nun vor Wut errötete Doktor Xian. „Schämst du dich nicht?"

„Keine Sorge", winkte Chun ab. „Ich mich inzwischen gut verteidigen, dieser Säufer hat keine Chance gegen mich." Chun lachte.

„Ich werd dir zeigen, wer der Boss ist!", donnerte Wong und ging wieder auf Chun los. „Wie sprichst du von deinem Mann?"

„Ich werde dich niemals heiraten!", rief Chun ihm ins Gesicht.

„Stop!", donnerte der Doktor und stellte sich zwischen Chun und Wong. „Diesen Streit werdet ihr nicht hier austragen! Und nicht mit Gewalt!"

„Doch!", widersprach Chun lautstark.

„Was?", fragte der Doktor verwirrt.

„Ich will einen Kampf!", beharrte Chun. „Eins gegen eins! Ich gegen Wong!"

„Mit welchem Zweck?", fragte der Doktor staunend.

Okay, ich verprügele dich gleich hier!", donnerte Wong und wollte wieder auf Chun losgehen. Er wurde jedoch mit einem Blick des Doktors davon abgehalten.

„Wenn Wong gegen mich gewinnt, nehme ich ihn noch dieses Jahr zum Mann und füge mich allem. Ich will eine gute Ehefrau sein und ihm viele Kinder schenken." Chun schüttelte sich innerlich vor Ekel und Entsetzen darüber, dass sie das gerade wirklich laut ausgesprochen hatte.

Wong lächelte finster und nickte. Dieses war ganz nach seinem Geschmack.

„Aber!", fuhr Chun fort. „Sollte ich gewinnen, verlange ich, dass Wong und seine ganze Sippschaft mich und meinen Vater für immer in Ruhe lässt! Kein Schutzgeld, kein Auflauern, keine Heirat, kein Wong mehr in meinem ganzen Leben!"

„Keine Sorge", grinste Wong und stieß einen seiner Schergen mit dem Ellenbogen an. „Das passiert nicht."

„Und da ich Wong nicht über den Weg traue, möchte ich, dass der Doktor, als Stütze der Gesellschaft, Schiedsrichter wird. Und ich möchte, dass mein Vater und Wongs Vater Zeugen des Kampfes werden."

Der Doktor schwieg und sah Chun lange an.

„Hast du dir das gut überlegt, mein Kind?", fragte er besorgt.

„Ja", antwortete Chun leise. „Nur so habe ich eine Chance auf ein gutes Leben. Nur so habe ich Hoffnung auf ein wenig Glück. Bitte sei der Schiedsrichter, Doktor Xian."

„Gut", beschloss der Doktor. „Der Kampf findet in zwei Stunden in meinem Hof statt. Holt die Zeugen und bereitet euch vor. Ich werde vorher noch diesen armen Tropf hier behandeln."

Der Doktor half Wang auf die Beine und stützte ihm bis zu seiner Haustür.

„Wong!", rief er aus der Haustür noch einmal hinaus und deutete auf Wang." „Die Rechnung für deine Machenschaften hier bekommt dein Vater, klar?"

Wong reagierte nicht und ging mit seinen Schergen davon. Chun zog ihren Karren weiter. Ihre Schritte lenkten sie geradewegs zum Markt, wo ihr Vater bestimmt an seinem Tofustand war. Sie freute sich auf das Wiedersehen, fragte sich aber auch, wie er wohl auf die Neuigkeiten reagieren würde.

Hier standen sie also. Chun hielt ihren Vater an der Hand, als sie an die Tür von Doktor Xian klopften.

„Bist du nervös?", fragte Lee seine Tochter.

„Ja, sehr", zitterte sie. „Aber es muss sein. Ich will meine Zukunft selbst bestimmen."

„Sie ist schon bestimmt", gab ihr Vater zu bedenken. „Du bist schon mit Man Bock Chau verlobt. Weißt du nicht mehr?"

„Oh", machte Chun. Ihren Freund aus frühester Kindheit hatte sie schon vergessen. Er war schon so viele Jahre fort, dass sie nur sich nur noch schemenhaft an ihn erinnern konnte. „Das klären wir, wenn das hier vorüber ist. Erstmal muss ich Einen loswerden, dann kümmere ich mich um den Nächsten, der mich heiraten will."

Die Tür öffnete sich und der Doktor bat die beiden hinein. Sie gingen durch ein großzügig ausgelegten Eingangsbereich, der auch als Wartezimmer für Patienten diente. Derzeit war niemand hier. Dann führte er seine Gäste durch einen Flur in seinen privaten Wohnbereich und dort durch einen weiteren Flur zu einer Tür, die in seinen Hinterhof führte. Der Hof war von hohen Mauern umgeben, so dass keine ungebetenen Zuschauer dort den Kampf sehen würden. Sie waren die Ersten hier. Der Doktor hatte mit Holzpfählen und Seilen eine Art Ring abgesteckt.

Chun atmete einmal schwer ein und aus. Dann sah sie ihren Vater an.

„Bist du nervös?", fragte sie.

„Nein", antwortete dieser gelassen.

„Warum nicht?"

„Du hast von der besten Kampfkunstmeisterin Chinas

gelernt. Wenn sie sagt, du bist so weit, dann habe ich da keine Zweifel."

„Wenigstens einer von uns", gab Chun zu.

„Da ist sie ja, meine zukünftige Frau!", rief Wong, als er durch die Tür in den Hof kam. „Ich habe mir die letzten Stunden die schönsten Dinge ausgemalt, die ich mit dir mache, wenn wir erst verheiratet sind."

„Schauen wir mal, ob es dazu kommt", entgegnete ihm Chun ruhig.

„Mein Sohn wird den ganzen Unsinn hier schnell beenden", stellte Wong´s Vater fest.

„Dass Sie sich da mal nicht täuschen", gab Lee zu bedenken. „Meine Chun steckt voller Überraschungen."

Der Vater von Wong sah Lee nun zum ersten Mal an und musterte ihn genau.

„Wir scheinen uns noch nicht zu kennen", sagte er und sah Lee tief in die Augen. „Mein Name ist Heung Xiaolong. Wir werden bald schon miteinander Verwandt sein."

Jetzt wurde Lee nervös. All die Jahre hatte er es geschafft, sich unsichtbar für die Triaden zu machen und nun traf ihn die volle Aufmerksamkeit eines hohen Mitglieds. Er wollte ihm die Stirn bieten, aber zügelte sich zu Ruhe. Er durfte nicht zu frech werden.

Xiaolong streckte Lee die Hand entgegen.

„Mein Name ist Yim Lee. Warten wir doch den Kampf ab, bevor wir unser Verwandtschaftsgrad bestimmen", sagte Lee und gab Xiaolong ebenfalls die Hand.

„Yim Lee", murmelte Xiaolong und sah ihm dabei direkt in die Augen. „Der Name sagt mir etwas."

Lee schwitzte nun.

„Ich bin der Vater von Yim Wing Chun. Bestimmt hat

Wong mich schon öfter erwähnt."

Xiaolong dachte nach und ließ Lee dabei nicht aus den Augen.

„Das kann sein", sagte er langsam. „Vielleicht kommt mir der Name daher bekannt vor."

Lee schluckte.

„Xiaolong, Herr Yim", eröffnete Doktor Xian das Zusammentreffen und verbeugte sich in Richtung der Väter. „Wong, Chun", fuhr er fort und verbeugte sich in Richtung der Kämpfer. „Dieses hier ist eine ernste Angelegenheit. Bevor ich hier irgendetwas veranlasse, regele oder bezeuge, möchte ich, dass alle hier anwesenden mir versichern, hoch und heilig schwören, dass sie sich an die Vereinbarungen, die hier und heute getroffen werden, halten werden!"

Alle Anwesenden nickten, aber das reichte dem Doktor nicht.

„Yim Wing Chun hat Wong zu einem Kampf herausgefordert und mich als Schiedsrichter bestimmt. Der Kampf wird meinen Regeln folgen. Wenn einer der beiden Kämpfer nicht mehr kämpfen kann oder aufgibt, ist der Kampf vorbei. Ist das allen klar?"

Alle Anwesenden nickten erneut.

„Sollte Wong als Sieger hervorgehen, wird ihm Yim Wing Chun noch vor dem Neujahrsfest zur Frau gegeben. Sie wird die Ehe achten und ihre Pflichten erfüllen. Sie wird ihm viele Kinder schenken und eine gute Ehefrau sein! Yim Lee, wirst du dafür sorgen, dass deine Tochter dies erfüllt?"

Lee nickte langsam.

„Sag es bitte", forderte ihn der Doktor auf.

„Ich werde dafür sorgen, dass Chun ihre Pflichten erfüllt, sollte sie verlieren", sagte Lee laut.

„Sollte Chun als Siegerin hervorgehen, wird Wong sie für den Rest ihres Lebens nicht mehr behelligen. Er wird kein Schutzgeld mehr von der Familie Yim eintreiben und sie werden auch von anderen Schikanen und Sanktionen von Wong, seiner Familie und den Drachenbrüdern verschont bleiben! Xiaolong, alter Freund, wirst du dafür sorgen, dass dein Sohn dies einhält?"

„Nun, mein Sohn kann nicht für die Organisation sprechen", begann der Vater.

„Xiaolong!", unterbrach ihn der Doktor rüde. „Du kannst für sie sprechen. Wirst du dafür sorgen?"

„Ja, ich werde dafür sorgen, dass die Familie Yim in Zukunft Luft für uns ist, falls die Kleine gewinnt. Aber dazu wird es nicht kommen, also verspreche ich es ruhigen Gewissens."

„Nun gut", sagte der Doktor. „Dann bin ich bereit, den Kampf zu eröffnen. Würden die Kämpfer hier zu mir kommen?"

Chun stand nun auf der einen Seite der vorbereiteten Fläche und Wong auf der anderen. Nun galt es, jetzt war die Chance für Chun. Der Kampf war freigegeben.

„Und, welchen Stil haben dir diese armseligen Nonnen beigebracht", fragte Wong grinsend. „Die Gottesanbeterin? Den Tigerstil? Den Kranichstil?"

Aus jedem Stil, den Wong nannte, machte er ein paar Techniken und stellte sich in die jeweilige Grundstellung.

„Was können sie dir in der kurzen Zeit schon beigebracht haben?", winkte er ab und drehte Chun provokant den Rücken zu. „Ich gebe dir noch eine Chance, dein schönes Gesicht nicht eingeschlagen zu bekommen. Gib jetzt auf und werde meine Frau. Lassen wir diesen lächerlichen Kampf und kommen gleich zum Unausweichlichen."

Wong grinste dämonisch und griff sich provokant in den Schritt.

„Sie haben mir zu Anfang die Grundstellung gezeigt", sagte Chun und stellte sich kurz in die Reiterstellung, um danach wieder in die Grundstellung des neuen Stils zu wechseln. „Aber noch einiges mehr. Ich heirate dich nicht, weil du gleich verlieren wirst."

Wong drehte sich blitzschnell um und griff mit einem harten, schnellen und hohen Tritt zum Kopf von Chun an. Es war ein Tritt, mit dem Wong schon so manchen Kampf vorzeitig beendet hatte, er kam Ansatzlos und zu schnell für die Augen. Doch Chun stand nicht mehr dort, wo Wong sie vermutete. Sie folgte den Regeln der Nonne. Der Weg war frei, also stieß sie vor. Sie stand direkt vor Wong, blockte den Tritt an seinem Knie ab, nahm seinen Schwung auf und schickte seine ganze Kraft durch eine Wendung mit einem Faustsstoß zum Kehlkopf an Wong zurück. Dieser taumelte mit großen Augen zurück, hielt mit beiden Händen seinen Hals und röchelte. Wong rang nach Luft und wurde rot. Der Doktor wollte den Kampf abbrechen, doch Wong winkte ab und richtete sich wieder auf.

„Weiter!", krächzte er. „Glückstreffer!"

„Jetzt weiß ich wieder, woher ich Ihr Gesicht kenne, Herr Yim", sagte Xiaolong, ohne den Kampf aus den Augen zu lassen.

„Ja?", fragte Lee, dessen Magen sich nun umdrehte. „Woher?"

Wong war nun wütend. Wie konnte sie sich erdreisten, einen Mann, *ihren* Mann zu schlagen. Diese Frau gehörte bestraft! Er griff mit aller Härte und Schnelligkeit an, das Gesicht zur Fratze verzogen. Aus seinen Augen sprühte purer Hass. Jeder Schlag und jeder Tritt, den Wong gegen Chun richtete, traf entweder ins Leere, oder wurde umgehend noch stärker an Wong zurückgeleitet.

„Ihr Bild ging vor über zehn Jahren mal als Steckbrief durch ganz China.", sagte Xiolong.

Lee schluckte. Jetzt gab es keinen Ausweg mehr. Auch er müsste sich nun seinem größten Feind stellen, seinen größten Ängsten.

„Warum ging ein Bild von mir durch das Land?", fragte er.

„Sie stammen aus Longmen, richtig?", fragte Xiaolong.

„Ja", sagte Lee und trat die Flucht nach vorn an. „Wir hatten einige Missverständnisse, die erheblichen Ärger nach sich zogen. Es war besser, diesen Ort zu verlassen." Nun war es raus.

Xiaolong lächelte.

Chun, die anfangs noch zaghaft und nervös war, hörte nun auf, nur auf die Angriffe von Wong zu reagieren. Sie gewann mit jeder Minute, die sie sich gegen Wong behauptete, mehr Selbstsicherheit und griff jetzt selbst an. Wieder sah sie erfreut, dass auch Wong Abwehr und Angriff nicht verbinden konnte und je schneller und härter Chun angriff, desto defensiver wurde Wong. Sie bearbeitete seinen gesamten Oberkörper mit Kettenfauststößen, immer schneller, immer härter. Die kläglichen Versuche von Wong, selbst anzugreifen, wehrte Chun fast mühelos ab und deckte die so entstandene Lücke mit harten Fauststößen ein.

„Der kleine Hilfspolizist, der glaubte, die mächtigen Drachenbrüder zu besiegen", erinnerte sich Xiaolong amüsiert. „Die ganze Organisation wollte wissen, wer denn so dumm war. Die großen Bosse zahlen ein Vermögen, wenn die zu ihnen gebracht werden."

„Dann ist meine Flucht hier und heute wohl vorbei", sagte Lee tonlos. „Macht mit mir, was ihr wollt, aber bitte lasst meine Tochter leben."

Xiaolong beobachtete einen Moment lang das Kampfgeschehen.

„Sie ist eine gute Kämpferin mit einem starken Willen", sagte er. „Ich stehe zu meinem Wort. Der Ausgang des Kampfes bestimmt unser aller Zukunft. Sollte mein Sohn siegreich sein, werden Sie den Sonnenuntergang nicht mehr erleben. Und Chun wird noch eine Weile die Gespielin meines Sohnes, bis sie dasselbe Schicksal ereilen wird."

„Zum Glück sieht es gerade nicht so aus, als würde er siegen", lächelte Lee verzweifelt.

Wong wich zurück und machte einen kraftvollen Fußstoß. Chun blockte ihn mit dem Schienbein, zog dabei ihren Fuß an und trat Wong während des Blocks mit der Fußspitze kraftvoll gegen den Oberschenkel. Dann glitt Chun mit dem Block an der Wade entlang und führte Wong in einen langen Ausfallschritt. Als sein Fuß den Boden berührte, sah Chun die große, ungedeckte Stelle und trat erneut mit der Fußspitze zu.

Wong hielt sich seine besten Stücke schmerzerfüllt mit beiden Händen und beugte sich nach vorn. Chun trat gerade nach vorn, mitten in Wongs Gesicht und stieß ihn nach hinten. Wong fiel auf den Rücken und schlug mit dem Hinterkopf auf den sandigen Boden des Hinterhofs auf.

„Ich zähle jetzt bis zehn. Wenn Wong bis dahin nicht kampfbereit steht, erkläre ich Chun zum Sieger", verkündete der Doktor und verschaffte Wong dadurch etwas mehr Zeit.

Er zählte langsam und bedächtig bis zehn, doch Wong schaffte es nur, sich vom Rücken in die Seitenlage zu drehen. Bei dem Versuch, sich aufzurichten, flammten die Schmerzen so stark wieder auf, dass er in die zusammensackte.

„Hiermit erkläre ich Chun zur Siegerin!", verkündete der Doktor. „Ich verlange von allen beteiligten, dass sie sich nun an die Vereinbarungen halten!"

Lee wagte es erst jetzt, Xiaolong anzusehen. Dieser sah zum Doktor und nickte dann langsam.

„Herr Yim, Sie und Chun sind nun Luft; für meine Familie und die Organisation. Ich wünsche ihnen alles Gute für die Zukunft und beglückwünsche Sie zu ihrer wunderschönen und starken Tochter. Ihre Flucht ist zu Ende, viel Erfolg mit ihrem Tofustand. Er soll recht bekömmlich sein, wird erzählt. Vielleicht werde ich ihn einmal probieren." Xiaolong wandte sich an Chun und den Doktor. „Werte Dame, alter Freund, das war eine willkommene Abwechslung. Ich bedanke mich für diesen erkenntnisreichen Tag und beglückwünsche die verdiente Siegerin des Kampfes. Ich werde dafür sorgen, dass auch mein Sohn sich an die Vereinbarung hält. Nun bitte ich um Erlaubnis, dass zwei meiner Mitarbeiter meinem Sohn helfen, vom Hinterhof in dein Behandlungzimmer zu gelangen, Xian."

Zwei große und gut gebaute Männer wurden in den Hinterhof gelassen. Sie halfen Wong auf und stützten den aus Mund und Nase blutenden, die Hände zwischen seine Beine haltenden Verlierer des Kampfes. Langsam humpelte er zur Tür und drehte sich zu Chun um.

„Das hat noch ein Nachspiel!", grollte er. „Du wirst keine Minute mehr sicher sein, ich werde dich …"

„NEIN!"

Xiaolong sprach zwar nicht laut, aber seine Stimme durchdrang alles, hallte an der Mauer und dem Haus wider. Vögel flogen vor Schreck davon, Grillen zirpten nicht mehr, ehrfürchtige Stille breitete sich aus. Ein Wort, mit der Endgültigkeit eines gottgleichen Urteils ausgesprochen, ließ sogar Wong vor seinem Vater in Ehrfurcht erstarren. Das erste Mal seit einer Ewigkeit sprach Xiaolong ein Machtwort gegen seinen Sohn.

„Wir sind seine ehrbare Familie", sprach Xiaolong und funkelte seinen Sohn zornig an. „Wir stehen zu unserem Wort. Du hast dich auf diesen Kampf zu diesen Bedingungen eingelassen! Du trägst die Konsequenzen! Wir stehen zu unserem Wort!"

„Aber wir…", begann Wong trotzig.

„Kein Aber!", befahl Xiaolong. „Wir könnten mit einem Fingerschnipsen das ganze Dorf auslöschen. Diese Macht besitzen wir. Doch unsere Familie und vor allem die Organisation sind ehrenvoll! Wir halten uns an Vereinbarungen! Wir respektieren Verträge! Wir hätten Herrn Yim einfach töten können und Fräulein Yim dir und deinesgleichen zum spielen überlassen können. Doch du in deiner grenzenlosen Selbstüberschätzung hast eine Vereinbarung mit Fräulein Yim getroffen! Ich habe den Bedingungen zugestimmt. Du hast ihnen zugestimmt! Und wir werden uns daran halten!"

Wong setzte zu einer Antwort an, doch sein Vater kam

ihm zuvor.

„Wage es nicht, auch nur einen Ton zu sagen!", zischte er, und versuchte, die große Wut auf seinen Sohn zu unterdrücken. „Bringt ihn hinein, meine Herren."

Xiaolong ging langsam ebenfalls zur Tür und drehte sich zu den verbliebenen im Hof um.

„Verehrte Dame, meine Herren, ich gehe davon aus, dass dieser Nachmittag absolut diskret behandelt wird. Ich glaube, es wird auch Zeit, die Zügel bei meinem Sohn anzuziehen. Xian, mein Guter, danke für die Gastfreundschaft und deiner unparteiischen Hilfe. Ich finde den Weg allein. Einen schönen Tag für alle."

Xiaolong deutete eine Verbeugung an und verlies den Hinterhof.

„Das lief doch ganz gut", sagte der Doktor und drehte sich zu einem schwitzenden und kreidebleichen Lee um. „Meinen Glückwunsch!"

„Wir müssen hier weg", stotterte Lee. „Sofort, auf der Stelle!"

„Warum denn?", fragte Chun. „Lief doch alles gut."

„Nein", sagte Lee. „Ich kenne die Drachenbrüder. Wir sind alle tot, wenn wir hier bleiben. Egal, wohin, wir müssen alle schnell ganz weit weg von hier!"

Lee nahm Chun an die Hand und zog sie zur Tür des Hinterhofs.

„Warte, es ist alles geklärt!", rief Chun und versuchte, sich von ihrem Vater loszureißen.

„Nein, sie werden sich nicht daran halten!", schrie Lee. „Wir haben sie gedemütigt und sie werden sich rächen!"

Chun riss sich von ihrem Vater los.

„Stop!" rief sie ihm entgegen. „Es ist anders, als du

glaubst!"

„Sie hat recht, wenn ich mich einmischen darf", stimmte der Doktor Chun zu.

Lee verharrte in einer Fluchtbewegung und sah ungläubig von einer zum anderen.

„Wie ist es denn?", fragte er immer noch ein wenig panisch.

„Kennst du Wang?", fragte sie ihren Vater, wohl wissend, dass er das verneinen würde. „Wang ist mit Wong aufgewachsen und kennt die Familie und ihre Geschichte wie kein Zweiter."

„Na ja", gab der Doktor zu bedenken. „Außer mir natürlich."

„Und was ist mir diesem Wang?", fragte der Vater ungeduldig.

„Sagen wir, er ist mir bei der Rückkehr hier her vor die Füße gefallen. Zwei Mal."

Ihr Vater verzog fragend das Gesicht.

„Egal, andere Geschichte.", winkte Chun ab. „Er war verletzt und ich zog ihn in meinem Karren bis zu Doktor Xian. Dabei erzählte er mir viel über Wong, seinen Vater und Doktor Xian."

„Komm zur Sache, Mädchen", drängte Lee und stellte sich ungeduldig von einem Bein aufs Andere.

„Nun gut. Die Organisation lässt hier in der Provinz ihre Mitglieder untertauchen, die eine Weile verschwinden müssen. Dafür lässt sie die Bewohner hier in Frieden leben. Das haben alle verstanden, bis auf Wong. Wong glaubt, mit seinen Schikanen und Schutzgelderpressungen den Drachenbrüdern zu helfen. Sehr zum Missfallen seines Vaters, aber er lässt ihn gewähren, weil Wong so etwas zu tun hat und nicht weiter die großen Geschäfte der

Drachen stört. Was seinem Vater aber mit der Zeit immer mehr ein Dorn im Auge ist, sind Wongs Saufgelage und seine Überheblichkeit. Wang sagte, Xiaolong überlegte schon manches Mal, Wong für sein Verhalten zu bestrafen. Aber das würde ein schlechtes Licht auf die Familie und die Organisation werfen. Wang erwähnte, dass sich Wong´s Vater oft wunderte, dass Wong im Dorf nicht die Stirn geboten wurde."

„Ja warum wohl?", warf Lee ein. „Wer legt sich denn mit dem Sohn eines der Drachenbrüder an? Hier ist doch keiner Lebensmüde!"

„Genau das sagte ich Wang auch", fuhr Chun fort. „Er meinte derjenige natürlich mit Repressalien rechnen müsse, wenn jemand Wong einfach auf offener Straße schlägt. Er sagte aber auch, dass sein Vater sich bestimmt innerlich darüber freuen würde. Wir unterhielten uns noch länger darüber und kamen dann irgendwann dahin, dass man Wong in einem Kampf mit Zeugen besiegen müsse. Am besten mit seinem Vater und einem Zeugen, dem der Vater blind vertraute und ihm hohen Respekt entgegenbrächte. Auf die Frage, wer dieser Zeuge sein müsse, antwortete Wang sofort, dass das nur Doktor Xian sein könne."

„In der Tat", pflichtete der Doktor bei. „Xiaolong und ich kennen uns seit meiner Zeit als Medizinstudent. Ich habe ihn und seine verstorbene Frau einander vorgestellt. Wir haben uns von Anfang an sehr gut verstanden. Wir sind vom selben Schlag. Nur, dass ich Arzt geworden bin und er … nun einen anderen Weg einschlug. Xiaolong vertraut mir und ich vertraue ihm. Glauben Sie mir, Herr Yim. Er hält sich an sein Wort."

„Ja, das sagte Wang auch. Außer Wong ist die Familie

sehr ehrenvoll und duldet keine Abweichungen von Vereinbarungen oder das Brechen von Versprechen. Wong hat nun Vereinbarungen unter den Augen seines Vaters getroffen und dieser hat nun endlich etwas gegen seinen Sohn in der Hand. Würde Wong die Vereinbarungen brechen, könnte ihn sein Vater hart bestrafen und die Familie würde dabei nicht einmal ihr Gesicht verlieren", strahlte Chun.

„Und noch besser", ergänzte der Doktor. „Sollte Wong die Vereinbarung brechen, würde Xiaolong Schande über seine Familie bringen, wenn er Wong *nicht* hart dafür bestraft!"

„Das ist schön für dich, Chun. Aber die Drachenbrüder suchen mich. Uns. Sie wollen mich töten. Darum sind wir doch hier her geflohen!", sagte Lee panisch.

„Also erstmal lautet die Vereinbarung, dass unsere Familie nicht mehr behelligt wird, nicht nur ich", belehrte Chun ihren Vater.

„Und als Zweites denke ich, Sie können Ihre Freiheit als Geschenk von Xiaolong sehen. Er hat heute zwei seiner Herzenswünsche von Ihrer Tochter bekommen. Eine Niederlage seinen Sohnes mit eigenen Augen zu sehen und die Möglichkeit, ihn endlich für sein Verhalten abzustrafen."

„Ich bin noch nicht ganz überzeugt", sagte Lee unsicher.

„Vertau mir einfach mal", drängte Chun.

„Ihre Tochter ist ein schlaues Köpfchen", sagte der Doktor. „Sie können sehr stolz auf sie sein."

Die Tage vergingen und Lee lebte noch. Obwohl er ständig damit rechnete, hinter der nächsten Ecke auf seinen Mörder zu treffen, passierte nichts. Das Leben ging weiter und Stück für Stück kam die Normalität zurück und verdrängte seine Todesängste und die Paranoia. Am Tofustand gab es viel zu tun. Chun half fleißig mit und schien Lee nun lebensfroher. Chun strahlte innerlich, und übertrug ihre Lebensfreude auf jeden, der mit ihr sprach.

Heute konnten sie besonders viel verkaufen. Es war ein sonniger Tag und es war besonders viel los auf dem Markt. In der hin und her wuselnden Menschenmasse erblickte Chun Wong und ein Schatten huschte über ihr Gesicht. Wong kam direkt auf den Tofustand zu. Chun widerstand dem Reflex, sich zu verstecken und spannte ihre Muskeln an. Sie trainierte täglich ihre Kampfkunst und war bereit für einen Rückkampf mit ihm. Wong sah zu Chun. Dann sah er wieder weg und ging am Tofustand vorbei ohne ihr oder ihrem Vater Aufmerksamkeit zu schenken. Klar, Wong lebte immer noch hier, ab und an würde man sich über den Weg laufen. Chun entspannte sich wieder. Wong schien Wort zu halten.

„Hast du mich vermisst?", erklang plötzlich eine Stimme nah an ihrem Ohr. Aus Reflex schlug Chun zu. Ihr Schlag wurde jedoch abgeblockt. Erschrocken sah sie in das Gesicht von Mui.

„Hast du mich vielleicht erschreckt!", stieß sie erleichtert aus und umarmte die Nonne kurz.

„Das habe ich gesehen. Deine Schläge sind schnell und hart, gut. Aber trainiere weiter.", sagte Mui. „Wir beide haben heute etwas zu tun." Mui deutete auf die Holzwerkstatt.

„Ich mache gleich hier Schluss", sagte Chun. „Vater übernimmt dann. Er freut sich bestimmt, dich zu sehen."

„Das stimmt", sagte Lee hinter Chun und lächelte Mui an. „Es ist eine Freude, dich wiederzusehen."

Mui sah Lee tief in die Augen und lächelte.

„Unsere Trainingsgeräte sind fertig!", freute sich Chun. „Ich habe der Meisterin versprochen, ihr dabei zu helfen, ihres hoch in den Tempel zu bringen."

„Das kann ich doch für dich erledigen", schlug Lee vor, ohne den Blick von Mui zu nehmen.

„Deine Tochter hat wieder etwas Ausdauertraining nötig", entgegnete Mui. „Es wird ihr gut tun, mir zu helfen."

Lee und Mui sahen sich weiterhin an und für einen Moment bestand die Welt nur aus zwei Menschen.

„Halloho!", holte Chun die beiden in die Wirklichkeit zurück, indem sie ihre Hand in das Blickfeld schob.

„Chun und ich haben viel zu tun", sagte die Nonne und wandte sich ruckartig von Lee ab. „Komm, wir müssen bis zum Abendessen im Tempel sein. Hopp Hopp!"

Mui und Chun gingen zum Schreiner und holten zuerst den hölzernen Mann für Chun ab. Die legten ihn auf den mitgebrachten Handkarren und brachten ihn zu Mui´s Elternhaus, in dem Chun und ihr Vater wohnten. Sie brachten ihn in den Garten und befestigten ihn provisorisch an der Hauswand.

„Hält und funktioniert erstmal", beschloss Mui. „Du musst ihn noch richtig an der Wand befestigen, aber das hier ist ein guter Platz zum Üben."

Dann gingen sie zurück zum Schreiner, luden den zweiten hölzernen Mann auf den Karren und machten sich auf den Weg zum Tempel des Weißen Kranichs. Chun hatte Mui viel zu berichten, wie sie es geschafft hatte, dass Wong und die Drachenbrüder sie und ihre Familie in Ruhe ließen. Aber vor allem, dass sie Wong im Kampf geschlagen hatte und wie sie dieses vollbracht hatte.

Mui bestand darauf, dass sie jede Stunde eine Pause einlegten und achtete darauf, dass Chun nicht mitbekam, dass sie sich immer wieder den Knöchel rieb.

„Deinem Fuß geht es nicht besser?", fragte Chun, die es natürlich bemerkt hatte.

„Das schwankt von Zeit zu Zeit", spielte Mui ihre Schmerzen herunter. „Gerade ist es mal wieder schlechter."

„War es denn überhaupt mal irgendwann besser? Das Schwanken geht seit einiger Zeit nur in eine Richtung, findest du nicht? Vielleicht sollte sich Doktor Xian das mal ansehen?"

„Nein, ich bin selbst eine gute Heilerin! Ich gehe nicht zu so einem neumodischen Doktor[20]!"

„Aber dich selbst zu heilen vermagst du nicht", bemerkte Chun.

„Werd nicht frech, To Dai!", tadelte Mui und stand wieder auf. „Los, es liegt noch viel Weg vor uns und die Zeit wird knapp."

Als sie das Tor des Tempels erreichten, lud Mui Chun noch ein, mit ihr im Tempel zu essen. Nach dem Abendessen ersetzten Chun und Mui den hölzernen Mann im Dämmerlicht der letzten Sonnenstrahlen. Dann setzten sie sich auf die Treppe des Hauptgebäudes, dessen Eingang mit Fackeln erhellt wurde.

„Habe ich mich eigentlich jemals für meine Ausbildung

bedankt?", fragte Chun nach einer Weile.

„Ich glaube, mehrmals", antwortete Mui.

„Nun, ich möchte dir etwas schenken", beschloss Chun fasste in ihre Tasche. „Ich habe dieses hier von einem sehr guten Freund geschenkt bekommen. Ich möchte es dir geben. Es soll dich an mich erinnern."

Chun gab Mui ein Stück Stoff, in dem etwas eingewickelt war. Mui wickelte es aus und war einen Moment lang den Tränen nahe.

„Woher hat es dein Freund?", hauchte sie.

„Er sagte, er hat es als kleiner Junge von einer Nonne oben im Norden bekommen und soll darauf aufpassen. Er wollte es ihr wiederbringen, aber sein Vater bereiste diese Gegend nie wieder. Jetzt ist er seit sechs Jahren weg und erlernt den Beruf seines Vaters. Ich glaube, er hat mich oder das Mala längst vergessen."

„Warum will er Gewürzhändler werden?"

Chun sah Mui erstaunt an. „Wie kommst du auf Gewürzhändler?"

„Oh, ich weiß nicht", sagte Mui und erinnerte sich an den hektischen Vater, der seinen kranken Sohn ins Kloster brachte. „Ich habe geraten."

„Nun, sein Vater ist tatsächlich Gewürzhändler, aber Chow lernt den Beruf des Salzkaufmannes. Ist ähnlich, aber irgendwie auch doch nicht. Er hat es kurz vor seiner Abreise versucht, mir zu erklären, aber ich war viel zu traurig, dass er ging."

Mui schwieg. In ihrem Kopf tauchten längst vergessene Bilder auf, von der Beerdigung ihrer Mutter, ihrem Großvater und wie er ihr zum Abschied eine Gebetskette aus Jade schenkte. Mui warf nur einen kurzen Blick auf diese Kette, die Chun ihr schenkte, und wusste, dass diese

Kette das Geschenk von ihrem Großvater war. Ob er noch lebte? War er noch in Tibet? Mui dachte an ihren Vater. Er war noch im Shaolinkloster in Henan. Wie es ihm wohl geht?

„Wir sollten jetzt schlafen gehen", sagte Mui und umarmte Chun plötzlich. „Danke für diese schöne Kette."

Chun erschrak. Das hatte Mui noch nie getan. Doch als sie die ehrliche Dankbarkeit spürte, wusste Chun diese kleine Geste um so mehr zu schätzen.

„Nichts zu Danken. Falls Chow je wiederkommt, wird er schon verstehen, warum ich seine Kette weitergegeben habe. Ja, gehen wir schlafen."

Seine Kette, dachte Mui, während sie zu den Schlafräumen gingen, wenn du wüsstest, Mädel. Aber Mui war zu müde und dankbar, als dass sie Chun nun stellvertretend für Chow eine Standpauke halten würde.

„Falls dein Chow wiederkommt, musst du ihn mir unbedingt mal vorstellen", sagte Mui stattdessen. „Schlaf gut."

„Das mach ich bestimmt", antwortete Chun. „Gute Nacht, Meisterin."

Am nächsten Morgen frühstückte Chun das letzte Mal gemeinsam mit den Nonnen im Tempel des Weißen Kranichs. Sie verabschiedete sich lange und herzlich von allen und machte sich auf den Weg zurück ins Dorf. Sie achtete auf die Umgebung, aber außer einem Hirsch, acht Kaninchen und jeder Menge Insekten sah sie niemanden. Als die Reisfelder begannen, sahen die Menschen kurz auf, grüßten freundlich und gingen weiter ihrer Arbeit nach. Chun fühlte eine unglaublich Last von ihren Schultern fallen. Wong ließ sie nicht mehr beschatten.

Einige Zeit nach dem Kampf von Chun gegen Wong, der Alltag hielt längst wieder Einzug in das kleine Dorf, kamen Gerüchte auf. Niemand wagte es, sie laut auszusprechen oder einen der Beteiligten darauf anzusprechen. Dennoch hielten sich die Gerüchte hartnäckig. Am Fluss tratschten die Frauen beim Waschen. In der Taverne tuschelten die Männer hinter vorgehaltener Hand. Nachts im Ehebett wurden dann die Informationen zwischen den Geschlechtern synchronisiert.

Eine Frau hat Wong in einem Kampf geschlagen. Mit einem unbekannten Kampfstil!

Xiaolong hatte seine Ohren überall und hörte ebenfalls von dem Gerücht. Und er hörte sich ebenfalls um, welcher Mund diese Worte wohl ausgesprochen hatte. Der Doktor war ein Ehrenmann seine Lippen waren versiegelt. Die Yims hielten ihr Wort. Sie hatten zu viel zu verlieren, würden sie sich nicht daran halten. Wong selbst war viel zu stolz, als dass er eine Niederlage eingestehen würde. Nachdem er dieses trotzdem überprüft hatte, stellte er sich die Frage, wer von dieser Sache noch wissen könnte.

Xiaolong blickte aus dem Fenster und nickte sich selbst zu. Er ließ seinen Verdacht durch einen speziellen Mitarbeiter überprüfen. Die Handlanger von Wong, die ihn nach dem Kampf in das Behandlungszimmer trugen, erzählten dem Mitarbeiter, was sie durch das Fenster gesehen hatten und wie Wong danach aussah.

„Wenn man nicht auf alles aufpasst", sagte Xiaolong zu sich selbst, als er die undichte Stelle gefunden hatte.

Die Handlanger verschwanden aus der Welt.

Die Gerüchte blieben.

***

Zwei Jahre waren seit dem Kampf gegen Wong vergangen, als ein Karren auf den Dorfeingang zusteuerte. Decken und Stoffe sicherten die Ladung, die aus Tischen, Stühlen und jeder Menge kleiner Holzkisten bestand. Hängende Öllampen und zum trocknen aufgehängtes Gemüse schaukelte wild hin und her. Vor dem Karren zog ein gut genährtes, stattliches, braunes Pferd scheinbar mühelos den Karren. Ein junger Mann, Anfang zwanzig pfiff ein Lied, während er auf eine junge Frau aufmerksam wurde, die ebenfalls auf der Straße ging.

„Hallo, verehrte Frau", begrüßte er sie. „Können Sie mir sagen, ob die Yims noch hier wohnen?"

„Was wollen sie denn dort?", fragte sie den in feinen Stoffen gekleideten, gut aussehenden Mann.

„Ich bin ein alter Freund der Familie. Ich habe früher auch mit meinem Vater hier gewohnt. Ich möchte sie besuchen"

„Und dann weißt du nicht, wo sie wohnen?"

„Ja, ich bin mir nicht mehr ganz sicher, ob sie noch hier sind. Ich war lange fort"

Chun sprang auf den Karren und setzte sich zur großen Überraschung des Mannes direkt neben ihn.

„Da wird sich Vater aber freuen, dass du ihn mal wieder besuchst", sagte Chun und lächelte Chau an.

„Chun?", fragte er mit großen Augen. „Wow! Ich meine … Wow! Ähm, du siehst … Du bist …"

„Sprich dich ruhig aus", sagte Chun und rollte mit den Augen. „Oder fahr los, sonst stehen wir morgen noch hier."

„Schön, dich wiederzusehen", sagte Chau mit hochrotem Kopf und setzte den Karren wieder in Bewegung.

„Ich freue mich auch", lächelte Chun.

Noch im selben Jahr fand die Hochzeit zwischen Chun und Chau statt. Nach der Trauung gab es ein großes Festessen, zu dem auch Ng Mui eingeladen wurde.

„Chau", rief die Braut ihrem Bräutigam. „Ich muss dir eine gute Freundin und meine Meisterin vorstellen! Sie hat mir das Kämpfen beigebracht!"

Chau sah in das Gesicht der Nonne, riss die Augen und den Mund auf und ließ das Glas fallen, dass er in der Hand hielt.

„Chun, die Kette!", blaffte er seine frischgebackene Frau an.

„Welche Kette?", fragte sie, verwirrt über sein Verhalten.

„Die grüne Mala! Die Gebetskette aus Jade! Wo hast du sie?"

Mui lächelte finster. Der junge Mann schien sich wirklich an sie zu erinnern und hatte ein Gewissen. Ein Schlechtes im Moment, aber sie kostete diesen Moment sehr aus.

„Ich habe sie nicht mehr. Warum willst du das wissen?"

„Schwester Mui, es tut mir sehr leid! Mein Vater sagte damals, wir würden bald wieder zum Kloster kommen und dann hätte ich Ihnen die Kette zurückgegeben. Ich war damals noch ein Kind und habe meinem Vater geglaubt."

„Und darum hast du sie einfach mitgenommen? Du hättest sie im Zimmer zurücklassen können"

„Ich wollte nur darauf aufpassen, wie ich es Ihnen versprochen hatte. Sie war wunderschön", sagte Chau zu Nonne. „Bitte hol die Kette! Sie gehört nicht mir oder dir", flehte er Chun an.

„Ich habe sie verschenkt", sagte Chun.

„Was?", fragte der schockierte Chau.

„Deine Frau hat deine Tat wieder gut gemacht, ohne es zu wissen", lächelte Mui.

„Als Dank für die Ausbildung schenkte ich die Mala weiter. Ich dachte zu dem Zeitpunkt nicht, dass du jemals wiederkommst. Du warst acht Jahre fort", erklärte Chun.

Chau lächelte eine Mischung aus Erleichterung und Verzweiflung.

„Dann haben Sie ihre Kette wiederbekommen?"

Mui nickte und zeigte sie Chau.

„Oh, das freut mich. Es tut mir sehr leid, dass ich sie überhaupt mitnahm."

„Nun, ihr beiden, ich gratuliere euch herzlich zu eurer Vermählung", begann Mui. „Diese Mala hier bekam ich als Kind von meinem Großvater. Er bekam sie von einem hohen buddhistischen Meister in Tibet geschenkt. Sie wurde gesegnet und ist das Einzige, was mir von ihm geblieben ist. Da ich den geistlichen Weg gewählt habe, werde ich sie nicht an meine Kinder weitergeben können. Darum würde ich mich freuen, wenn sie dir, liebe Chun, ebenso viel bedeuten wird, wie mir."

Mui überreichte die Mala aus Jade Chun, die sie vorsichtig entgegen nahm.

„Dieses Erbstück ist mein Geschenk an euch. Ihr habt sie sowieso die meiste Zeit gehabt."

Aus den Augenwinkeln sah Mui, wie Chau zusammenzuckte und freute sich darüber.

„Halte sie in Ehren und gib sie beizeiten deinen Kindern weiter", sagte Mui zu Chun.

„Das werde ich. Vielen Dank, Meisterin!"

„Aber gib sie nicht deinem Mann in die Hände! Der verschenkt sie nur wieder", zwinkerte Mui Chun zu.

Chau verzog wieder das Gesicht. Chun lachte. Mui verabschiedete sich und verließ die Feier.

„Du gehst, ohne auch nur ein Wort?", erklang Lee´s Stimme hinter Mui.
Zu ihrem entsetzen bemerkte sie, wie ihr Herz einen Sprung machte.
„Ich wollte dem Brautpaar nur gratulieren und mein Geschenk überreichen", antwortete Mui und drehte sich um. „Das hab ich getan und nun gehe ich wieder."
„Ich möchte dich um einen Tanz bitten."
„Nonnen tanzen nicht."
„Dann bleib noch und iss etwas mit mir."
„Nonnen …"
„… essen nicht?", fragte Lee und lächelte. „Das kannst du mir nicht erzählen, Mui."
„Na gut, aber nur einen kleinen Bissen", seufzte Mui betont genervt. Aber innerlich freute sie sich. Und das verwirrte die Nonne.
Drei Stunden später verließ eine leicht angetrunkene und pappsatte Nonne die Hochzeitsfeier mit dem Vater der Braut.
„Lee, ich werde nicht hier bleiben"
„Ich verlange nichts von dir, was du nicht willst."
„Ha, du verschlagene Hyäne, nicht, was du denkst!", blaffte Mui und gab Lee einen Klaps auf den Hinterkopf. „Ich bin immer noch eine Nonne, das wird nie passieren!"
„Ja", sagte Lee verträumt und erntete dafür noch einen Schlag gegen den Hinterkopf.
„Ich werde weiter ziehen. Wieder in Richtung Norden. In die Provinz Henan vielleicht."
„Schade", sagte der enttäuschte Lee.

„Ja", sagte die Nonne und schaute Lee dabei in die Augen. „Aber das einzig Richtige."

„Kann ich …", begann Lee.

„Nein", unterbrach ihn Mui. „Kannst du nicht. Lebe wohl"

Mui nahm Lee an beiden Schultern und gab ihm einen Kuss auf den Mund.

„Ich wünsche dir und Chun alles Glück auf der Welt!" sagte Mui, drehte sich um und ging.

Lee stand wie paralysiert noch eine Weile still da und starrte Mui hinterher.

Dann ging er nach Haus.

Es war ein Tag, wie jeder andere auch. Chun besiegte ihrem Mann, der wie so oft, hart auf den Boden aufschlug und sich die Nase rieb.

„Okay, du hast mich jetzt so weit", sagte er, während er hoffte, dass die Nase nicht blutete. „Wie heißt dieser Stil?"

„Er hat keinen Namen", sagte Chun süffisant. „Gutes braucht keinen Namen. Man wird es jederzeit erkennen."

„Schlaumeier", entgegnete Chau. „Aber im Ernst. Ich will es lernen. Bringst du es mir bei?"

„Ich würde dich eigentlich lieber zu meiner Meisterin schicken", überlegte Chun, „aber Ng Mui ist schon lange fort."

„Ja, und du bist die Einzige, der sie es beigebracht hat", sagte Chau. „Wenn du es nicht weitergibst, geht dieser unglaubliche Kampfstil verloren."

„Ich überleg es mir", ließ Chun ihren Mann zappeln. „Mui sagte, ich solle den Stil nur an besonders geeignete Schüler weitergeben. Bist du geeignet?"

„Das weißt du doch am besten", sagte Chau. „Wie ist sie überhaupt auf diesen Stil gekommen?"

Chun schwieg. Sie erinnerte sich an Muis Erzählungen von dem Schlangenbiss und dem alten Mann. Dann traf sie eine Entscheidung.

„Du weißt doch von den Ereignissen im Shaolinkloster von Fujian?", begann sie.

„Ja, wer nicht?", erwiderte Chau. „Ganz China weiß davon."

„Nun Ng Mui musste vor den Soldaten und den Verrätern flüchten und kam irgendwann hier in den Tempel. Sie war Meisterin der Faust der Shaolin, aber die Verräter und die Soldaten sind ebenfalls in der

Kampfkunst geschult. Also musste sich Mui etwas ausdenken, damit sie denen überlegen war."

„Ja, aber wie hat sie diese Techniken entwickelt?", beharrte Chau.

Chun schwieg einen Moment lang. Sie hatte nun in der Hand, wie dieser Stil entstanden war. Sie spürte die große Verantwortung, den Ursprung dieses Systems angemessen und authentisch wiedergeben zu müssen Das war sie dieser großen Entwicklung schuldig.

„Ach", dachte sie bei sich, „scheiß drauf."

„Eines Tages war Mui an einem Bergsee und wollte waschen. Da beobachtete sie einen Kampf zwischen einem Fuchs und einem Kranich …"

…

Lee stand an seinem Tofustand und wartete auf Kundschaft. Er sah hinauf zum blauen Himmel und dachte, wie fast jeden Tag seit Chun´s Hochzeit an den Kuss, den er zum Abschied bekommen hatte.

„Hey, kannst du mich hören?", riss ihn eine Stimme aus seinem Tagtraum. „Was willst du für den Tofu hier haben?"

„Das ist ein kleines Stück, lass mich es wiegen, dann wissen wir den Preis", lächelte Lee und legte das Tofustück auf die Waage. Dann schob er ein paar Gewichte hin und her, nannte eine Summe und bekam das entsprechende Geld.

Lee seufzte und sah sich der Menge um, die auf dem Markt ihren Einkäufen nachging. Chun war mit ihrem Mann unterwegs, um Salz zu verkaufen. Manchmal wünschte er sich, Wong würde mal wieder herkommen und Ärger machen. Dann wäre wenigstens etwas los hier. Er seufzte wieder und zählte das Geld in seiner Kasse. Er spürte einen Blick auf sich ruhen, schloss die Kasse und griff instinktiv zu dem Knüppel unter seinem Stand. Dann sah er auf und suchte in der Menge.

Dort stand Mui und sah ihn an. Sie trug saubere und passende Arbeiterkleidung, hatte ihre langen, schwarzen Haare zu einem Zopf gebunden und hatte einen spitzen Strohhut im Nacken. „Wo ist deine Nonnentracht?", fragte Lee, als sie näher kam.

„Ist das die Begrüßung für eine gute Freundin?", blaffte Mui zurück. „Guten Tag, schöne Frau heißt das!"

„Guten Tag, schöne Frau", lachte Lee, „wo ist deine Nonnentracht?"

„In Henan", anwortete Mui.

„Ich freue mich sehr, dich zu sehen", strahlte Lee. „Was macht sie dort, während du hier bist?"

„Mein Vater ist Mönch, weißt du? Er war Mönch, als er meine Mutter kennen lernte und nach ihrem Tod ging er zurück ins Kloster. Ich habe mich lange mit ihm unterhalten. Obwohl meine Mutter starb, war die Zeit mit ihr die schönste und glücklichste Zeit, die er in seinem Leben hatte. Er bereute keine Sekunde und ohne seinen Entschluss, den Orden zu verlassen, wäre ich niemals geboren worden."

„Und weiter?", fragte Lee voller Hoffnung.

„Nun, es liegt wohl in der Familie, den geistlichen Pfad von Zeit zu Zeit zu verlassen."

...

Einige Zeit später neigte sie die Lehre von Chau im

namenlosen Stil dem Ende entgegen. Chau war so beeindruckt von der Effizienz und Schlagkraft dieses Stils, dass er ihn mit seiner Meisterin und Ehefrau tagtäglich trainierte.

„Dieser Stil hat keinen Namen, weil er offen bleiben soll", sagte Chun ihm einmal beim Training. „Der Stil soll sich entwickeln. Er soll weiterentwickelt werden. Ich selbst habe gesehen, wie Ng Mui ihn während des Trainings entwickelt hat und einige Techniken abgeändert oder hinzugefügt hat. Diese Energie, dieses magische Element soll hier erhalten bleiben."

„Und du glaubst, wenn der Stil einen Namen erhält, wird er nicht mehr weiterentwickelt?", fragte Chau.

„Ich höre immer wieder, dass Kämpfer behaupten, des wahren Löwenstil oder den echten Tigerstil zu beherrschen. Aber was ist echt? Wenn wir den Stil nun Fuchsstil nennen, werden Leute kommen, die behaupten, den echten oder wahren Fuchsstil zu beherrschen und beschränken sich damit dann selbst. Das möchte ich nicht. Ohne Namen fällt es ihnen zumindest schwerer, es echt oder wahr zu nennen."

Chau sah seine wunderschöne Frau lange an und nahm sie zärtlich in den Arm.

„Wenn ich überhaupt einen Namen für den Stil hätte, dann wär es Deiner.", sagte er zu ihr. „Ich kämpfe den Stil Wing Chun."

Der alte Mann und seine Frau saßen am Kamin und sahen verträumt ins Feuer.

„Opa?" durchbrach die Stimme des Mädchens die friedvolle Stille.

„Warum bist du noch wach? Du solltest doch schon längst schlafen", tadelte das alte Mann sanft das Kind.

„Ich habe geträumt, das ein Fuchs und ein Kranich an einem See ihre Wäsche waschen. Dann kam ein Einhorn, dass mit einem Drachen gekämpft hat, weil der eine Nonne gefressen hat. Dann bin ich eine Prinzessin gewesen und auf das Einhorn gestiegen und wir sind weggeflogen. Dann bin ich aufgewacht. Opa, du hast doch gesagt, dass Legenden wahr sind, oder?"

„Ja, das stimmt", sagte der alte Mann und versuchte innerlich, den Traum nachzuvollziehen.

„Warum heißt in deiner Legende dann die Nonne genau wie Oma?", fragte das Mädchen, das inzwischen auf dem Schoß seines Großvaters saß.

Der alte Mann sah seine Frau an. Sie lächelte und überließ es ihrem Mann, das Problem zu lösen. Sie sah betont unbeteiligt weiter ins Feuer, als würde sie vor sich hin träumen.

„Hab ich dir eigentlich schon gesagt, wie die wunderschöne, junge Frau in der Geschichte heißt?

„Nein, hast du nicht! Wie heißt sie denn?"

„Die Frau heißt Yim Wing Chun."

Das Kind holte tief Luft

„Die heißt genau wie Mama?", staunte sie.

Im Sitz neben sich sah der alte Mann seine Frau erbeben und hörte ein unterdrücktes kichern.

„Es ist deine Mama", sagte der alte Mann

bedeutungsvoll.

„Aber Mama ist alt!", sagte das Mädchen. „Nicht so alt, wie du und Oma, aber so mittelalt halt."

„Es ist auch eine mittelalte Legende, mein Kind.", sagte der Opa. „Und nun, da alle Fragen geklärt sind, husch, zurück ins Bett und schlafen."

„Opa, weißt du, warum das Einhorn gewonnen hat?", fragte sie flüsternd, als ihr Opa sie zudeckte.

„Hat es das?", fragte sich der alte Mann selbst. „Nein, warum?"

„Weil Einhörner Regenbögen pupsen. Aber das weiß außer mir keiner"

„Und ich weiß das jetzt auch", erwiderte der Großvater, doch das kleine Mädchen schlief schon.

Als er wieder auf seinem bequemen Stuhl saß, drehte sich der alte Mann zu seiner immer noch bei grinsenden Frau.

„Und du Mui, meine wunderschöne Frau, hörst bitte auf, über mich zu lachen."

„Alles, was du willst, mein Lieber", sagte Mui und nahm die Hand von Lee.

Anmerkungen des Autors

Dies ist meine Geschichte über die Nonne Ng Mui und der Entstehung der Kampfkunst Wing Chun. Ich habe viel recherchiert und versucht, die Eckdaten und Rahmenhandlung mit zeitlichen und geschichtlichen Ereignissen zu verknüpfen und gleichzeitig die Legende der Entstehung des Wing Chun mit einfließen zu lassen. Es gibt nicht genug historische Beweise dafür, dass Ng Mui oder Yim Wing Chun überhaupt gelebt haben. Diese Tatsache machte ich mir zunutze, um meine eigene Geschichte zu erzählen.

Bei den Recherchen zu der Legende der Entstehung des Wing Chun Stils gab es einige Dinge, die sich als Herausforderungen darstellten.

- Es nicht sicher geklärt, ob es jemals ein südliches Shaolinkloster gab. Es gibt viele Provinzen und Orte, in denen es gewesen sein soll, aber es gibt keine Beweise. Vielleicht gab es nie ein zweites Kloster. Vielleicht gab es auch viele weitere, die alle abbrannten. Wer weiß?

- Das Shaolinkloster in Henan ist ein reines Mönchskloster. Die Nonnen der Shaolin hatten (haben immer noch) unweit des berühmten Mönchsklosters ihr eigenes, weitgehend unbekanntes Kloster. Laut der Legende war Ng Mui eine Überlebende des Brandes und eine der „Fünf Älteren Meister". Lebte wirklich eine Nonne in einem Mönchskloster oder war das südliche Kloster geschlechtlich gemischt? Wie kommt eine Frau in einem Mönchskloster in eine solche Position?

***

- Was haben die Shaolin getan, um den Unmut des Kaisers auf sich zu ziehen? Laut den geschichtlichen Angaben, die ich zur Qing-Dynastie fand, waren sowohl Kaiser Kangxi als auch sein Sohn und Nachfolger Kaiser Yongzhen den Shaolin überaus freundlich gesonnen. In der Legende wurden die Mönche allerdings zu mächtig, weshalb der Kaiser das Kloster abbrennen, alle Mönche töten und die Religionsgemeinschaft zerschlagen ließ. Wie bringt man nun Geschichte und Legende in Einklang?

- Der Säufer und Schläger Wong soll ein Mitglied der Geheimgesellschaften gewesen sein. Wenn Chun ihn nach ihrer Ausbildung im Tempel des Weißen Kranichs zu Boden geschlagen hat, hat er sie danach wirklich nie mehr belästigt? Welche Situation hätte eintreten müssen, damit Wong nach einem verlorenem Kampf Chun dauerhaft in Ruhe lässt? Schließlich wurde seine Ehre verletzt und er als Kampfkünstler wurde von einer jungen Frau niedergeschlagen. Ein verlorener Kampf und er lässt von seinen Heiratsplänen ab?

Das sind nur einige der Nüsse, die es zu knacken galt.
Weiterhin sollte hier noch einmal angemerkt werden, dass es sich hier nicht um ein Sachbuch über Kampfkunst handelt. Die Geschichte ist historisch nicht korrekt und stimmt auch mit der Legende in einigen Punkten nicht überein. Es ist nur meine Version der Geschichte. Ich hoffe trotzdem, das sie dem Leser gefallen hat.
Bis zum nächsten Mal

Stefan Friebel

Musikalische Begleitung zu diesem Roman gibt von SAO.
Das Konzeptalbum „Legende" erscheint im Winter 2016.

Wer nach diesem Buch Lust auf ein Probetraining hat:

www.wt-wolfsburg.de

www.tawingtsun.de

---

[1] Die Faust der Shaolin ist die Kampfkunst der Shaolinmönche. In unserer Zeit als Shaolin-Kung Fu bekannt, wobei der Begriff Kung Fu (Etwas, dass man sich durch harte Arbeit erworben hat) seit jeher falsch verwendet wird. Richtiger wäre Wu Shu (Kampfkunst).
[2] Kämpfen und heilen ist noch immer das Motto der Nonnen der Shaolin.
[3] In der chinesischen Kultur spricht man, nennt man den vollen Namen, erst den Nachnamen und dann den Vornamen. In der westlichen Kultur würde Miu Hin also Hin Miu heißen. Und Hans Meier in der Chinesischen Meier Hans.
[4] (väterlicher) Lehrer
[5] Übersetzt: Weißbraue oder weiße Augenbrauen
[6] Der Daoismus ist neben den Buddhismus und dem Konfuzianismus eine der drei Lehren, die die chinesische Weltanschauung geprägt haben. Kurz und vereinfacht gesagt, streben die Anhänger des Daoismus mit

verschiedenen Techniken, wie Meditation, Atemübungen usw. an, eins mit dem Dao und dem Universum zu werden und die ewige Glückseligkeit als Unsterblicher zu erlangen. In seinem langen Leben soll Meister Pak Mei diesem Ideal sehr nahe gekommen sein. Schließlich hat er noch Beatrix Kiddo (die Ex-Freundin von Bill) als Schülerin unterrichtet.

[7] Die Kaiser der Qing-Dynastie waren Mandschuren, ein Bergvolk aus dem Nord-Osten Chinas. Der derzeitige Kaiser Yongzhen war nach seinem Vater Kangxi die zweite Generation der Qing. War Kangxi noch ein Freund der chinesischen Traditionen und Gebräuche, wendete Yongzhen seinen Blick von der Vergangenheit in die Zukunft. Sein großes Ziel war es, den Staatshaushalt zu sanieren. Auch eine Tempelsteuer führte er ein.

[8] Han-Chinesen stellen die Mehrheit im chinesischen Volk dar. Zu den Minderheiten zählen unter anderem die Uiguren oder die Mandschuren, die gerade an der Macht waren. Aus Sicht der meisten Han ein unhaltbarer Zustand.

[9] Das tägliche Training der Novizen im Kloster beginnt jeden Tag mit einem lauf zur Spitze des Berges. Dort angekommen, begeben sie sich in den Vierfüßlerstand und laufen so den Berg wieder hinab zum Kloster. Das soll Ausdauer und Kraft fördern.

[10] Hinter dem inzwischen weltbekannten Shaolinkloster in Henan liegt von der Öffentlichkeit kaum wahrgenommen ein weiteres Shaolinkloster. Das Kloster der Nonnen der Shaolin.

[11] Chi Shin tauchte als Koch der roten Dschunke unter und lehrte die so herumreisenden Schausteller seine Kampfkunst. In späteren Jahren verband einer seiner

Schüler die waffenlosen Wing Chun Techniken mit dem Langstock und den Doppelmessern.

[12] Ältere Schwester. Die Familienbegriffe in der chinesischen Kampfkunst beziehen sich nicht auf das Lebensalter, sondern darauf, wie lange man schon die Kampfkunst übt.

[13] Vater, väterlicher Lehrer

[14] Kleiner Bruder

[15] Chinesische Oper.

[16] Das heutige Thailand. Die Thai lebten dort schon mindestens seit dem 11. Jahrhundert. Den Namen Thailand bekam der Staat allerdings erst in der Neuzeit.

[17] Schüler

[18] Ng Mui ist eine Heilerin, die traditionelle, chinesische Heilkunde gelernt hat. Die studierten Ärzte in China orientierten sich damals zunehmend an die westliche Medizin. Auf die Gegenwart übertragen, könnte man sagen, Mui ist eine Heilpraktikerin, während Ärzte Medizin studiert haben.

[19] Während die Form der Kleinen Idee nur Handtechniken beinhaltete, waren in der „Brückenform" auch Fußtechniken und Schrittarbeit enthalten. Die Form schlug also eine Brücke vom reinen Üben zum Kampf.

[20] Die traditionelle chinesische Heilkunst ist sehr alt. Ärzte und Doktoren, die ein westlich orientiertes Medizinstudium abolviert hatten, gab es noch nicht lange. Viele Chinesen trauten deren nüchternen Praktiken und Therapien nicht recht über den Weg. Nashorn, Wal und Schlange können dies heute noch bestätigen.